중국
현대문학의 향연

象徵
主義

일상적이고 경험적인 현상세계로부터 벗어나

본질적인 세계를 상징에 의해서 암시적으로 표현

• 정 수 국 지음

중국
현대문학의 향연

KSI 한국학술정보㈜

|머리말|

5·4문학혁명의 전통을 계승한 중국 현대문학은 고행건(高行健)이 2000년 노벨문학상을 수상함으로써 그 결실을 맺었다. 노신(魯迅), 애청(艾靑), 파금(巴金), 심종문(沈從文) 등 수많은 작가들의 각고의 창작과 노력이 고행건에 이르러 빛을 발한 것이다. 그리고 다시 이름 모를 수많은 작가들이 참신하고 독창적인 내용과 구성으로 제2의 고행건을 꿈꾸고 있다.

여기에 실린 글들은 이러한 중국 현대작가들의 고민과 열정을 연구하고 분석한 기존의 소논문을 일반 독자들이 쉽게 읽을 수 있도록 다시 수정 보완하여 내놓은 것이다. 따라서 책 전체를 일관하는 주제는 없지만, 그래도 책 제목에서 밝혔듯이 그냥 중국 현대문학을 맛보는 향연이라고나 할까.

거칠고 설익은 글이지만 그래도 선뜻 이 책의 출판을 흔쾌히 허락해주신 한국학술정보(주) 채종준 사장님과 김상희 선생님, 단순한 글자뿐인 내용을 멋있게 편집하여 몸에 꼭 맞는 옷을 입혀주신 편집부 직원들께도 감사의 뜻을 전한다.

2008. 3.

정수국

|목 차|

1. 한·중 상징주의 번역시의 수용과정

상징주의(象徵主義)는 19세기 말 프랑스에서 심층의식의 표현, 상징기법의 사용, 관습적인 시형(詩形)에서의 해방을 추구하면서 자연주의(自然主義)와 고답파(高踏派)에 대한 반발로 생겨난 문예사조로서, 일상적이고 경험적인 현상세계로부터 벗어나 보다 깊이 숨어 있는 이데아(Idée)의 세계에 관심을 두었다. 따라서 상징주의 시인들은 바로 이러한 본질적인 세계를 상징에 의해서 암시적으로 표현하고자 했다. 말하자면 그들은 눈으로 볼 수 없는 세계를 눈으로 볼 수 있는 상징적 매개체를 통해 암시하려고 한 것이다.

　　서구 문예사조로서 한국 근대 시단에 처음 수용된 것이 바로 상징주의이다. 상징주의의 수용은 한국시의 근대적 변용의 계기가 되고 있는데 우리 시는 이를 통하여 시적 정서와 상상력, 기법과 운율에 이르기까지 새로운 변모를 가져온다. 상징주의의 풍미는 3 · 1운동의 실패와 좌절이라는 시대적 분위기와 연결되어, 지식인들이 허무와 절망, 퇴폐 등의 정서를 상징주의를 통해 분출하게 했다.

　　이러한 정서적 분위기는 5 · 4운동 이후 중국 사회에 만연되기 시작한 청년 지식인들의 좌절감과도 유사하다. 1919년에 발생한 5 · 4운동은 중국이 전근대적인 사회에서 근대적인 사회로 발전해가는 기폭제 역할을 했지만, 중국 사회의 혼란은 더욱 심해졌고, 5 · 4운동에 참가하여 강렬한 혁명의지를 보였던 일부 청년 지식인들은 불과 몇 년도 되지 않는 짧은 기간에 혁명에 대한 실망을 맛보게 되었다. 혁명에 대한 열기가 갑자기 냉각되기 시작한 이들은 상대적으로 강한 좌절감에 빠졌고, 이에 따라 고민하고 방황하는 분위기가 문단 전체를 지배했다.

이와 같이 한국과 중국 두 나라는 모두 3·1운동과 5·4운동 이후에 찾아든 정서적 절망감을 통해 서구의 상징주의에 관심을 기울이게 되고, 각종 상징주의 시를 번역하여 소개함으로써 하나의 문예사조로 수용하게 된다.

먼저 중국에서 번역된 서구의 상징주의 시는 ≪신청년(新靑年)≫ 제8권 3기에 처음으로 소개된다. 주작인(周作人)은 1920년 9월에 에스페란토회에서 에스페란토어로 된 몇 권의 책을 빌려 읽은 뒤, 그 가운데서 흥미를 느껴 번역한 몇 편의 시와 그 후에 다른 곳에서 번역한 시를 합한 23수의 번역시를 1920년 11월 ≪신청년≫에 <잡역시 23수(雜譯詩二十三首)>라는 제목으로 발표했다.

이 23수의 번역시 가운데는 프랑스 상징파 시인인 구르몽(Remy de Gourmont)의 시 <낙엽(Les feuilles mortes)>이 <낙엽(死葉)>이라는 제목으로 한 수 실려 있는데, 이것이 중국에서 최초로 번역 소개된 서구 상징주의 시로 보인다.

그는 번역시 <낙엽>의 끝 부분에 "구르몽이 시문과 소설을 많이 썼지만, 특히 ≪시몽느(Simone)≫ 1권이 가장 아름다운데, 1900년에 출판되었고 모두 11편이다."라고 소개했다. 이 외에도 그는 1921년 11월 ≪신보부간(晨報副刊)≫에 보들레르의 산문 소시(小詩)를 번역하여 발표하기도 했다.

반면에 한국에서 서구 상징주의 시의 최초 소개는 김억(金億)을 통해 이루어진다. 김억은 1916년 9월 ≪학지광(學之光)≫에 <요구와 회한>이란 글을 발표하며, 이를 통해 최초로 서구 상징주의 시의 번역수용이 이루어진다. 김억은 이 글에서 보들레르(Charles Baudelaire)의 악마주의 및 교감의 시학 그리고 베를렌느(Paul Verlaine)의 비애의 미학을 소개하면서 베를렌느의 <내 가슴에 내리는 비(Il pleure sans mon coeur…)>를 <내 가삼에 나리는 비>라는 제목으로 번역하여 소개하고 있는데, 이것이 바로 한국에서 최초로 번역 소개된 서구 상징주의 시라고 하겠다.

따라서 김억의 번역시인 <내 가삼에 나리는 비>가 주작인이 번역한 <낙엽>보다 대략 4년 앞서 소개됨으로써, 번역시를 통한 서구 상징주의 시의 소개는 중국보다 한국에서 먼저 시작되었음을 알 수 있다.

사실 주작인이 구르몽의 <낙엽>을 번역하기는 했지만, 상징주의에 대한 그의 관심은 김억에 비해 그다지 깊지 못했다. 1920년 9월 30일자로 된 주작인의 일기를 보면, 그가 이 <잡역시 23수>를 번역하게 된 동기가 "다만 이 몇 편의 시를 읽어보니 자못 흥미가 있어 그것들을 번역했다. ……내가 이 시들을 선택하여 번역한 것은 다만 그들의 사상이 아름답고 오묘하며, 흥미가 보편적이며, 또한 비교적 번역하기 쉬웠기 때문이지, 많은 시 가운데서 다만 이 몇 편의 시가 가장 낫다고 말하는 것은 아니다."라고 했다. 이러한 점으로 보아 주작인이 <잡역시 23수>를 번역한 것은 우연한 흥미를 통해 이루어진 것이며, 그 가운데 구르몽의 <낙엽>을 포함시킨 것도 그가 서구 상징주의 시를 중국에 소개하고자 하는 의도나 목적보다는 주작인의 보편적인 관심으로 인한 우연적인 선택으로 보아야 할 것이다.

또한 그가 "상징(象徵)은 시의 최신 수법이지만, 역시 가장 오래된 수법이기도 하여 중국에서는 예로부터 그것이 있었다. 우리가 위로 국풍(國風)을 보고 아래로 민요를 살펴보면 중국의 시가 대부분 흥체(興體)를 많이 사용했으며, 부(賦)와 비(比)보다 더 일반적이고 성과도 더 좋았다는 것을 알 수 있다."라고 말한 것으로 보아 상징주의를 서구 문예사의 한 조류로서 이해하기보다는 일종의 수사 수단 정도로 인식했던 것 같다.

주작인과는 달리 상징주의 시에 대한 김억의 번역은 의도적인 측면이 있었다. 즉 주작인이 종합 계몽잡지의 성격을 띠고 있는 ≪신청년≫에 <낙엽>을 번역한 것 외에는 이렇다 할 번역시가 없었던 반면에, 김억은 <내 가삼에 나리는 비> 이후에도 순수 문예잡지의 성격을 띠고 있는 ≪태서문예신보(泰西文藝新報)≫를 통해 상징주의 시의 지속적인 번역을 전개해나갔다는 점이 이러한 사실을 뒷받침한다. 따라서 한국에서 서구 상징주의 시의 수용은 1918년에 ≪태서문예신보≫가 창간되면서 본격적인 양상을 띠게 된다. 먼저 ≪태서문예신보≫가 표방하고 있는 창간 의의를 살펴보자.

본보는 태셔의 유명한 쇼셜 시도 산문 가곡, 음악, 미술, 각본 등 일체 문예에 관한 기사를 문학대가의 붓으로 즉접 본문으로 붓터 충실하게 번역하야 발힝할 목적이온바 다년 경영하든바이 오날에 데일호 발간을 부게 되였슴니다. <창간사(創刊辭)>

이 글을 보면 ≪태서문예신보≫가 이전에 종합 계몽잡지로서의 성격을 띤 ≪소년(少年)≫이나 ≪청춘(靑春)≫과는 달리 문예전문지임을 알 수 있다. 그것도 태서(泰西: 서양)의 문학을 번역 소개하는 데 주된 목적이 있었다. 그 목적에 맞게 번역은 주로 장두철(張斗撤)과 김억에 의해 이루어진다. ≪태서문예신보≫에 실린 번역시 36편 가운데 장두철이 주로 롱펠로우(Henry Wadsworth Longfellow)의 시를 번역했다면, 김억은 주로 베를렌느와 투르게네프의 시를 번역했다. 김억이 ≪태서문예신보≫에 번역하여 발표한 시는 베를렌느의 <거리에 나리는 비>(제6호), <검은 끝없는 잠은(Un grand sommeil noir)>(제6호), <가을의 노래(Chanson d'Automne)>(제7호), <작시론(Art poétique)>(제11호) 및 구르몽의 <낙엽(Les feuilles mortes)>(제13호) 등 모두 5편이다.

그중 베를렌느의 상징시론을 표현한 <작시론(作詩論)>을 제외하면, 김억이 번역한 나머지 4편의 시는 모두가 감상적인 비애의 정서를 띠었고, 특히 <거리에 나리는 비>는 ≪학지광≫에 소개했던 <내 가삼에 나리는 비>에서 자주 보이는 한자를 가급적 세련된 우리말로 바꾸고, 제목도 새로 붙인 것이다.

<작시론>의 경우에도 시형의 음률문제에 깊은 관심을 가지고 있던 김억이 자신의 창작시론을 형성해나가는 과정에서 의도적으로 번역한 듯한 인상을 받는다. 당시 누구보다도 시적 리듬에 관심을 기울이던 그는 <작시론>을 통해 음악성에 대한 자각을 가져오며, 이러한 자각은 한국인의 정서에 맞는 전통적인 율격을 모색하는 데로 발전해나간다.

김억은 서구 상징주의 시를 번역함에 있어서 베를렌느의 시에 심취해 있었고, 이러한 경향은 ≪폐허(廢墟)≫에서도 지속된다. 이처

럼 김억은 베를렌느의 시가 지니는 감상적 비애와 시적 리듬을 통한 음악성에 주목했다.

　그러면 주작인이 구르몽의 상징시 <낙엽(Les feuilles mortes)>을 번역한 <낙엽(死葉)>(1920.11)과 김억이 ≪태서문예신보≫에서 구르몽의 동일한 시를 번역한 <낙엽(落葉)>(1919.1.1)을 서로 비교해 보자.

西蒙尾, 我們往樹林被去罷, 葉正落下了;
他們遮蓋了靑苔, 石頭和小路了。
西蒙尾, 你愛死葉上的脚步聲麼?
他們有這樣柔和的色彩, 這樣暗淡的渲染。
他們是這樣屛弱的地上的游子。
西蒙尾, 你愛死葉上的脚步聲麼?
他們對着曙光這樣悲哀的看;
他們這樣悽惻的哭, 在風來徹散他們的時候。
西蒙尾, 你愛死葉上的脚步聲麼?
他們被踏碎在脚下的時候, 他們鬼魂一般的哀哭,
他們做出翅子的聲音, 或是女人衣服的聲音。
西蒙尾, 你愛死葉上的脚步聲麼?
來阿: 有時我們也將成了可憐的死葉。
來阿: 夜已經落下來了, 風吹我們去了。
西蒙尾, 你愛死葉上的脚步聲麼?

　먼저 주작인이 번역한 <낙엽(死葉)>은 원시가 가지고 있는 의미를 충실하게 지역하려고 한 면이 엿보인다. 이리한 대도는 "나는 이후의 번역본은 마땅히 원작의 기풍과 습관, 언어와 조리를 잘 보존해야 하며, 가장 좋은 것은 축자역(逐字譯)이라고 여긴다."라고 한 그의 번역이론상에서도 잘 드러난다. 이 시의 1, 2, 3행을 구르몽의 원시와 비교하면 다음과 같다.

> Simone, allons au bois: Les feuilles sont tombées;
> Elles recouvrent la mousse, Les pierres et Les Sentiers.
> Simone, aimes－tu Le bruit des par Sur Les feuilles mortes?

우선 주작인 시는 원시가 지니고 있는 어순에 맞게 충실하게 번역하고 있다. 'Simone/西蒙尾', 'allons au bois/我們往樹林被去罷', 'Les feuilles sont tombées/葉正落下了', 'Elles recouvrent la mousse, Les pierres et Les Sentiers./他們遮蓋了靑苔, 石頭和小路了.', 'Simone/西蒙尾', 'aimes－tu Le bruit des par Sur Les feuilles mortes?/你愛死葉上的脚步聲麼?'라는 표현에서도 보듯이 주작인은 원시에서 사용된 쉼표 등의 문장부호에 맞게 의미의 분절이 이루어지게 했다. 그리고 3인칭 대명사 복수인 'Elles'를 중국어의 3인칭 대명사 복수인 '他們'으로 번역하고 있다. 반면에 김억의 번역시는 주작인의 <낙엽(死葉)>과는 달리, 원시를 시적인 표현으로 바꾸는 의역(意譯)을 사용했다.

> 시몬ㅇ 나무닙썰린 樹林으로 가자.
> 落葉은 잇기와 돌로 小路를 덥헛다.
> 시몬아, 너난 ㅇ마 죠아하지 ―
> 落葉밟는 발소리를?

落葉빗(色)은 죠흔데 모양이 寂寞하다.
落葉은 가이업시 것츤 따에 널렛다.
시몬아 너난 아마 죠아하지 —
落葉밟는 발소리를?
저녁때면 落葉의 모양은 寂寞하다.
바람에 불닐때면 落葉은 노릭한다.
시몬아 너난 아마 죠아하지 —
落葉밟는 발소리를?
갓가히 오너라 한번은 우리도 불상한 落葉이 될것이다
갓가히 오너라 발시 밤이되엇다
찬바름이 몸에 숨여든다.
시몬아 너난 이마 죠아하지 —
落葉밟는 발소리를?

　김억은 'Simone, allons au bois: Les feuilles sont tombées;'를
'시몬으 나무닙썰린 樹林으로 가자'고 하여 의미의 분절 없이 하나
의 연결된 문장으로 번역했다. 또, 'Simone, aimes‑tu Le bruit des
par Sur Les feuilles mortes?'와 같이 직서법으로 이루어진 문장을
'시몬아, 너난 으마 죠아하지 — 落葉밟는 발소리를?'이라고 도치법
으로 바꾸어 시적 긴장감을 더하고, 시행도 한 행을 두 행으로 나
누었다.
　그런데 이러한 김억의 번역이 구르몽의 원시를 가지고 번역한 것
이 아니라, 일본에서 번역된 시를 중역(重譯)했다는 의심을 받고 있
는 것도 사실이다. 왜냐하면 원시와 호리구찌 다이가꾸(堀口大學)의
일억(日譯) 그리고 김억의 번역시를 비교해볼 때, 원시가 전체 15행

임에도 불구하고, 호리구찌 다이가꾸의 번역시와 김억의 번역시는 모두 3행이 빠진 12행으로 이루어졌기 때문이다. 김억의 시에서는 아래의 원시가 누락되었고, 이는 호리구찌 다이가꾸의 일본어 번역시에서도 나타나는 동일한 현상이다. 아래에 예시한 10, 11, 12행이 호리구찌 다이가꾸와 김억의 번역시에서 빠진 채 번역되지 않은 부분이다.

Quand le pied les écrase, elles pleurent Comme des ames,(10행)
Elles font un bruit dáiles ou de robes de bemme.(11행)
Simone, aimes－tu Le bruit des par Sur Les feuilles mortes?(12행)
발이 밟을 때, 낙엽은 영혼처럼 운다.(10행)
낙엽은 날개 소리, 여자의 옷자락 소리를 낸다.(11행)
시몬, 너는 좋으냐? 낙엽 밟는 소리가.(12행)

특히 어순을 살펴보면 호리구찌 다이가꾸의 일본어 번역시와 김억의 번역시 사이에 있는 연관성을 쉽게 발견할 수 있다.

シモーソ、木の葉の散つた森へ行かう.
落葉は苔と石と小徑とを被うてゐろ.
シモーソ、お前は好きか、落葉ふむ足音を?
<月下の一群>

김억의 번역시의 첫 행에서 '시몬♀ 나무닙썰린 樹林으로 가자'고 한 부분은 사실 구르몽의 원시에서는 첫 행이 'Simone, allons au bois'와 'Les feuilles sont tombées'로 의미가 분절되지만, 호리구찌 다이가꾸의 번역시나 김억의 번역시에서는 모두 'シモーソ, 木の葉の散つた森へ行かう/시몬이 나무닙썰린 樹林으로 가자'고 하나의 연결된 문장으로 번역되었다. 2행의 3인칭 대명사 복수인 'Elles'인 경우에도 주작인은 원시에 충실하게 3인칭 대명사 복수인 '他們'으로 번역한 반면에 호리구찌 다이가꾸나 김억은 굳이 '落葉'으로 표현하고 있고, 'Simone'의 우리말 발음은 '시몽'이 원시에 가까운데, '시몬'이라고 번역한 것은 일본어 번역인 'シモーソ'을 우리말로 발음했기 때문일 것이다. 뿐만 아니라 김억의 번역시에서 보이는 '시몬아, 너난 으마 죠아하지 — 落葉밟는 발소리를?'이라는 도치적 문장도 'シモーソ、お前は好きか、落葉ふむ足音を?'라는 호리구찌 다이가꾸 번역시의 어순과 일치한다. 특히 호리구찌 다이가꾸와 김억은 일본 게이오대학(慶應大學)의 사제 간이라는 인연으로 미루어 보아, 김억이 호리구찌 다이가꾸가 번역한 구르몽의 일본어 번역시를 보고서 중역(重譯)했을 가능성이 크다고 하겠다.

이와 같이 중국이 상징주의 원천으로서의 프랑스를 통해 직접적으로 상징주의 시를 수용한 것과는 달리, 한국에서는 일제의 침략이라는 시대적 상황으로 인해 일본이라는 매개체를 통해 프랑스 상징주의를 받아들일 수밖에 없었고, 그로 인해 한국에서의 상징주의 시의 정착에는 일본의 영향을 받지 않을 수 없었다고 하겠다.

그럼에도 불구하고 김억이 '~다', '~를' 사용해서 각운(脚韻)을 맞추려고 애쓴 점은 비록 그것이 번역시일지라도 세련된 시적 기교를 추구하고 있음을 보여준다고 하겠다.

한국에서 ≪태서문예신보≫가 서구 상징주의 시의 수용에 본격적인 역할을 했듯이, 중국에서는 ≪소년중국(少年中國)≫이 서구 상징주의 시를 뿌리내리게 하는 데 커다란 공헌을 했다. ≪소년중국≫ 이전에 나왔던 ≪신청년(新靑年)≫은 신문화와 신문화운동을 옹호하기 위한 의도에서 발행되어 문예사조적인 측면에서는 주로 사실주의(寫實主義)와 유미주의(唯美主義)에 치중했고, 번역 작업도 러시아, 일본 및 기타 약소국가의 문학을 소개하는 데 집중되었다. 1919년 1월에 창간된 ≪신조(新潮)≫도 종합성 월간지로서 주로 문학혁명을 고취하고, 봉건적인 문화를 반대하는 데 주력하여, ≪신청년≫과 마찬가지로 서구 상징주의 문학에 대해서는 그다지 관심을 두지 않았다. 1921년에 심안빙(沈雁冰)이 편집을 맡으면서 대대적인 혁신을 가져왔던 ≪소설월보(小說月報)≫ 역시 서구의 사실주의 문학, 그중에서도 특히 러시아문학에 대한 번역에 치중했기 때문에 주작인이 제13권 제3호와 제6호에 각각 중밀(仲密)이라는 서명(署名)으로 소개한 보들레르의 산문시 <창(窗)>(1922.3), <나그네(游子)>(1922.6) 외에는 거의 보이지 않는다.

이러한 상황에서 ≪소년중국≫은 소년중국학회(少年中國學會)의 젊은 시인들에 의해서 만들어진 시 전문 잡지로서, 이 잡지를 통해 서구 상징주의 시의 이론적 소개가 활발하게 전개된다. 이들은 1920년 3월에서 1921년 12월까지 불과 2년밖에 되지 않는 짧은 기간에 ≪소년중국≫을 중심으로 각종 서구의 문예이론과 작품을 소개하면서 이전의 개론적인 성격에서 벗어나 상징주의 시에 대한 체계적이고도 전문적인 연구를 시도했다.

1921년에 주무(周無)는 <프랑스 근세문학의 추세(法蘭西近世文學的趨勢)>(2권4기)를 발표하는 동시에, 프랑스 시인 데팍스(Émile Despax)의 <행복(幸福)>(2권4기), 베를렌느의 <가을의 노래(秋歌)>(2권9기), <그가 내 마음 속에서 울고 있네요(他哭泣在我心裏)>(2권9기)를 번역하여 발표했다.

그러나 그때까지만 해도 상징주의의 원조로 알려진 보들레르의 대표적 시는 번역되지 않았다. 이때 보들레르에 관심을 기울인 사람은 전한(田漢)이었다. 그는 ≪소년중국≫ 제3권 4기에 <악마시인 보들레르의 백년제(惡魔詩人波陀雷爾的百年祭)>를 통해 보들레르에 대해 집중적으로 소개했고, 특히 제3권 5기 <악마시인 보들레르의 백년제 속편(惡魔詩人波陀雷爾的百年祭·續)>에서는 보들레르의 대표적 시라고 할 수 있는 <만물의 조응(Correspondances)>을 번역하여 소개하고, <인공낙원(The Artificial paradises)>, <이국적 향기(Parfum exotique)>, <머리칼(La Chevelure)>, <병(Le Flacon)>, <사탄의 연도(Les Litanies de Satan)> 등을 부분적이나마 번역하여 소개하고 있다. 전한은 자신의 글에서 보들레르의 시가 지나치게 퇴폐적이고 썩은 냄새가 나지만 예술은 마치 진주와 같아 '병적인 아름다움의 산물'이라고 평가했듯이, 이미 그는 '추(醜)의 미학'이라는 현대시의 새로운 심미의식을 받아들이고 있었다.

한국에서 ≪태서문예신보≫의 뒤를 이어 상징주의 시를 번역하여 소개한 잡지로는 ≪창조(創造)≫와 ≪폐허(廢墟)≫가 있다. ≪창조≫에서는 지나치게 베를렌느에 편중되었던 번역시가 다양한 작가 군으로 확대된다. 주요한(朱耀翰)은 ≪창조≫ 제3호에서 랭보

(Arthur Rimbaud)의 <산보(Sensation)>, 앙리 드 레니에(Henri de Régnier)의 <바다의 눈>을 번역하고, 김억은 제6호에서 폴 포르(Paul Fort)의 <결혼식전(結婚式前)>, 베를렌느의 <오늘밤도>, 샤를르 게랭(Charles Guérin)의 <그나마 있는가 없는가>, 제9호에서는 알베르 사맹(Albert - Victer Samain)의 <황혼(黃昏)>을 차례로 번역한다. 이와 같이 ≪창조≫에 와서야 베를렌느 중심에서 다양한 상징주의 작가의 시가 소개된다. 그러나 여전히 상징주의 시의 대표적 시인인 보들레르, 말라르메 등에 대한 관심으로까지 확산시키지는 못했다.

≪폐허≫에 와서 김억은 다시 베를렌느에 대한 집중적인 관심을 기울인다. 그는 ≪폐허≫의 창간호에서 <가을의 노래>, <흰 달>, <피아노>, <나무그림자>, <하늘은 지붕 위에>, <검고 끝없는 잠>, <작시론>, <아 설어라>, <도시에 내리는 비>, <지내간 옛 달>, 제2호에 <바람>, <끝없는 권태의>, <명성>, <아낙네에게>, <늘 꾸는 꿈>, <갈망>, <권태>를 번역하여 발표했다.

한국에서 베를렌느에 대한 집중적인 소개가 ≪창조≫와 ≪폐허≫를 중심으로 이루어졌다면, 중국에서는 ≪창조계간(創造季刊)≫과 ≪창조주보(創造週報)≫를 통한 창조사(創造社) 작가들의 상징주의 시 번역을 무시할 수 없다. 창조사는 다양한 형식의 번역활동을 전개하여 낭만주의, 상징주의, 미래파, 표현파 등 각종 문예사조를 번역하여 소개했다. 전한은 ≪창조계간≫ 제1권 2호에 <가련한 렐리양(可憐的侶離雁)>이라는 평론을 통해 베를렌느의 유년 시절과 그의 처녀시집 ≪토성인의 노래(Poèmes Saturniens)≫ 및 제2시집 ≪

화려한 축제(Fêtes Galantes)≫를 소개하면서, 그의 시 가운데서
<도시에 내리는 차가운 비(一都冷雨)>, <3년 뒤(三年之後)>, <가을
의 노래(秋歌)>, <내가 자주 꾸는 꿈(我常做的夢)>, <만돌린(曼陀
璘)>, <감상적인 회합(感傷的會合)>을 번역하여 발표했다.

　왕독청(王獨淸) 역시 자신이 프랑스에 머물고 있던 1921년 12월
13일에 정백기(鄭伯奇)에게 쓴 편지를 그 다음해 ≪창조계간≫에
실었다. 당시 왕독청은 중국 내에서 이루어지고 있던 서양시의 번역
에 대해 상당한 불만을 느끼고 있었다. 특히 동양과 서양은 문체나
언어구조가 다른 까닭에 서양시를 번역할 때 단순히 사전을 베끼는
것처럼 직역을 하게 되면 원시가 지닌 의미를 상실하게 된다고 여
겼다. 그 한 가지 예로 왕독청은 다른 사람이 번역한 베를렌느의
<가을의 노래(秋歌)>를 읽은 적이 있는데 그 번역자에 의해 번역이
잘못되었으며, 특히 첫 번째 구절은 완전히 오역했다고 지적하면서
자신이 직접 번역한 시를 싣기도 했다.

> 秋琴長嘆之音,
> 傷我寂寥怯弱之心.
>
> 鐘鳴時一切暗澹而止息,
> 我回思舊景而出涕;
>
> 我去狂風中而爲其所劫,
> 忽此忽彼, 有如已死之葉.

<가을의 노래>는 원래 전체 시가 18행으로 이루어져 있는데, 왕독청은 시 전체를 3행씩 묶어 번역하여 6행으로 만들었고, 운(韻)을 맞추기 위해 '音(yīn)/心(xīn)', '息xī/涕(tì)', '劫(jié)/葉(yè)'를 사용하는 세련된 번역기교를 보였다.

왕독청은 또한 1923년 5월 18일에 정백기에게 보낸 편지에서 베를렌느의 시집 ≪슬기(Sagesse)≫ 가운데 자신이 감동 깊게 읽었던 <검은 끝없는 잠은(Un grand sommeil noir)> 한 수를 번역하여 소개하기도 했다.

성방오(成仿吾)는 1923년 9월 ≪창조주보≫ 제18호에 베를렌느의 <밝은 달(La lune blanche)>을 예로 들어 외국시를 번역하는 방법을 설명했는데, 그는 이 글에서 <밝은 달(月明)>의 원시뿐만 아니라 곽말약(郭沫若)과 자신의 번역시도 함께 게재했다.

그는 같은 해 ≪창조주보≫ 제21호에 발표한 <가을의 시가(秋的詩歌)>라는 글에서 베를렌느의 <가을의 노래(秋的歌)>를 번역하여 소개하기도 했다.

그러나 중국에서 주로 서구 상징주의 시를 번역한 주작인, 전한, 성방오, 곽말약 등은 모두 상징파 시인으로 활약하기보다는 오히려 사실주의나 낭만주의 작가로서 두드러진 활동을 하게 된다. 즉 주작인이 사실주의 산문 작가로, 전한은 신낭만주의 희극 작가로 활약하며, 성방오와 곽말약도 각각 낭만주의 시인과 소설가로 더 높은 명성을 얻는다.

중국의 상징주의 시는 1925년 이금발(李金髮)의 <가랑비(微雨)>를 기점으로 목목천(穆木天)과 풍내초(馮乃超), 왕독청 등 대부분이

국외에서 활동하다가 귀국한 시인들에 의해서 창작되기 시작한다. 그런 점에서 중국에서는 번역을 통한 서구 상징주의 시의 수용 주체와 창작 주체가 서로 달랐다. 이러한 사실은 번역시의 수용 주체인 김억이나 주요한이 상징주의 시의 창작 주체로 등장하는 한국의 상황과는 서로 대조적인 모습이다.

한편, 중국에 번역 소개된 상징주의 시 가운데 베를렌느의 <가을의 노래>, <흰 달>, <거리에 내리는 비> 등은 이미 여러 사람들에 의해 수차례 번역될 정도로 인기가 있었고, 이러한 현상은 한국에서도 비슷했다. 한국에서도 주로 베를렌느의 <가을의 노래>, <내 가슴에 내리는 비> 등이 자주 번역되는 등 한국과 중국 두 나라가 모두 베를렌느의 시에 깊은 관심을 보여주었다고 하겠다.

그 외에 이사순(李思純)은 ≪소년중국≫에 <서정 소설의 성격과 역할(抒情小說的性德及用)>(2권 12기)을 발표했다. 또한 자신이 1919년 프랑스에 있으면서 번역해두었던 프랑스 시를 모아 ≪선하집(仙河集)≫이라는 번역시집을 1925년에 출판했다. 이 번역시집에는 모두 24명의 프랑스 시인들의 시 69수가 실려 있는데, 그 가운데는 보들레르와 베를렌느의 시가 각각 한 수씩 실려 있으며, 그들의 생년월일과 인격 그리고 시풍을 간략하게 소개했다. 그러나 ≪선하집≫에 쓰인 문체가 모두 문언문(文言文)이어서 일반 독자들의 주목을 끌지는 못했다.

한국에서 발행된 최초의 번역시집은 김억의 ≪오뇌(懊惱)의 무도(舞蹈)≫이다. 1921년 3월 20일에 발행된 이 번역시집은 김억이 ≪태서문예신보≫, ≪창조≫, ≪폐허≫ 등 잡지에서 이미 발표한 적이 있던 시를 중심으로 엮은 것이다.

이 번역시집에는 전체 27명 시인의 작품 84편 가운데 베를렌느의 시 21편, 구르몽의 시 10편, 사맹의 시 6편, 보들레르의 시 6편, 예이츠의 시 6편 및 베라랭, 모레아쓰, 레니에, 폴 포르, 시먼스 등 시도 한두 편씩 실려 있다. 이처럼 ≪오뇌의 무도≫는 상징주의 시인들의 작품을 주로 번역했고, 그중에서도 베를렌느의 시에 많이 치중해 있었다. 이는 자신의 창작시론인 <시형과 음률의 호흡>에서도 "지나인(支那人)에게는 지나인의 예술이, 프랑스는 프랑스의 예술이 있을 것이다. 즉 인습에 기인해서 불문시, 영문시가 있으며, 따라서 조선 사람에게는 조선 사람다운 시가 있다."라고 밝히고 있듯이, 김억은 서구의 문예사조를 번역하고 수용하면서 주체적인 입장에서 가급적이면 한국인의 정서에 맞는 시를 골라 번역하고자 했던 것 같다. 따라서 당시 한국인에게는 3·1운동 이후의 좌절과 허무 등 일제 침략에 의한 암울한 시대적 정서가 폭넓게 자리 잡고 있었고, 이는 베를렌느의 시에서 풍기는 감상적인 비애의 정서와 서로 일맥상통한다고 하겠다. 물론 시에 있어서 리듬 의식이 유달리 강한 김억이 베를레느의 시가 지닌 음악성에 주목한 것도 ≪오뇌의 무도≫가 베를렌느의 시를 중심으로 이루어진 한 원인이 될 것이다.

아쉬운 점은 일반적으로 보들레르나 베를렌느와 함께 언급되는 상징주의 시인인 말라르메나 랭보의 작품이 번역에서 빠져 있다는 점이다. 말라르메와 견자시인(見者詩人)으로 불리는 랭보의 시는 현상세계를 뛰어넘어 그 배후의 이상세계로 향하고 있는데, 김억은 암시를 통한 배후 세계의 추구라는 상징주의 시의 본질보다는 베를렌느의 선율에 의한 음악성 추구에 더 관심을 기울였던 것이다. 그리고 보들레르의 작품 가운데서도 그의 대표작이라 할 수 있는 <만물의 조응>, <알바트로>, <심연 깊은 곳에>, <이국적 향기>, <여행의 초대>, <썩은 시체> 등이 번역시에서 빠져 있는 것으로 보아 김억이 프랑스 상징주의의 본질을 정확하게 파악하고 있다고 보기에는 무리가 있다.

그러나 당시 한국의 시단이 김억의 ≪오뇌의 무도≫를 통해서 한국적인 자유시의 패턴이 굳어졌고, 권태·절망·고뇌·죽음과 같은 새로운 시적 감정을 경험하게 되었고, 우리말이 지닌 운율미와 우리말의 시어로서의 가능성을 모색할 수 있었다는 점은 ≪오뇌의 무도≫가 초창기 시단에 끼친 공로라고 평가할 수 있다.

이렇게 한국에서의 상징주의 시에 대한 소개가 베를렌느 중심일 때, 보들레르를 전문적으로 소개한 사람은 양주동(梁柱東)과 박영희(朴英熙)였다. 양주동은 1924년 ≪금성(金星)≫ 1호에서 보들레르의 <썩은 송장> 등 6편, 2호에서 <이국(異國)의 향>, <상승(上昇)>, <만상(萬象)의 조응> 등 8편을 번역하고 있는데, 김억이 번역하지 않은 보들레르의 대표작들을 소개했다.

동시에 박영희도 보들레르의 <만상의 조응>을 1924년 ≪개벽(開闢)≫에 <교응(交應)>이라고 번역하여 게재하면서, 양주동과의 번역시 논쟁을 이끌어내어 사람들로 하여금 보들레르에 대한 관심을 더욱 높이는 효과를 가져왔다. 논쟁의 핵심은 양주동이 원문에 충실한 축자역(逐字譯)을 주장한 반면에 박영희나 김억 등은 의역(意譯)의 불가피성을 주장한 것이다. 어쨌든 이 논쟁은 한국의 상징주의 시 번역이 베를렌느에 치중했을 때 보들레르에 대한 관심을 불러일으켜 상징주의 시의 균형 있는 번역 소개에 기여했다는 데 그 의의가 있다고 하겠다.

이상에서 살펴본 바와 같이 서구 상징주의 시의 번역수용은 1916년 《학지광》을 통해 이루어진 한국이 1920년 《신청년》을 통해 이루어진 중국보다 대략 4년가량 앞서는 것으로 파악된다. 이후 한국 시단에서는 김억, 주요한, 양주동, 박영희 등에 의해 서구 상징주의 시의 번역이 이루어지며, 그 발표지는 주로 《태서문예신보》, 《창조》, 《폐허》, 《금성》 등이었다. 특히 한국 최초의 번역시집인 김억의 《오뇌의 무도》에 실린 번역시의 대부분이 프랑스 상징주의 시였다는 점은 초창기 한국 시단에 끼친 서구 상징주의 시의 영향력을 짐작하게 한다.

또한 김억은 베를렌느가 지닌 감상적인 분위기와 풍부한 음악성에 매료되어 그의 시에만 관심을 보였고, 그로 인해 정작 서구 상징주의 대표시인 가운데 보들레르나 랭보, 말라르메에 대한 관심은 상대적으로 미약했다고 하겠다. 따라서 한국 시단에서는 김억 한 사람의 개인적 취향에 따라 상징주의 번역시의 전체적인 면모가 좌우될 수 있는 가능성도 배제할 수 없었다.

반면에 중국에서는 주작인, 주무, 전한, 곽말약, 성방오, 왕독청 등 다양한 사람들에 의해 번역이 진행되었기 때문에 번역시 역시 다양하고 폭넓게 수용되었다고 본다. 그중에서도 창조사 작가들의 번역활동이 두드러졌고, 주로 《소년중국》, 《창조계간》, 《창조주보》, 《어사(語絲)》 등을 통해 소개되었다. 다만 한국에서는 서구 상징주의 시를 번역한 번역 주체와 창작 주체가 서로 일치하는 반면에서 중국에서는 왕독청을 제외하고는 번역 주체와 창작 주체가 서로 일치하지 않음도 알 수 있다.

2. 질주하는 나그네의 의식세계

― 목목천(穆木天)의 ≪나그네의 마음(旅心)≫ ―

I. 서 론

'나그네의 마음(旅心)'이라는 제목에서도 나타나듯이 목목천(穆木天)의 시를 읽노라면 나그네로서의 고독한 심정을 발견할 수 있다. 이 고독감은 목목천의 첫 시집인 ≪나그네의 마음(旅心)≫에 깔려 있는 전반적인 감정의 기조이다. 때문에 고독감을 자기 감정의 한 중심축으로 형성하고 있는 ≪나그네의 마음≫에는 언제나 감상적이고 고독한 한 개체로서의 목목천의 모습이 투영되어 있다. 이러한 고독감은 <비온 뒤의 이노카시라(雨後的井之頭)> 등 7편의 시를 ≪창조월간(創造月刊)≫에 발표하면서 <부기(附記)>에서 "나는 이 몇 수의 시를 '나그네의 마음(旅心)'이라고 총괄적으로 지칭했는데, 이 몇 수로 말하자면 나의 이 일 년 동안의 심경의 변화를 설명해 주기에 충분하다. ……또 나의 회색적인 세계가 파괴된 뒤의 심정을 표현하기에 충분하다."라고 말한 것으로도 확인된다. 특히 목목천의 감정 밑바탕에 깔려 있는 이 고독감은 그의 삶의 궤적이 보여주는 유랑의식과 부합하며, 이 유랑의식은 궁극적으로 고향을 지향하는 목목천의 의식과 밀접한 관련을 맺는다.

II. 고향 가는 길의 부재

목목천은 ≪나그네의 마음≫에서 늘 어딘가를 향해 달려가고자 하는 질주의식을 보여준다.

① 나는 멀리 산산이 흩어진 구불구불한
   불빛으로 달리고 싶네.
   <나는 원하네······(我願······)>

② 저 멀리 하늘가로 달려가자.
   아득한 지평선으로 달려가자.
   어지르진 잿빛 푸른 숲으로 달려가자.
   <나그네와 함께 — 무사시노(武藏野)의 길에서>

 인용시 ①, ②에서 화자는 어딘가를 향해 달려가고자 하는 의지
를 보여준다. '불빛'·'하늘 가'·'지평선'·'숲'을 향해 무작정 달
려가고자 하는 화자의 의식 밑바탕에는 현재 자신이 서 있는 공간
에 대한 부정적인 인식이 깔려 있다. 화가가 현재 서 있는 위치가
어디쯤인지 가늠하기는 어렵지만, 분명한 사실은 화자가 현재 서 있
는 공간에서 멀리 떨어진 다른 공간으로의 이동을 추구하고 있다는
점이다.

   나는 한 가닥 한 가닥 저녁연기를 어루만지며
   구불구불하고 깊숙한 길을 따라 질주하다가
   조용히 멈춘 채 쓸쓸히 길을 찾네.
   <이토(伊東)의 강가에서(伊東的川上)>

 위의 인용문에서도 화자는 길을 따라 어딘가를 향해 질주하고 있
다. 현재 화자가 질주하고 있는 '구불구불하고 깊숙한' 길은 '한 가
닥'씩 피어오르는 '저녁연기'처럼 언제 사라질지도 모르는 위태로운

모습을 드러내며 화자의 초조하고 불안한 심정을 상징한다. 보일 듯 말 듯한 길을 찾아 질주하던 화자는 발걸음을 멈추었다. 자신이 달려가던 길을 잃어버린 것이다. 자신이 가야 할 길의 부재와 그 길을 찾아 방황하는 화자는 자신의 인생 길 위에서 영원히 멈추지 못하는 나그네이다. 이처럼 목목천이 자신의 삶의 여정에서 보여주는 유랑의식은 자신을 이 세상에서 나그네로 표현하고 있다.

> 나는 영원한 나그네 영원한 잿빛 가느다란 길을 걷는다
> 어스름 황혼이 내릴 때 영원한 잿빛 가느다란 길을 걷는다
> 나는 영원한 나그네 영원히 쓸쓸하고 담담한 심장을 듣는다
> 영원히 쓸쓸하고 담담한 심장이 아득히 흩어지는 침묵을 듣는다
> <헌시(獻詩)>

이 시에서는 화자의 떠돌아다니는 나그네로서의 고독한 심경이 잘 나타나 있다. 나그네는 어딘가를 향해 걸어가고 있다. 자신이 가고자 하는 목적지가 어디인지 가늠하기는 힘들지만 어쨌든 이제 '어스름 황혼이 내릴 때'가 되었다. 자신이 가야 할 곳에 다다르지 못한 나그네는 날이 저물어 땅거미가 지는 황혼에도 계속 길을 재촉해야 한다. 세상의 만물들이 모두 자신의 피곤을 달래줄 보금자리로 돌아가지만, 나그네는 여전히 어딘가를 향해 걸어가야 한다. 이때 나그네는 혼자임을 느낀다. 이 '혼자'라는 의식은 그로 하여금 외로움에 휩싸이게 한다.

나그네가 느끼고 있는 이 외로움은 잿빛으로 물드는 '가느다란

길'에 구체적으로 투영된다. 나그네는 어떤 구체적인 목적지를 향해서 걷고 있는 것이 아니라, 자신도 모르는 어딘가를 향해서 떠돌고 있을 뿐이다. 때문에 자신이 가야 할 목적지가 불투명한 나그네에게 있어서 길은 넓은 대로가 아닌, 끝없이 '가느다란' 길일 수밖에 없다. 즉 나그네의 유랑의식은 자신의 앞에 놓여 있는 길을 끝없이 길고 가늘게 팽창시키고 있는 것이다.

특히 인용시에서 주기적으로 반복되는 '영원'이란 단어는 화자의 '나그네'로서의 유랑의식을 더욱 절망적으로 만든다. 화자의 앞에 놓인 길은 영원히 끝이 없는 길이다. 목적지 없이 길을 걷는 나그네에게 있어서 '영원한' 길은 끝없는 유랑을 의미하며, 화자를 '영원한 나그네'로 남아 있게 만든다.

자신이 가야 할 길이 끝없이 가늘게 팽창된 한계 상황에 맞닿은 나그네의 의식은 자연히 위축되며 그로 인해 그의 의식은 점점 내면으로 파고들게 된다. 때문에 혼자 쓸쓸하게 걷고 있는 나그네의 의식은 외부세계에서 들려오는 소리는 들리지 않고, 다만 자신의 내면 깊숙한 곳에서 흘러나오는 심장의 박동 소리만 들릴 뿐이다. 그러나 그 심장의 박동 소리조차도 아득히 흩어지며 나그네는 침묵에 휩싸인다. 이처럼 무작정 불투명한 세상 어딘가를 향해서 걸어가고 있는 화자는 '영원한 잿빛 가느다란 길'을 걸어야 하는 '영원한 나그네'이다. 이처럼 정처 없이 떠돌아다니는 나그네에게 있어서 이 세계는 황혼이 지나고 아침이 되어도 여전히 비애로 남아 있다.

기름 재의 아침안개
짙은 연기
젖이 뚝뚝 떨어져
어두컴컴해 살며시 잠자고 있는 사이에
모였다 흩어진다.
만약 보이지 않는다면 ―
아득히 구름 덮인 산
지평선이 ―
아득히 잿빛 허공 사이에 있네
쓸쓸한 새 보이지 않고
가서 영영 돌아오지 않네
영원한 도취 ―
부드러운 연기같이 짙은 그물에 덧없이 흩어지네
<아침부두(朝之埠頭)>

노드롭 프라이(Northrop Frye)는 하루의 주기를 '아침→정오→저
녁→밤'으로의 이미지의 순환적인 형식으로 설명했다. 그의 견해에
따르면 '아침'이라는 이미지가 가지는 보편적인 의미는 하루의 시작
인 동시에 밤이 의미하는 '죽음'에서의 재생이다. 그런 측면에서 아
침은 밝고 희망적인 탄생 이미지를 제공한다.

그러나 그것도 자신이 가야 할 방향에 대한 인식이 분명한 사람
에게 의미가 있는 것이지, 가야 할 방향을 찾지 못한 화자에게는
단지 어제에 이어서 또다시 반복되는 힘겨운 유랑의 시작일 뿐이다.
때문에 고독한 나그네의 마음은 아침이 되어도 여전히 비애로 가득
차 있다. 안개가 자욱하게 깔린 부두의 시계(視界)는 정처 없이 떠

돌아다니는 나그네의 심정과 마찬가지로 매우 불투명하다. 구름 덮인 산과 지평선도 뚜렷하게 보이지 않고 다만 잿빛 허공에 떠 있을 뿐이다. 한 번 날아간 새도 자신이 가야 할 목적지로 날아가 다시 돌아오지 않지만, 화자는 여전히 자신이 가야 할 방향을 찾지 못한 채 방황하고 있다. 이처럼 나그네에게 있어서 이 회색적인 세계는 비애를 느끼게 한다.

<닭 울음소리(鷄鳴聲)>는 화자가 왜 이 세계에서 비애를 느끼며 인생의 고통을 곱씹고 있는지에 대해 좀 더 분명한 암시를 제공하고 있다.

   닭 울음소리
   진정한
   비애를
   일깨우지 못하네
   어디가 집인지
   어디가 고국인지
   어디에 애인이 있는지
   어디로 돌아가야 힐지
   난 모르겠네
   아 가물거리는 등불이 퇴폐적이다
   <닭 울음소리(鷄鳴聲)>

위의 인용시에서는 화자가 달려가고자 하는 지향처가 어느 정도 윤곽을 드러낸다. '집'·'고국'·'애인'으로 표현되는 지향처는 화자가 '엉원한 샛빛 가느다란 길'을 걸어가면서 향하는 목적지이다. 그

러나 여기에서 화자는 오히려 자신의 목적지를 향하면서도 '어디로 돌아가야 할지' 모르는 방향감각의 상실을 보여주고 있다.

나그네는 어딘가를 향해 걸어가고 있지만 정작 자신이 찾아가야 할 목적지를 분명하게 알지 못한 채 방황하고 있는 것이다. 즉 '어디가 집인지', '어디가 고국인지', '어디에 애인이 있는지', '어디로 돌아가야 할지' 모르는 방향감각의 상실은 '집'·'고국'·'애인'이 존재하는 세계에서 홀로 떨어져 방황하고 있는 화자의 내면세계를 비애로 가득 차게 만든다.

결국 화자의 이러한 방향감각의 상실은 화자의 내면세계를 '가물거리는 등불'처럼 어둡고 몽롱하게 하여 비애로 가득 차게 만드는 근본적인 원인을 제공하는 것이다. 그러기에 잠자는 사람들을 불러 깨우는 아침 닭의 울음소리조차도 홀로 떨어진 자신의 비애를 깨우지 못한 채 절망적인 상태로 빠지게 되는 것이다. 그러면 목목천이 이토록 비애에 휩싸인 채 찾고 있는 곳은 구체적으로 어디인가?

　　나는 멀리 산산이 흩어진 구불구불한
　　불빛으로 달리고 싶어
　　홀로 적막하게 해변의 잿빛 길을 거닐고 싶어
　　나는 담담하게 흩어지는 벼의 향기를 가득
　　맛보고 싶어
　　나는 조용히 금빛 모래 언덕에서 들려오는
　　가벼운 물결소리를 듣고 싶어
　　<중　략>
　　아 도대체 나의 고향은 어느 산 어느 모퉁이던가

어디의 바람 속에 어디의 구름 고향에 숨었나
개굴거리는 청개구리의 울음바다 속에
아 나는 쓸쓸하게 한밤이 지난 뒤의 해변을
거닐고 싶어
나는 저기 머나먼 불빛까지 뜨겁게 달리고 싶지만
달릴수록 달릴 수 없네
<나는 원하네……(我願……)>

1919년부터 고향을 떠나 타국에서 유학생활을 하던 목목천에게 있어서 귀향의식은 늘 그의 무의식 속에 잠재해 있었다. 본래 목목천의 고향은 중국 동북의 길림성(吉林省) 이통현(伊通縣)이다. 이곳은 장백산(長白山)의 지맥인 대흑산맥(大黑山脈)의 남쪽에 위치해 있으며 많은 산과 울창한 숲으로 덮여 있다. 남쪽으로는 산수가 수려한 칠성산(七星山)의 주봉인 대고산(大孤山)이 보이며, 동쪽으로는 막리청산(莫里靑山)이 있고, 서남쪽으로도 산들이 마치 탑같이 솟아 있다. 또한 송화강(松花江)이 서쪽에서 흘러 나와 용담산(龍潭山)의 서쪽 자락을 거쳐 다시 서쪽을 향해 선회하여 'S 자'형으로 길게 흐르면서, 대자연의 태고적 원시림을 고스란히 간직한 곳이 바로 길림이다.

이처럼 어린 시절을 아름다운 원시림 속에서 자란 목목천에게 있어서 길림은 자신의 생래의 고향인 동시에 어머니의 품과도 같은 따스한 보금자리였다. "나는 우리 북국의 눈 덮인 평원을 표현하려고 했다."라고 말했듯이, 하얀 눈이 쌓인 길림의 드넓은 평원은 목목천의 가슴에 무의식적인 고향으로 자리 잡았고, 귀향의식은 ≪나그네의 마음(旅心)≫에서 자연스럽게 표현되고 있다. 때문에 <마음의 욕심

(心欲)>에서 '강 따라 흘러 동쪽으로 가서', '밀림을 향해 길게 날아가서'라는 표현이 나타내는 '동쪽'이라는 구체적인 방위가 중국의 동북쪽에 위치한 고향 길림을 지칭한다거나, '밀림'이 중국의 태고적 원시림을 고스란히 간직하고 있는 그의 고향을 의미한다는 사실은 의심할 여지가 없다고 하더라도, 이 <나는 원하네……(我願……)>에서는 이미지로서의 고향, 즉 거기에 대한 그리움을 암시하고 있다.

제1연에서 목목천이 그리워하는 대상인 '구불구불한 불빛'·'해변의 잿빛 길'·'벼의 향기'·'물결소리'는 화자의 고향에 대한 구체적인 묘사이기보다는 고향의 이미지를 구체화하기 위한 묘사이다. 즉 고향에 대한 화자의 원초적인 그리움을 표현하고 있는 것이다.

'불빛'은 화자가 현재 서 있는 장소에서 멀리 떨어진 곳에 있다. '불빛'의 속성상 밝은 곳에서는 불빛이 본래의 기능을 발휘하지 못하고, 다만 어두운 곳에서 그 기능을 발휘할 수 있다. 때문에 현재 불빛을 바라보고 있는 화자의 위치는 상대적으로 어둠으로 덮여 있다. 여기서 '불빛'은 화자가 현재 서 있는 '어둠'과는 대립적인 이미지를 가진다. 이 불빛은 어둠과 대립적인 개념으로서 '밝음'을 지향하며, 따스함 혹은 포근함을 전달해준다. 특히 이 불빛이 전달해주는 고향의 따스함을 연상하며 화자의 의식은 고향으로 향하는 것이다.

이와 같은 고향에 대한 이미지는 제2연에서도 '돌'·'물결'·'천년의 석상'·'빈 의자'·'소와 양' 등 자연경물을 통해서 투영된다. 특히 화자가 그리워하는 대상은 모두 조용하고 아름다운 자연경치이다. 이러한 자연경치는 현실세계에 존재하는 실제 경치라기보다는 일종의 현상이며 상징이다.

사실 목목천의 고향인 길림은 일본에서 생활하던 그가 돌아가고자 하면 얼마든지 돌아갈 수 있는 곳이다. 실제로 그는 일본 유학시절에 여러 차례 자신의 고향인 길림을 다녀온 적이 있었다. 그럼에도 불구하고 제2연에서 '저기 허무한 고향', '저기 하늘가의 외로운 섬'이라고 하여 자신이 위치한 현재의 장소와 고향과의 심리적 거리를 무한히 확장시키며, 제3연에서 '아 도대체 나의 고향은 어느 산 어느 모퉁이던가?'라고 질문하면서 '달려가고 싶지만 갈 수 없네.'라고 스스로 대답한 것은 화자가 말하는 고향이 차나 배루 갈 수 있는 지리적인 위치로서의 고향이 아니라, 비현실적인 공간으로서의 고향임을 암시해준다.

때문에 이 시에서는 현실적인 공간으로서의 고향을 표현하기보다는 오히려 귀향에 대한 소망을 본능적으로 노래하고 있는 것이다. 그러므로 이 시에 나타난 목목천의 고향은 출생지로서의 구체적인 장소가 아니다. 단지 화자가 과거에 체험했던 고향에 대한 기억을 통해 떠올린 이상화된 공간으로서의 고향이다.

이처럼 화자가 고향을 향해 달려가고자 하는 마음 이면에는 고향과는 대립적인 의미를 내포하는 도시적인 문명공간에 둘러싸인 자신의 고립된 현실이 존재하고 있었다.

> 저 밑티 높은 남상 신비한 사립눈을 멀꼬
> 뜰 안에는 쑥이 가득하고 함께한 무덤 빽빽하니
> 진흙을 내뿜는 자동차는 영원한 개선가를 부르고
> 하늘가의 굴뚝 쉬지 않고 뿜어대는 짙은 석탄재
> <안개비 속에서(烟雨中)>

도시문명을 상징하는 굴뚝에서는 쉬지 않고 짙은 석탄재를 뿜으면서 그 위력을 자랑하고, 자동차는 영원한 개선가를 부르고 있다. 반면에 사립문으로 상징되는 고향은 도시문명이 내뱉고 있는 석탄재에 둘러 싸여 황폐한 무덤처럼 영원한 패배가를 부를 뿐이다. 때문에 이 문명공간은 화자가 현재 위치해 있는 현실공간인 동시에, 화자를 늘 비애로 가득 차게 만드는 세계이자, 생존 투쟁으로 지치게 하고 자유를 구속하는 세계이다. 그러므로 '돌'·'물결'·'천 년의 석상'·'빈 의자'·'소와 양' 등 자연경물로 이루어진 자연공간은 화자가 현실세계에서 느끼는 허위와 비애로 인해 만들어진 가공의 세계이다. 한마디로 화자는 비애로 가득 찬 현실세계에서 탈출을 기도하며 자신이 지향하는 고향을 향해 달려가고 있는 것이다.

목목천의 전기적(傳記的) 사실에 따르면 그의 고향에 대한 기억은 두 가지 형태로 나타난다. 한 가지는 행복했던 어린 시절의 추억이 서린 포근한 보금자리로서의 고향이며, 또 한 가지는 가정의 몰락과 봉건적인 구속으로 인해 고통받고 방황하게 하는 기억에 떠올리기 싫은 비애 어린 고향이다. 즉 전자는 목목천이 그리워하며 지향하는 고향이며, 후자는 그가 벗어나고자 하는 고향이다. 동시에 전자는 목목천이 다시 되돌아갈 수 없는 회상공간이며, 후자는 지금도 다시 되돌아갈 수는 있지만 돌아가고 싶지 않은, 자신의 기억 속에서 지워버리고자 하는 현실공간이다. 때문에 목목천은 현실적인 공간으로 존재하고 있는 후자의 고향을 지향하기보다는 오히려 현실세계에서 받고 있는 고통에서 벗어나 안식할 수 있는 보금자리로서의 이상화된 전자의 고향을 지향하고 있는 것이다. 그러나 이상화된 고향은 현실적으로는 도달이 불가능한 가공의 세계이므로, 다른 상징적인 매체를 통해서 자신의 고향으로의 회귀를 시도한다.

결국 목목천이 찾고 있는 고향은 이 세상에 공간적인 좌표로서 존재하는 고향이 아닌 이상세계에 속하는 고향인 동시에 화자가 현재 서 있는 '여기'에 존재하는 곳에 아니라, '여기'에서 떨어진 '저기'에 존재하는 비의적(秘義的)인 공간이 된다.

Ⅲ. 고향으로의 초월의지

고향을 지향하면서도 달려갈 수 없는 좌절을 경험하게 되는 화자는 다른 매체를 통해 현실세계에서 벗어나 고향으로 달려가고자 하는 초월의지를 드러낸다.

난 한 마리 나는 새가 되어
구름 끝을 향해 높이 날아
붉은 자줏빛 하늘을 쫓아가서
세계로 날아 떨어지고 싶어

난 한 마리 나는 새가 되어
밀림을 향해 길게 날아
비취빛 버들의 끝에 머물면서
조용히 목동의 노랫소릴 듣고 싶어

난 한 마리 나는 새가 되어
조용히 돛대 끝에 앉아
촛불 켜고 마주앉아 술 마시는 어부를
바라보며 천천히 긴 밤을 보내고 싶어
<마음의 욕심(心欲)>

죠셉. C. 헨더슨은 인간이 지닌 초월의지에 근거하여 '초월상징'
이라는 용어를 쓰고 있다. 그에 따르면 초월상징이란 어떤 목표를
달성하려는 인간의 능력을 대표하는 상징이다. 그는 또한 초월상징
은 의식과 마음의 무의식적인 내용이 결합되고 이 결합으로부터 마
음의 초월적 기능(the transcendence function of psyche)이 생기고
그로 말미암아 개인적 자아(indidual self)의 잠재력을 최대한으로
성취하는 상징이라고 한다. 이런 초월상징에서 그 초월을 나타내는
가장 대표적인 매체(medium)는 '새'이다. 상징문제에 있어서 이미
새는 해방과 자유의 상징체로 자주 논의되어 왔다.

인용시에서 화자는 한 마리 새가 되어 자신이 달려갈 수 없는 고
향으로의 초월의지를 보여주고 있다. 일반적으로 새는 하늘로의 비
상을 통한 상승의지를 보여준다. 지상과는 무관한 하늘에서 존재하
는 새는 구속에서의 탈피를 의미하기도 하며, 나아가 자유로운 시인
의 영혼을 의미한다. 새의 상승의지는 바로 화자의 상승의지이며,
새의 지향처는 바로 시인 자신의 지향처인 것이다.

화자는 제1연에서 새가 되어 구름 끝을 향해 높이 날아 '하늘'을
지향하며, 제2연에서는 '밀림'을 지향하고, 제3연에서도 화자는 '돛
대'를 지향하고 있다. 이 '돛대' 역시 '강'이나 '바다'를 전제로 한

상징물이다. 이처럼 화자가 지향하는 '하늘'·'밀림'·'돛대'는 모두 현실에서 벗어난 대자연으로의 개방성을 의미한다. 이 개방성은 화자를 비애로 가득 차게 하는 폐쇄적인 현실로부터의 개방인 동시에 고향을 향한 개방이다. 이와 같은 화자의 초월의지는 ≪나그네의 마음(旅心)≫ 전체에서 다양한 형태로 전개되어 나타난다.

　① 나는 저 멀리 회색천의 뜬구름을 사랑한다
　　　오팔 같은 하늘의 어렴풋함을 어루만지며
　　　멀리 멀리 멀리 멀리 지나간다
　　　뽕밭 나무 끝을 지나간다 저 언덕을 향해
　　　<비온 뒤의 이노카시라(雨後的井之頭)>

　② 나는 작은 돌멩이를 집어 들어
　　　가볍게 물보라를 일으킨다
　　　물보라가 출렁인다 물보라가 출렁인다
　　　마치 내가 위에 앉아 먼 나라로 가는 듯이
　　　<물보라(水飄)>

　③ 저 멀리
　　　밭 주위 길가에
　　　온화한 시골 사람 기댄 채
　　　아득한 하늘가 끝없이 이어진 산의 출렁거림
　　　바라보며 가늘게 이어진 회색의 선 위에
　　　전전히 미끄러지는 흰 돛을 생각하네
　　　<해질녘 향촌(薄暮的鄉村)>

　화자는 인용시 ①, ②, ③에서 '뜬구름'·'물보라'·'흰 돛'이라는

매체를 통해 '저 언덕'·'먼 나라'·'하늘가'로 표현된 고향을 지향하고 있음을 보여준다. 이처럼 위의 인용시에서 나타나는 '새'·'뜬구름'·'물보라'·'흰 돛'은 모두 화자의 초월의지를 반영하는 심리적 투영물로서, 이들은 모두 유동성(流動性)을 지니고 있으며 공간적인 이동을 상징한다. 화자는 고향으로 향하는 자신의 간절한 소망을 이들 심리적 투영물을 통해 암시하고 있는 것이다.

화자가 고향으로 가는 길에는 여자의 형상이 자주 나타난다. 목목천에게 있어서 고향이 그가 달려가고자 하는 장소라면, '그녀'·'누이'·'소녀'·'애인' 등으로 표현되는 여자의 형상은 그가 달려가고자 하는 구체적인 대상이다. 이 여자는 목목천이 달려가고자 하는 장소가 고향으로서의 의미와 가치를 지니게 되는 이유이기도 하다.

① 난 눈부신 태양이 되고 싶진 않아
   난 은백의 달이 되고 싶진 않아
   난 그녀의 머리 위를 비추는
   희미한 빛이 되고 싶어
   <난 희미한 불빛이 되고 싶어(我願作一點小小的微光)>

② 그녀로구나 출렁이는 물보라를 깊이 생각하네
   그녀로구나 부드러운 새 옷이 흔들리네
   그녀로구나 지주연 곁에서 옛일을 회상하네
   그녀로구나 수풀 끝을 보면서 마음의 고향을 생각하네
   아! 어디서 불어오는 그녀의 노랫소리인가
   잿빛 어스름한 강가 저녁 바람 속에서 심하게 흔들린다
   <이토의 강가에서(伊東的川上)>

화자는 시각과 청각 등 감각기관을 통해 오로지 '그녀'에게 모든 신경을 집중시키고 있다. 인용시 ①에서 화자는 온 세상을 밝혀주는 태양이나 달이 되길 원하지 않는다. 왜냐하면 화자에게 있어서 '그녀'가 없는 세상은 설령 태양과 달이 밝게 비춘다고 하더라도 밤과 같은 어둠이기 때문이다. 그는 태양이나 달처럼 눈부신 빛이 아니더라도 다만 그녀를 비출 수 있다면 기꺼이 희미한 빛이라도 되겠다는 심정을 보여준다. 빛은 그녀를 비춰줌으로 인해 그 존재적 가치가 있는 것이지, 그녀가 존재하지 않는다면 제아무리 눈부신 태양이나 달빛이라도 화자에게는 무의미하다.

인용시 ②에서도 화자는 '그녀'에 대한 생가으로 기득 차 있다. 화자의 의식은 그녀가 입고 있는 옷에서부터 행동, 심지어는 그녀의 생각에까지도 미치고 있다. 이러한 모든 행동과 의식은 바로 그녀에 대한 화자의 지향성으로부터 시작된다. 그럼에도 불구하고 화자는 그녀의 노랫소리가 어디에서 전해오는지 알지 못한 채, 다만 강가에서 저녁바람과 함께 배회하고 있을 뿐이다. 그녀를 향한 화자의 의지와는 달리 그녀는 자신의 곁에 존재하는 것이 아니라, 자신이 알 수 없는 저 멀리 존재하고 있는 것이다.

사실 이 시를 쓸 무렵 목목천은 한 일본 여자를 사랑한 적이 있었다. 그는 1924년 여름방학에 자신의 친구인 S군과 함께 이토(伊東)의 해변으로 여행을 떠나 약 두 달가량을 함께 지냈다. 그 두 딜 동안에 목복천은 조금 통통했던 한 일본 소녀를 알게 되고 그녀를 마음속으로 사랑하게 되었다.

그 통통한 소녀는 특별히 맑고 깨끗한 목소리를 가지고 있었다. 어스름 빛 몽롱한 가운데 그녀는 끊어졌다 이어졌다 하면서 경쾌하게 노래를 불렀다. 저녁바람이 부드럽고 끊어지지 않는 실처럼 그녀의 노랫소리를 곳곳에 불어 보냈다. 그녀의 그 노랫소리는 바로 내가 그리워하는 대상이며 내 마음이 향하는 곳이다.

그러나 이 일본 소녀는 목목천과 함께 동행했던 S군에게 호감을 가지고 있었고, 그에게는 아무런 관심도 나타내지 않았다. 이 소녀가 날마다 S군과 산책하는 것을 바라보면서 목목천은 고통스러워했고, 이 사실은 그로 하여금 자신의 몰락과 인생의 처량함을 느끼게 했다.

특히 1923년과 1924년은 목목천의 인생에 있어서 가장 불행했던 때였다. 심한 근시 때문에 그가 원래 공부하고자 했던 수학이나 화학을 포기하게 되었고, 그로 인해 느끼는 좌절감이나 이상의 파괴는 그를 인생의 막다른 골목까지 내몰았다. 심지어 한때는 자살을 통해 출로가 없는 인생길을 벗어나려고 생각하기까지 했다. 그래서 S군이 목목천에게 정신적인 휴식을 위해 이토로의 여행을 권유했던 것이다. 그러나 이토에서 생활했던 두 달은 그에게 있어서 더 큰 고통과 비애를 안겨주었을 뿐이다.

당시 목목천의 이러한 실연의 심경을 표현한 시가 바로 <난 희미한 불빛이 되고 싶어(我願作一點小小的微光)>와 <이토의 강가에서(伊東的川上)>이다. 때문에 인용시 ①, ②에서 표현된 '그녀'가 목목천이 사랑했던 바로 그 일본인 소녀였으리라는 일차적인 추측이 가능하겠다. 그러나 설령 이 시에 표현된 '그녀'가 그 일본 소녀를 염두에 두고 썼다고 하더라도, ≪나그네의 마음(旅心)≫에서 나타나는 '여자'는 형이상학적인 상징을 띤다.

① 맞은편 아득한 언덕 위 붉은 치마 입은 소녀
　녹색 우산 받쳐 들고 하늘 끝을 바라보네
　<시노바즈노이케에서(不忍池畔)>

② 말없는 소녀 멍하니 녹색 우산 가볍게
　받쳐 들고 비스듬히 물가를 향해 바라보네
　<안개비 속에서(烟雨中)>

인용시 ①에서는 붉은 치마 입은 소녀가 화자가 서 있는 장소에서 멀리 떨어진 맞은편 아득한 언덕 위에 서 있다. 언덕은 하늘로 상징되는 이상세계와 땅으로 상징되는 현실세계의 경계지점이다. 이상세계와 현실세계가 맞닿은 곳에서 소녀가 받쳐 들고 있는 우산은 땅에서 하늘을 향해 치솟은 상징물로서 지상에서 천상으로의 상승을 의미한다. 그러므로 소녀가 우산을 받쳐 들고 하늘 끝을 바라보는 행위는 이상세계로의 상승을 의미하며, 동시에 화자 자신이 이상세계로의 초월의지를 암시하는 것이다. 이런 측면에서 소녀는 천상세계로 향하고자 하는 화자의 심리적 투영물인 동시에 그를 천상세계로 인도하는 매체의 역할을 한다.

인용시 ②에서도 소녀는 녹색 우산을 받쳐 들고 비스듬히 물가를 바라보고 있다. '물가' 역시 바다나 강이 땅과 맞닿은 장소로서 이상세계와 현실세계가 서로 맞닿아 있는 경계지점이다. 그러므로 물가를 바라보는 행위는 현실세계의 외로움에서 오는 영혼의 갈증을 해소하고자 하는 잠재의식에서 비롯된 것으로 볼 수 있다.

노드롭 프라이는 물을 "비에서 샘으로, 샘이나 분수에서 시내나 강으로, 강에서 바다나 겨울의 눈으로 그리고 다시 먼저의 상태로 회귀한다."라고 하여 끊임없이 변화하는 속성을 통해 순환적 이미지로 해석했다. 한편 한스 마이어호프(Hans Meyerhoff)는 "문학작품에서 물은 강과 바다와 같은 이미지로서 '비상(飛翔)' 또는 '흐름'의 상징으로 재현되어 왔다."라고 하여 주로 경험적 시간의 흐름으로 해석했다. 김준오(金埈五)는 자신의 저서인 ≪시론(詩論)≫에서 "물은 창조의 신비, 탄생, 죽음, 소생, 정화와 속죄, 풍요와 성장의 상징이며, 융에 의하면 물은 무의식의 가장 일반적인 상징이다. 여기에 강과 바다를 포함시켰다. 바다는 모든 생의 어머니, 영혼의 신비와 무한성, 죽음과 재생, 무궁과 염원, 무의식 등을 상징한다."라고 하여 칼 구스타브 융(Carl Gustav Jung)의 견해를 바탕으로 원형적 이미지로 해석했다. 이처럼 물은 모성(母性)의 상징이자, 목마른 영혼을 포근하게 감싸주고 감미롭게 적셔준다. 그렇기 때문에 물은 생명의 고향이라고 말할 수 있으며, 화자가 달려가고자 하는 고향의 내면을 형성하는 정신적인 상징이 된다.

Ⅳ. 생명의 고향으로의 회귀

≪나그네의 마음(旅心)≫에서는 여자가 물과 동일한 이미지로 받

아들여지고 있으며, 물의 이미지가 전체 시의 중심 이미지를 구성하고 있다는 사실은 의미심장하다. 물은 ≪나그네의 마음(旅心)≫의 중심 이미지일 뿐만 아니라, 시 전체에 일관되게 흐르고 있는 시적인 생명력이다.

우리는 물소리를 찾아 어부의 그물코에 가야 한다
우리는 물소리를 찾아 산속 샘의 근원에 가야 한다
우리는 물소리를 찾아 바다 입구의 백사장에 가야 한다
우리는 불소리를 찾아 거기 강의 물굽이에 가야 한다

우리는 논도랑에 있는 물소리를 찾아야 한다
우리는 긴 대나무 있는 호수에서 물소리를 찾아야 한다
오세요 우리는 썩은 노를 들고
밤에 우리의 그 외로운 작은 배를 함께 움직인다

누이여 물소리는 당신의 눈 끝에서 노래하나요
누이여 물소리는 당신의 가슴에서 노래하나요
누이여 물소리는 당신의 머리칼 끝에서 노래하나요
누이여 물소리는 당신의 살쩍머리 곁에서 노래하나요
<물소리(水聲)>

최지는 누이와 함께 '외로운 작은 배'를 나고서 생명의 고향을 일깨워주는 물소리를 찾아 나선다. 불소리는 '어부의 그물코'·'산속 샘'·'바다 입구의 모래사장'·'강의 물굽이'·'논도랑'·'호수' 등 곳곳에 충만해 있다. 이처럼 온 우주공간에 충만해 있는 물소리

를 들으면서 화자의 의식은 누이에게로 향한다. 즉 화자는 누이의 '눈 끝'·'가슴'·'머리카락'·'살쩍머리'에서 흘러나오는 물소리를 듣는 것이다. 여기서 화자는 '누이→물소리→물'로 상상력의 변형과 정을 거치면서 고향의 내면적 가치를 부여하는 누이의 형상을 물의 이미지로 승화시킨다.

> 졸졸 흐르는 저기 물의 근원이여 멈추지 않고 흐르는구나
> 뚝 뚝 뚝 뚝 뚝뚝 떨어지는 너의 눈물방울이
> 인류의 마음의 기둥이네 너는 어쩔 수 없이 흐르는구나
> 아 다리 위 붉은 옷섶의 소녀여 환락 환락 환락 근심을 모르네
> <비온 뒤의 이노카시라(雨後的井之頭)>

물은 만물의 생명력을 발아시키는 무한한 능력의 소유자이며, 동시에 수태의 능력을 지니는 여성으로서의 역할을 수행하기 때문에 일반적으로 물은 여성과 동일한 이미지 선상에서 인식되고 있다.

여자를 물의 이미지로 인식하는 것은 중국의 전통적인 상징구도이다. 양(梁)나라 소통(蕭統)이 편찬한 ≪문선(文選)≫에 실린 초(楚)나라 송옥(宋玉)의 <고당부(高唐賦)>에서 "첩은 무산의 남쪽, 높은 언덕 험난한 곳에 있는데, 해 뜰 때는 아침 구름이 되고, 저녁에는 떠돌아다니는 비가 된다(妾在巫山之陽,高丘之阻,旦爲朝雲,暮爲行雨)."라고 했다. 여기에서 '아침 구름[朝雲]'과 '떠돌아다니는 비[行雨]'는 바로 고당의 신녀인 '첩'의 다른 모습이다. 즉 '구름'과 '비'는 모두 물의 이미지를 형성하고 있으며, 이 물은 바로 고당의 신녀인 '첩(여자)' 바로 자신인 것이다.

인용시에서도 화자는 물이 흘러나오는 물의 '근원'을 '여자'로, 거기서 졸졸 흐르는 '물'을 뚝뚝 떨어지는 여자의 '눈물방울'로 인식하고 있다. 이러한 상상력을 근거로 하여 '여자=물'의 등식관계가 성립되는 것이다. 즉 뚝뚝 떨어지는 여자의 눈물방울은 물의 근원에서 흘러나오고 있으며, 그녀는 다름 아닌 물의 이미지 그 자체인 것이다.

이와 같은 물은 모성을 상징하며, 창조의 근원 또한 생명의 근원으로서의 승화된 의미를 지니게 된다. 인간은 태아 때부터 어머니의 물[羊水] 속에서 성장하고 세상에 태어나서도 물로 이루어진 젖을 먹고 자란다. 이러한 물은 인간이 평생토록 마셔야 되는 생명수인 동시에 인간 자신이 물로 이루어졌다고 해도 과언이 아니다. 그러기에 물로 상징되는 모성은 인류가 영원히 기댈 수밖에 없는 기둥이자 안식처이다. 때문에 화자는 자신이 영원히 기댈 마음의 기둥인 물이 흘러나오는 근원처를 향해 찾아 나선다.

누이여 당신은 아나요
어디가 불의 고향인지를

오세요 우리 썩은 노를 잡고
달빛이 몽롱한 담백한 하늘빛을 따르네
강 위에서 우리의 작은 배를 가볍게 출렁이며
공간의 잿빛 작은 꽃을 바라보며
직접 물의 고향이 막다른 곳을 찾아보네
<물소리(水聲)>

그러나 세속이라는 현실공간에서 생활하던 사람이 곧바로 성스럽고 신비적인 영원한 세계로 들어갈 수는 없다. 왜냐하면 화자가 살던 현실세계와 그가 지향하는 물의 고향은 차원을 달리하는 공간이기 때문이다. 그래서 이 영원한 세계, 즉 물이 흘러나오는 최초의 근원처에 도달하기 위해서는 선행조건으로써 현실세계에서 묻은 때를 씻어야 하는 통과의례(通過儀禮)를 거쳐야 한다.

난 어린아이가 되어
강가의 사주에서 발을 씻고
가득한 환희의 웃음으로
가슴속 깊은 정을 다 없애고 싶어

난 어린아이가 되어
뗏목 곁 물속에서 헤엄치며
마음 내키는 대로 몇 번이고 헤엄쳐
가슴속 깊은 정을 다 씻고 싶어
<마음의 욕심(心欲)>

위의 인용시에서 나타나는 '어린아이'의 이미지는 화자의 동심(童心)을 상징한다. 풍내초(馮乃超)가 "그의 고향에 대한 인상은 대개 행복했던 어린 시절에 남겨진 것이다."라고 말했듯이, 어린아이는 바로 어린 시절 행복했던 고향에서의 기억 속으로 돌아가고자 하는 의식의 상징인 동시에, 때 묻지 않은 순수한 동심의 세계로 돌아가고자 하는 의식의 상징이다. 제1연에서 화자는 순수한 동심을 가진

어린아이가 되어 비애의 때가 묻어버린 세속적인 현실세계에서 벗어나고자 한다.

제1연에서 화자가 강가의 사주에서 '발을 씻는' 행위는 세속의 때를 씻어주는 '정화(淨化)'의 의미를 지니고 있다. 제2연에서 나타나는 물속에서 헤엄치는 행위 역시 기독교에서 말하는 세례 또는 침례의 의미를 지닌다.

이처럼 물로 인한 형태의 해소는 새로운 탄생에 의해 이어지는데, 이는 물에 들어가는 것이 삶과 창조의 잠재력을 증식시키기 때문이다. 물은 입사의례(入社儀禮)에 의하여 새로운 탄생을 부여하고 주술적 의례(儀禮)에 의하여 치유하며, 장송의례(葬送儀禮)에 의하여 사후의 재생을 보증해준다. 물 안에는 모든 잠재력이 통합되어 있기 때문에 물은 생명의 상징[聖水]이 된다. 그런 의미에서 화자는 어린아이가 되어 강가의 사주에서 발을 씻고 물속에서 헤엄치는 행위를 통해 세속에서의 때를 씻는 동시에 새로운 생명의 탄생을 희구하는 것이다.

그래서 세속에서 묻은 때를 정화시킨 화자는 세속적인 현실공간에서 성스럽고 신비한 이상공간으로의 이동을 추구한다.

① 오세요 우리 썩은 노를 들고
   나란히 놓인 배를 출렁이며
   갯빛 갈대 중간으로 가네
   <물소리(水聲)>

② "짹짹 짹짹 짹짹" 무슨 물새인가?
　이처럼 슬픈 울음 이처럼 슬픈 울음
　마치 베틀 북처럼 잿빛 마른 갈대
　숲을 뚫고 들어갔다가
　마치 베틀 북처럼 뚫고 나오네
　아! 저리로 가네
　<비온 뒤의 이노카시라(雨後的井之頭)>

　인용시 ①에서 화자는 썩은 노를 들고 출렁이는 배를 타고 잿빛 갈대의 중간으로 향하고 있다. 화자가 들고 있는 '썩은 노'는 통과의례에서 요구되는 상징적 죽음이다. 비애로 가득한 과거의 모든 의식형태를 썩은 노를 통해 상징하고 있는 것이다.

　인용시 ②의 제1연에서 물새로 투영된 화자는 슬픈 울음소리를 내고 있다. 마치 사람이 죽었을 때 죽은 사람과 현실세계와의 결별을 상징하는 슬픈 장송곡을 부르는 듯하다. 그러나 화자는 현실과의 결별을 조금도 아쉬워하는 태도가 아니다. 오히려 그는 베틀 북처럼 매우 빠른 속도로 마른 갈대숲을 뚫고 들어간다. 여기에서 화자가 뚫고 들어가는 '갈대 숲'은 세속적인 현실공간에서 신비스러운 이상공간으로 들어가는 문지방과 같은 곳이다. 일반적으로 문은 건물의 외부와 내부의 경계가 되는 지점이며, 사원에서는 성(聖)과 속(俗)의 경계지점이다. 문지방을 넘어서는 것이 새로운 세계와의 결합을 의미하듯이, 이 시에서 화자가 통과하는 갈대 숲 역시 하나의 세계에서 차원이 다른 또 다른 세계로 들어서게 되는 경계지점이 된다.

　이처럼 갈대숲의 '이쪽'에서 '갈대 숲'을 통해 '저기'로 가는 공간적인 통과는 정신적인 통과를 의미한다. 화자는 갈대숲이라는 매체를 통해 세속의 세계에서 신비스러운 세계로, 즉 생명이 유한한 현실세계에서 영원한 생명의 이상세계로 들어가는 것이다.

> 저기 썩어버린 풀 저기 말라버린 배……
> 당신들은 아세요? 이것이 어느 해의 가을인지……
> 당신들은 아세요? 저기 노동자들이 왜 흙을 들어올리는지
> 당신들 말해보세요 "흘러가는 것이 이와 같음이여
> 고민 환락 두서없네"
>
> 허위의 광명이여! 저기 그녀를 더럽히지 말아요 —
> 나의 애인 — 음침한 물의 고향 — 몽롱한 그녀
> 밤의 장막 너는 숲의 끝에 걸렸구나
> 밤의 장막 너는 연못 중간을 덮었구나
> 밤의 장막 너는 나를 덮었구나
> 아! 그녀와 함께 포옹하네
> <비온 뒤의 이노카시라(雨後的井之頭)>

화자가 도달한 영원한 세계는 이미 현실세계에서 느끼는 시간과 공간의 개념을 초월한 세계이다. 때문에 '썩어버린 풀'이나 '말라버린 배'가 언제부터 존재하고 있었던 것인지 그리고 지금이 '어느 해의 가을'인지는 중요한 의미를 띠지 못한다. 다만 자신이 태어나고 자란 흙으로 다시 돌아갈 뿐이다. 즉 영원한 시간의 흐름 속으로 자신을 내어 맡겨 영원한 세계로 회귀할 뿐이다.

이 영원한 세계에서는 화자가 그토록 찾아 헤매던 대상과 장소인

‘여자’와 ‘고향’이 동시적으로 나타나며, ‘여자’와 ‘고향’은 물의 이
미지로 승화된다. 때문에 화자는 ‘음침한 물의 고향’에서 물의 이미
지를 지니고 있는 ‘나의 애인’과의 포옹을 통해 자신도 물속으로 침
잠한다. 즉 화자는 우주 만물의 생명의 원천이자 창조의 근원인 모
성으로 회귀하여 평안한 안식을 찾게 되는 것이다.

V. 결 론

이상에서 살펴본 바와 같이 목목천은 고독과 비애에 싸인 채 어
딘가를 향해 달려가고 있는데, 그곳은 바로 고향이다. 그러나 그가
달려가는 고향은 자신이 태어난 지리적인 위치로서의 고향이 아닌
정신적인 안식처로서의 고향이다. 특히 목목천이 고향으로 가는 길
에는 ‘여자’의 형상이 자주 등장하며 이 ‘여자’의 형상은 ‘물’로 상
징되어 나타나며, 모성으로 상징되는 이 ‘물’은 바로 목목천이 현실
세계에서 경험하는 고독하고 고통스런 유랑에서 벗어나 평안한 안
식을 가능케 하며, 동시에 인간 생명의 원천이며, 영적인 신비와 재
생 그리고 영원성이 깃든 세계이다. 이와 같이 목목천은 ≪나그네
의 마음(旅心)≫에서 ‘고향→여자→물→생명의 근원[母性]’으로의
상징체계를 통해 잃어버린 자신의 자아를 회복하고, 고독과 비애로
가득한 현실세계에서 벗어난 초월세계로의 지향을 보여주고 있다.

3. 홍사등의 흐릿한 불빛 속에서

― 풍내초(馮乃超)의 ≪홍사등(紅紗燈)≫ ―

Ⅰ. 서 론

≪홍사등(紅紗燈)≫은 풍내초(馮乃超)가 1926년에 주로 쓴 시를 수록한 상징주의 시집으로서, 1928년 4월에 창조사총서 제20종으로 출판되었다. 그러나 <서(序)>에서 이 시집에 대해 '나뭇가지에 앉은 작은 새가 떨어뜨린 깃털 같고', '곤충이 벗어 던진 옛 껍질' 같은 과거의 기록이라고 기술한 것으로 보아, ≪홍사등≫이 출판되었을 무렵에는 이미 그의 시풍에 변화가 생겼음을 알 수 있다. 실제로 그는 ≪홍사등≫이 출판되었을 때 이미 상징주의에서 혁명문학으로 전향하고 있었다. 따라서 풍내초가 상징주의 경향을 유지한 기간은 불과 2년도 되지 않았다.

모두 43수의 시가 실린 이 시집은 전체가 '애창집(哀唱集)', '환상의 창(幻窗)', '마치(好像)', '죽음의 자장가(死的搖籃曲)', '홍사등(紅紗燈)', '시들어버린 장미(凋殘的薔薇)', '고병집(古瓶集)', '일요일(禮拜日)'의 8부분으로 나뉜다. 대부분 1926년 2월 이후의 ≪창조월간(創造月刊)≫과 ≪홍수(洪水)≫에 발표한 시들이다.

그의 상징세계에서는 대부분 죽음에 대한 전율과 노래, 병태적인 신음과 환희, 적멸(寂滅)의 탄식과 희구가 두드러지며, 이러한 것은 모두 퇴폐, 절망, 신비라는 현대주의 정서의 전형적인 반영이다. 따라서 ≪홍사등≫에는 슬픔과 의기소침한 정서가 배어 있으면서도, 신비롭고 몽롱한 기운으로 가득 차 있다. 그래서 주자청(朱自淸)도 그의 시는 "최면 같은 힘이 있으며, 퇴폐, 음영, 몽환, 선향을 노래하고 있다."라고 평가했다. 이와 같이 풍내초의 시에는 1920년대 중국 상징주의 시의 특징이 잘 나타나 있다.

Ⅱ. 청춘의 쇠퇴

풍내초의 시는 처량하고 감상적인 정서가 전체의 분위기를 이끌어 가고 있다. 이러한 시적 분위기는 이미 지나간 청춘에 대한 회고와 아쉬움, 고통으로 가득 찬 인생길에서 느끼게 되는 감개와 탄식이 함께 어울려 소침한 정서로 나타난다. 풍내초는 이미 《홍사등》의 서곡인 <슬픈 노래(哀唱)>에서 자신의 이러한 감정을 함축적으로 표현했다.

> 내 침묵하는 인생이 초췌함을 슬퍼하고
> 내 다감한 청춘이 시듦을 슬퍼한다
> <시들어버린 장미가 나를 괴로움에 병들게 하네(凋殘的薔薇惱病了我)>

풍내초에게 있어서 청춘은 젊음의 활력이 넘치는 인생의 황금기가 아니라, 생명력이 소멸되어가는 슬픔으로 다가온다. 한 치도 어김없이 흘러가는 기계적 시간이 인생을 초췌하게 하고, 청춘을 시들게 하기 때문이다. 이처럼 화자는 이미 한순간에 지나가버린 자신의 과거를 돌이켜보면서 깊은 탄식에 빠지며, 인생과 청춘에 대한 아쉬움과 슬픔의 감정을 드러내게 되는 것이다.

① 권태로운 고목의 가지는 근심을 알려주고
　 황금의 새로운 가을도 노쇠한다
　 <침묵(黙)>

② 월하미인이 순식간에 말라 시드네
　 연약한 생명이여
　 연약한 청춘이여
　 청춘과 과거가 함께 지나갔네
　 내 지쳐 위태로운 몸과 마음
　 지쳐버린 영혼
　 <죽음(死)>

　위의 두 인용시에서는 생명의 활기찬 모습을 전혀 찾아볼 수 없다. 오히려 생명력이 쇠퇴해가는 무겁고 우울한 정서만이 시의 전체 분위기를 지배할 뿐이다. 인용시 ①에서 생명력을 상실한 고목은 더 이상 새싹을 피울 수 없는 권태로운 일상 속에서 생명의 소멸을 향해 나아가고 있으며, 황금빛에 물든 풍요로운 가을도 결국에는 겨울의 조락(凋落)으로 향하게 된다.

　인용시 ②에서 월하미인(月下美人)은 화자 자신의 객관적 상관물이다. 순식간에 시들어버린 월하미인의 연약한 생명력은 다름 아닌 화자 자신의 연약한 청춘을 의미한다. 화자의 청춘과 과거는 모두 시들어버렸고, 이제 남은 것이라고는 지쳐버린 영혼밖에는 없다. 따라서 화자는 생명력이 쇠퇴한 자신의 존재적 현실을 바라보면서 인생의 허무함을 발견하게 되는 것이다.

① 누가 길가 시든 풀 속에서
　흩어진 이름 없는 황폐한 무덤
　그 안에 잠자고 있는 불행한 옛사람
　영화가 시들어버린 한 세대의 옛 꿈을 발견할 수 있는가
　……
　모두가 파괴
　신선함과 진부함을 막론하고
　모두가 애수
　운명의 흥함과 쇠함을 막론하고
　……
　아 인생은 그대의 존재를 적세 하려는 듯하고
　만능의 소물주는 창소의 기쁨이 없다
　<슬픈 노래(哀唱)>

② 공허한 생명은 시간의 접힌 주름 속에 잠복해 있다
　<겨울밤(冬夜)>

　화자에게 있어서 인생이란 허무하기 짝이 없는 꿈과 같다. 인용
시 ①에서 영화로운 한때를 보냈던 사람도 결국에는 아무도 찾아오
지 않는 '길가 시든 풀 속'에 흩어진 이름 없는 '황폐한 무덤'에서
한 줌의 흙으로 변할 뿐이다.
　인생이 짧고 허무하다는 인식에 기초한 부정적인 생명인식은 그
들에게 시간에 대한 강박관념을 불러일으킨다. 특히 현대문명의 산
물인 기계적인 시간관념은 풍내초를 비롯한 중국 상징파 시인들에
게 있어서 가장 혐오스런 대상이다. 시계 바늘에 의해 확정되는 기

계적인 시간은 탄생에서 죽음에 이르기까지 한 번 지나가면 되돌아오지 않는 속성으로 인해, 이들 시인에게 늘 시간에 대한 초조감을 불러일으킨다.

인용시 ②에서도 '공허한 생명은 시간의 접힌 주름 속에 잠복해 있다.'는 표현처럼 시간의 흐름 속에서 느껴지는 축소된 생명인식은 결국 생명의 무의미함을 드러낸다. 그래서 '아 인생은 그대의 존재를 적게 하려는 듯하고, 만능의 조물주는 창조의 기쁨이 없다.'라고 탄식하는 것이다.

이처럼 인생이란 일 초도 어김없이 다가오는 기계적인 시간의 흐름 속에서 죽음을 향해 달려가기 때문에 그 인생은 신선함과 진부함, 흥함과 쇠함을 막론하고 결국에는 모두가 파괴요, 슬픔으로 다가온다.

슬피 소리 내 우는 밤비
남김없이 뚝뚝 떨어지는 눈물
현실의 애수를 씻어버리네
쓰라린 마음의 피로를 씻어버리네

듣고 싶지 않은 빗물 소리
보고 싶지 않은 밤 그늘
기억하고 싶지 않은 마음 상한 운명
뿌옇게 근심으로 가득 찬 반평생
<슬픈 노래(哀唱)>

'슬피 소리 내 우는 밤비'와 '남김없이 뚝뚝 떨어지는 눈물'은 슬픔이라는 동일한 이미지를 형성하며, 이는 '현실의 애수'와 '쓰라린 마음의 피로'와 연결되어 슬픔의 깊이를 더하고 있다. 빗물 소리를 듣고, 밤 그늘을 볼수록 과거의 가슴 아픈 슬픔이 다시 상기된다. 따라서 자신의 아픈 기억이 다시 떠오르는 것을 거부하는 화자에게 있어서 인생은 '뿌옇게 근심으로 가득 찬', '기억하고 싶지 않은 마음 상한 운명'으로 각인된다.

Ⅲ. 실연의 슬픔

≪홍사등≫에 묘사된 풍내초의 시에서는 환상적이고 신비한 애정을 연출하면서도, 불꽃처럼 타오르던 애정이 식은 뒤 느끼게 되는 고통을 숙명적으로 받아들이는 체념의 태도를 보인다. 그리고 이러한 애정은 '꽃'이라는 상징물을 통해 암시된다.

① 사랑의 꽃망울이 사계절 터져
　옛 성안의 궁궐과 누각을
　우수에 파묻힌 현대를
　내 과거의 티끌을 묻어버리네
　<나는 당신의 장백한 꽃이 피길 원하네(我願看你蒼白的花開)>

② 고마운 인생의 안식처
　비석은 죽은 뒤의 대가

내 장엄한 비문을 적을 필요 없어요
언제나 장미꽃을 바칠 수 있다면
<슬픈 노래(哀唱)>

　≪홍사등≫에서 꽃은 애정이나 청춘을 상징하는 풍내초 식의 표현이다. 애정에의 도취는 때때로 인생과 운명에 의해 버림받고 소외당한 인간의 내면의식을 극복하게 되는 계기가 되기도 한다. 따라서 인용시 ①에서 화자는 사랑을 일 년 사계절 중 막 피어나려고 하는 '꽃망울'로 비유하며, 그 꽃망울을 통해 '옛 성안의 궁궐과 누각, 우수에 파묻힌 현대, 내 과거의 티끌을 묻어버림'으로써 과거의 비애와 현재의 우수에서 벗어나 정신적인 위로를 받고자 한다. 인용시 ②에서도 고민 속에서 인생을 마친 뒤 그 대가로 얻게 되는 의미 없는 비석보다는 그녀의 사랑을 상징하는 장미꽃을 통해 자신의 인생을 보상받고자 한다. 이처럼 꽃은 화자의 사랑을 상징하는 가시적(可視的)인 표현인 동시에 현실적인 고뇌에서 벗어날 수 있는 정신적인 힘으로 인식된다. 그러나 그의 시에서 장미로 대표되는 꽃의 이미지는 아름답고 화사한 느낌을 주는 것이 아니라, 오히려 시들고 창백하여 애상적인 정서를 환기시킨다. 이처럼 시들어 생명력이 상실된 꽃은 이미 식어버린 애정과 관련되어 나타난다.

　① 오늘밤은 사랑에 눈멀어 헤어지기 싫은 정도 없이
　　시들어버린 장미 한 송이만 남았다
　　<시들어버린 장미가 나를 괴로움에 병들게 하네(凋殘的薔薇惱病了我)>

② 여인이여 당신의 그림자는 영원히 저승에 숨어 있고
　당신의 약속은 세상 속 빛바랜 장미 화환에서 시든다
　<서로의 약속(相約)>

③ 내 환영 속에 보이는 것은
　창백하게 떨고 있는 흐린 불빛과
　한 송이 힘없이 시들어 떨어진 장미
　강렬히 키스하던 남겨진 옛날의 꿈들
　<현재(現在)>

　'장미'는 청춘 시절에 불꽃같이 타오르던 애정을 의미하는 상징물
이다. 그러나 이 세 편의 인용시에서는 모두 꽃이 활짝 핀, 생명력
으로 충만한 장미가 아니라, 한결같이 이미 시들어버린 추한 모습의
장미로 묘사된다. 이처럼 시든 꽃이 보여주는 상징적인 이미지는 모
두 이미 식어버린 애정이다. 그녀와 '강렬히 키스하던' 꿈들은 이미
과거의 기억으로만 남을 뿐, '오늘밤은 사랑에 눈멀어 헤어지기 싫
은 정도 없이', '시들어버린 장미 한 송이만 남았고', '당신과의 약
속도 세상 속 빛바랜 장미 화환'처럼 시들어버렸다. 따라서 달콤한
애정 속에서 정신적인 위로와 영원한 안식을 찾고자 했던 화자의
기대는 여지없이 깨어지고, 남은 것이라고는 '창백하게 떨고 있는
흐린 불빛' 같은 희미한 추억과 '한 송이 힘없이 떨어진 장미' 같은
실연의 비애뿐이다.

① 다만 붉게 칠한 입술이
　　다감한 내 청춘을 들이마시고
　　오늘 아침 창백한 미소 시들고
　　밤의 정열도 잿더미로 변하네

　　다만 붉게 칠한 입술이
　　다감한 내 청춘을 뜨겁게 달군다
　　새빨간 정열이 시들어진다면
　　이글거리는 연모의 정은 어찌 다할 것인가
　　<시들어버린 장미가 나를 괴로움에 병들게 하네(凋殘的薔薇惱病了我)>

② 치열한 정의 사랑 꿈은 깨졌다
　　보세요 장엄한 생명의 후광
　　마음의 상처를 비추는 사랑을 이루지 못하고 죽은 절망
　　<밤(夜)>

　'붉게 칠한 그녀의 입술'이 '내 청춘을 들이마시고' '내 청춘을
뜨겁게 달구던' '새빨간 정열'도 어느새 시들어 싸늘한 '잿더미'로
변했다. 이처럼 자신의 청춘을 바쳐 애정에 도취하고자 했지만, 오
히려 청춘만 헛되이 흘러갔을 뿐, 그녀의 애정을 얻는 데는 실패했
다. 결국 치열했던 사랑의 꿈이 깨어진 뒤 화자에게 찾아오는 것은
마음의 상처뿐이다. 이 상처는 사랑을 이루지 못한 화자를 절망적인
상태로 빠지게 한다. 그러나 풍내초는 죽음과도 같은 절망을 느끼면
서도 실연으로 인한 고통과 절망을 숙명적으로 받아들이는 자세를
보인다. 불같이 타올랐던 후회 없는 사랑의 환락 뒤에 찾아오는 비

애를 담담하게 맞이하는 것이다.

> 뚜벅거리는 발소리를 자세히 듣는다
> 슬프고도 슬픈 소리를
> 뚜벅거리는 발자취를 자세히 바라본다
> 찍혀 있는 암담한 잿빛을
>
> 붉은 초가 다 탄 뒤
> 남아 있는 잿더미 초의 심지
> 애정이 끝났음을 알리네
> 구멍 뚫린 재난 뒤의 여생
> ……
> 나는 금빛 찬란한 술잔
> 진한 향기 풍기는 순수한 술을 사랑하지 않네
> 똑똑 떨어지는 쓰디쓴 눈물로
> 내세의 꽃봉오리가 꽃피도록 뿌리고 싶어
> <슬픈 노래(哀唱)>

화자는 이 시의 곳곳에서 실연의 흔적을 찾아낸다. '뚜벅거리는 발소리'가 '슬프고도 슬픈 소리'를 내고, '뚜벅거리는 발자취'가 '암담한 잿빛'으로 보이는 것은 이미 애정을 상실했기 때문이다. '붉은 초' 역시 과거의 정열적인 사랑을 상징한다. 그러나 이세는 나 바려리고 다만 초의 심지만 잿더미로 남아 있다. 이러한 실연의 흔석들은 사랑의 종말 뒤에 찾아오는 비애를 일깨우며, 화자는 그 비애를 숙명적으로 받아들이는 체념적인 태도를 보인다. 따라서 화자는 이

제 더 이상 '금빛 찬란한 술잔'이나 '진한 향기 풍기는 순수한 술'처럼 환상적이고 달콤한 사랑에 유혹되지 않는다. 현세의 사랑은 순간적이어서 언제 시들어버릴지 모르기 때문이다. 오히려 화자는 비애가 응축되어 떨어지는 눈물로 내세의 영원한 사랑이 꽃피도록 염원할 뿐이다.

Ⅳ. 병적인 아름다움

자신이 존재하는 고통스런 세계에서 벗어날 수 없다는 존재적 현실을 인식하게 될 때, 인생에 대한 절망감과 허무감은 극단적인 상황으로 치닫게 되며, 사랑했던 사람과의 불꽃같은 애정이 차가운 잿더미처럼 식어버릴 때, 청춘과 애정에 대한 진지하고도 엄숙한 태도도 사라지게 된다. 그래서 관능적인 본능에 따라 방종하는 소극적인 방식으로써 내면의 공포감과 절망감을 발설하여 병적인 상태에 이르게 되며, 결국 자포자기 상태에 빠져들어 자신들이 존재하는 세계를 병적으로 왜곡시키는 시적인 행위를 통해 그 절망감을 발설한다.

① 창백한 옛 달이 지평선 위에서 울고
　　가득한 밤 빛깔은 이슬을 적시며
　　석양의 얼굴색은 창백해진다
　　<창백한 옛 달(蒼黃的古月)>

② 석양은 비통하게 서쪽 허공에서 머뭇거리며
창백하게 흐려진 임종을 알리네

― 만물의 색채가 이처럼 소침해지고
암담한 '현재'는 과거의 꾸민 황금을 벗겨낸다
<밤(夜)>

③ 먹구름은 빽빽이 흰자처럼 하얀 달빛 덮어 가리고
흰 명주로 뒤덮인 강물은 들 가에 엎어진 나체의 시체처럼 흐르네
<홍사등(紅紗燈)>

위에서 인용된 시들을 살펴보면 한결같이 생명이 시들어버린 핏기 없는 모습을 띤다. 인용시 ①에서는 달과 석양이 창백한 모습으로 표현되고, 인용시 ②에서도 붉은 석양이 창백하게 흐려지면서 임종을 눈앞에 두고 있다. 인용시 ③에서도 '흰 명주로 뒤덮인 강물'은 마치 흰 상복을 연상케 하며, 그것은 '나체의 시체'로 연결된다. 이처럼 위에서 든 인용시를 살펴보면 어느 것 하나 화자의 내면적 절망감이 표현되지 않은 것이 없다. '창백한', '울고', '석양', '비통하게', '임종', '먹구름', '나체의 시체' 등 시어는 바로 시인의 감상적이고 절망적인 정서를 암시해준다. 이와 같이 화자를 둘러싸고 있는 병적인 환경은 바로 세계에 대한 시인의 절망감을 의미한다. 사실 고통스런 절망이 심연과 실연에 빠진 사람들에게 인생은 더 이상 생명력이 충만한 황금빛 인생일 수 없으며, 이 생명력의 결핍상태는 곧바로 자신들이 존재하고 있는 세계에 대한 병적인 인식으로 이어진다. 이러한 병적인

인식은 먼저 생명에 대한 시듦에서 비롯된다.

　① 병든 참죽나무 꽃은 짙은 어둠 속에서 눈살을 찌푸리고
　　 그림자 주위는 눈물 젖은 향기로 가득 차 있네
　　 잎에서 흐르는 푸른빛은 참담하게 그을린 은이 되고
　　 몽롱한 하늘은 늘 창백한 눈물 흔적만 띠고 있다
　　 <그림자 속의 꽃(陰影之花)>

　② 창백한 새벽빛은 대지의 몽혼을 포옹하고
　　 <환영(幻影)>

　인용시 ①의 어느 곳에서도 사물의 건강한 모습을 찾아볼 수 없
다. 참죽나무 꽃은 병들어 '눈살을 찌푸린' 채 병약한 모습을 드러
내고 있으며, '그림자 주위는 눈물 젖은 향기'로 가득한 애상적인
모습이다. 잎 끝의 푸른빛은 본래 자신의 싱싱한 빛깔을 잃어버린
채 유황에 '참담하게 그을린' 은빛으로 변하고, 하늘도 '창백한 눈
물 흔적'을 띠고 있듯이, 이 시에서는 주위의 모든 환경이 병든 모
습으로 표현된다. 인용시 ②에서도 새벽빛은 어둠을 뚫고 대지를
비추는 눈부신 태양 이미지보다는 병들고 우울한 부정적 이미지로
서의 창백한 빛으로 인식된다. 이처럼 건강한 사물에 대해 병적인
자극을 가함으로써 화자는 병적인 아름다움에 도취된다.

　① 교회당 안은 엄숙
　　 폐병 병원은 정숙
　　 <일요일(禮拜日)>

② 이른 아침의 청명함은
　폐병 걸린 부인의 숨결
　아 창백한 미소가 내 마음에 전해지네
　희게 칠한 병원 에테르의 향기
　<단음계의 가을정(短音階的秋情)>

　인용시 ①에서 교회당의 엄숙한 분위기가 폐병 병원의 정숙한 분위기와 동일시될 때, 이 세계는 하나의 '희게 칠한 병원'으로 인식된다. 인용시 ②에서도 병적인 사람의 창백한 미소가 그렇게 아름다우며, 병적인 환경이 조화를 이룬다. 동시에 폐병에 걸린 사람의 숨결과 병원의 에테르의 향기가 사람을 도취하게 만든다. 이와 같이 병적인 아름다움이야말로 건강한 아름다움보다 더욱 가치가 있다는 견해는 상징주의 시인들의 세기말적인 퇴폐적 정서와 밀접한 관련이 있으며, 이는 궁극적으로 생명의 소멸, 바로 죽음의 세계로 눈을 돌리게 한다.

　시들어버린 꽃이여 어째서 너는 다시 피어
　내 황량한 현재를 장식하지 않느냐
　……
　나는 당신의 창백한 꽃을 보길 원하네
　나는 당신의 창백한 꽃을 보길 원하네
　<나는 당신이 창백한 꽃이 되길 원하네(我願看你蒼白的花開)>

　이제 화자는 자신의 화려한 인생을 장식할 새로운 애정의 꽃이 피길 원한다. 그 꽃은 생명력이 충만한 꽃이 아니라, 시들어 쇠퇴하

는 꽃이다. 즉 화려한 색채와 향기로운 냄새가 나는 아름다운 꽃이 아니라 창백하고 병약한 꽃을 희구하는 것이다. 왜냐하면 충만한 생명력과 아름다움은 시간의 흐름 속에서 한순간에 사라지고 말 것이며, 오히려 병들고 시들어가는 모습이야말로 영원한 생명력을 간직할 수 있기 때문이다. 이러한 인식은 화자로 하여금 죽음에 대한 새로운 각성을 가져오게 한다. 세계에 대한 병적인 인식, 즉 아름다움에 대한 새로운 인식을 바탕으로 죽음의 개념도 새로운 의미로의 변용이 가능해진다. 따라서 화자는 이제 죽음을 공포의 의미로 받아들이기보다는 오히려 친근하고 아름다운 심미의식으로 받아들이게 되며, 이는 풍내초가 더럽고 추악한 것에서 아름다움을 찾아내는 '추(醜)의 미학(美學)'이라는 현대시의 한 특징을 구현하고 있음을 보여준다.

V. 죽음의 예찬

죽음이 낭만적 사유의 대상이 될 때 죽음은 삶의 유한성을 넘어서게 하는 대상이 된다. 즉 죽음을 운명화된 것으로 인식하는 동시에 그 운명을 뛰어넘을 수 있는 초월적인 것으로 본다. 이러한 죽음의 낭만적 사유는 삶과 죽음이라는 극단적으로 대립되는 이원론적 세계관을 구축한다. 죽음을 삶의 무화(無化)로 파악한다면, 그때의 죽음은 공포나 파괴자의 이미지로 다가온다. 반면에 죽음이 육체적 변형을 통해 영혼의 평안한 안식으로 받아들여진다면 죽음은 더 이상 공포적 이미지가 아닌 평안과 안식의 의미로 받아들일 수 있는데, 풍내초에게 있어서는 후자 쪽으로 무게의 중심이 실린다.

따라서 현실에서의 삶이 불확실하고 허위적인 개념으로 인식되는 반면에, 죽음은 참다운 삶이 존재하는 곳이자, 생명이 꽃피는 곳으로 인식된다. 이와 같이 죽음에 대한 도취와 찬미라는 주제는 풍내초의 시에서 뚜렷이 나타나고 있는 현상 가운데 하나이다. 죽음에 대한 찬미는 자신의 과거 생명에 대한 탄식과 결합되어 고통스런 생명으로부터 벗어날 수 있는 해탈의 가능성으로 인식된다. 사실 청춘의 쇠되나 실연의 정서는 애정시를 주로 쓴 호반시인(湖畔詩人)들의 시에서도 종종 볼 수 있는 현상이다. 그러니 풍내초의 시가 그들과 다른 점은 죽음이나 무덤이라는 두려운 표현이 안식이라는 친근한 개념으로 표현되고 있다는 것이다.

  ① 근심과 비애가 일생 동안 멈추지 않고
     아침도 가리지 않고 저녁도 가리지 않고
     어디에 안식하는 무덤이 있어
     내게 영원히 잠드는 안식을 주리
     <죽음(死)>

  ② 무덤이 기념
     청춘 ─
     <소침한 고가람(消沉的古伽籃)>

  ③ 부드럽고 매려저인 죽음의 도취를 추구하며
     <타다 남은 초(殘燭)>

일반적으로 죽음이란 인생에 있어서 누구나 한 번은 거쳐야 하는 두려움으로 인식된다. 그런데 위의 인용시에서는 죽음을 간절히 희구할 뿐, 두렵고 잔혹한 죽음의 이미지는 나타나지 않는다. 오히려 인생이야말로 아침과 저녁을 가리지 않고 근심과 비애로 가득한 삶을 살아가게 된다. 화자가 두려워하는 것은 현재의 고달픈 인생이지, 결코 죽음이 아니다. 따라서 화자는 죽음에 유미주의적인 정서 색채를 띠게 하며, 청춘과 애정 그리고 아름다움을 죽음과 함께 결합시키고 있다. 즉 무덤을 피곤한 인생에서 벗어나게 하는 영원한 안식으로 인식하며, 죽음을 애정의 대가로, 청춘을 무덤의 기념으로 받아들이며, 부드럽고 매력적인 죽음의 도취를 추구하는 것이다.

나는 고귀함을 자랑하는 제왕이 부럽지 않네
나는 근심 없는 거지가 부럽지 않네
만일 내 백골이 썩어 문드러진다면
가늘고 긴 하얀 손이여
내 무덤에 꽃다발이나 꽂아 주오

청춘은 꽃병 속의 시든 꽃
애정은 황혼의 꽃구름
행복은 깊이 취한 봄바람
근심은 인생의 안식처
근심은 인생의 안식처
비석은 죽은 뒤의 대가
내 장엄한 비문을 새길 필요는 없어요
늘 장미꽃을 받쳐 준다면
<슬픈 노래(哀唱)>

이 시는 청춘·애정·행복의 이면에 깔려 있는 고통에 대한 어쩔 수 없는 탄식을 묘사하고 있다. 화자는 '고귀함을 자랑하는 제왕'이나 '근심 없는 거지'가 부럽지 않다. 한때는 부귀영화를 자랑하던 사람도 결국에는 아무도 찾아와 주지 않는 길가의 시든 풀 속에 흩어진 이름 없는 황폐한 무덤 속으로 돌아가기 마련인 것처럼, 그들도 시들어버린 자신의 영화를 간직한 채 언젠가는 이 세상에서 잊힐 운명이기 때문이다. 그에게 있어서 이 세상의 청춘·애정·행복은 '꽃병 속의 시든 꽃', '황혼의 꽃구름', '봄바람'처럼 금방 시들어 눈앞에서 사라질 순간적인 것이며, 영원한 것은 인생에 대한 근심뿐이다.

이때 화자는 인생의 영원한 근심에서 벗어날 수 있는 가능성을 발견한다. 그 가능성은 바로 죽음이다. 그는 자신이 죽은 뒤 잊히지 않기를 바랄 뿐, 죽은 뒤 찾아오지도 않을 무덤 앞에 놓여 있는 비석에 장엄한 비문을 새길 필요는 없다고 말한다. 그는 죽음을 통해 오히려 '가늘고 긴 하얀 손'을 가진 그녀에게 영원히 잊히지 않는, 영원히 살아 있는 생명의 존재로 남아 있길 바라는 것이다.

애수에 찬 성모가 애수에 찬 자식을 돌보고 있다
낮은 소리로 죽음이 자장가를 부르며 ―

너의 눈을 감고 가라 검은 옷의 아이여
조용하고 살그머니 죽은 것처럼
잘 자라 내 널 위해 새하얀 죽음의 옷을 덮어 주리라

황혼의 희미한 빛 널 위해 편히 조의의 종 두드리고
적막한 침묵 널 위해 안식의 아름다운 꿈을 맺는다
너는 쉬어야 한다 너는 영겁의 금불상이 아니니
보라 주위는 고이 잠자는 깊은 겨울을 잠그고 있다

흰 눈은 거무스레한 숲을 비춘다
아름답다 세상에서 가장 아름다운 무언의 무덤
네가 숨을 끊고 평안히 잠들면 일곱 천사가
널 위해 기꺼이 뿌연 풍금 들고 너의 영생을 찬송하리라

너의 눈을 감고 가라 검은 옷의 아이여
조용하고 살그머니 죽은 것처럼
잘 자라 내 널 위해 새하얀 죽음의 옷을 덮어 주리라
<죽음의 자장가(死底搖籃曲)>

이 <죽음의 자장가(死底搖籃曲)>는 풍내초가 죽음을 '세상에서
가장 아름다운' 것으로 찬미한 시로서, '애수에 찬 성모(聖母)'가
'애수에 찬 자식'에게 '죽음의 자장가'를 불러주는 대목부터 시작된
다. 제1연에서 등장하는 '성모'는 기독교에서 말하는 성모마리아를
의미하며, 그가 안고 있는 '자식'은 바로 예수 그리스도이다. 이들
은 모두 애수에 찬 모습으로 표현되어, 이들이 지닌 신성한 권위나
품위가 격하되고 상실된다. 사실 '애수에 찬'이라고 하는 표현은 전
지전능한 하나님의 아들인 예수나 그의 어머니인 성모마리아에게
부여된 신적인 권위를 고려할 때, 그들에게는 어울리지 않는다. 특
히 이 세상에 영원한 생명을 주기 위한 메시아로 태어난 예수에게

'죽음의 자장가'를 부르는 것은 묘한 아이러니를 보여준다. ≪성경(聖經)≫에 따르면 헤롯왕이 예수를 죽이려고 하자, 그의 부모인 요셉과 마리아는 아기 예수의 생명을 살리기 위해 애굽으로 도망치는데, 이 시의 제2연에서는 오히려 예수에게 '조용하고 살그머니 죽은 것처럼 잘 자라 내가 널 위해 새하얀 죽음의 옷을 덮어 주리라.'라고 죽음의 자장가를 부르는 것이다.

제3연에서는 직접적으로 죽음의 아름다움을 이야기한다. 조의(弔意)의 종이 평안하게 들려오고, 무덤 속에서의 적막한 침묵이 안식의 아름다운 꿈으로 맺어지고, 제4연에서도 일곱 명의 천사가 뿌연 풍금을 들고 죽음을 잔송한다. 죽음이야말로 진정한 영생이며 영원한 안식처이다. 때문에 화자는 '세상에서 가장 아름다운', '저 무언의 무덤'이라고 죽음을 찬미한다. 이미 이 시에서는 죽음이 생명에 대한 공포와 저주라는 개념에서 벗어나 자식에 대한 어머니의 따사로운 사랑으로 인식되고 있다.

이와 같이 풍내초에게 있어서 죽음은 더 이상 피하고 싶은 공포의 대상이 아니라, 고단한 인생에 영원한 안식을 주며, 사랑하는 사람과의 애정을 다시 꽃피우게 하는 절대적 평안의 세계로 인식된다.

Ⅵ. 결 론

풍내초의 ≪홍사등≫에는 비관적이고 절망하는 정서가 가득 드리워져 있다. 이러한 정서는 인생길을 걸어가면서 만나게 되는 형극

(荊棘), 다시 말해서 청춘의 쇠퇴로 인한 슬픔 및 치열했던 애정이 싸늘하게 식은 뒤에 찾아오는 고통 그리고 고달픈 인생에 대한 절망 등으로 인해 더욱 극대화된다. 인생에 대한 절망적 인식을 바탕으로 화자는 자신이 살고 있는 세계를 병적으로 왜곡시키는 행위를 통해 그 절망감을 발설한다. 그리고 세계에 대한 병적 인식은 자신이 처한 현실로부터의 이탈을 가능케 한다. 그것이 바로 죽음이다. 이제 풍내초에게 있어서 죽음은 공포의 대상이 아닌, 하루라도 빨리 다가가고 싶은 친근한 이미지로 다가온다. 즉 죽음이야말로 고통스런 생명에서 벗어날 수 있는 해탈이자, 영원한 안식을 구할 수 있는 절대적 평안의 세계인 것이다. 이와 같이 1920년대 상징주의 시인 가운데 한 명이었던 풍내초의 시에는 일시적이고 가시적인 세계에서 벗어나, 영원하고 절대적인 평안의 세계를 추구하고자 하는 상징주의 문예의 심미의식이 잘 투영되어 있다고 하겠다.

4. 색채와 문학의 이중주

―≪홍사등(紅紗燈)≫에 나타난 색채이미지 연구―

I. 풍내초와 색채

요하네스 이튼(Johannes Itten)은 그의 대표적 미술교육학 저서인 ≪색채의 예술(Kunst der Farbe)≫에서 "색(色)은 우리의 의식과는 상관없이 긍정적 혹은 부정적 방식으로 우리에게 영향을 미치는 에너지이다."라고 했다. 다시 말하면 이는 색이란 인간들에게 어떠한 방식으로든 그 영향을 끼치고 있다는 것을 의미한다. 즉 의식적으로 특정한 색을 선택하는 경우, 색은 이미 그 사람에게 있어서 주관적인 의미를 가지며, 그것은 이미 어떤 연상이나 상징적 내용을 그 안에 포함하고 있다고 하겠다.

사실 색이란 개념은 빛과 아주 밀접한 관계를 맺는다. 즉 빛이 있어야 색이 존재할 수 있기 때문이다. 우선 색의 지각 과정을 살펴보면 먼저 빛에 의해 물체에 반사된 광(光)이 안구의 망막을 통하여 간상추와 원추체 세포를 거친 뒤 중추신경을 통하여 대뇌에 전달하여 색의 식별이 가능하도록 되어 있다. 따라서 색을 지각하는 데 있어서는 빛과 물체, 눈 그리고 뇌(腦)의 작용이 있어야만 가능한 일이다. 그리고 어떤 물체가 스스로 빛을 내지 않고, 빛을 받아서 반사에 의하여 보이는 물체의 색을 색채(色彩)라 한다. 이처럼 광원(光源)을 떠난 에너지가 눈을 통하여 신경을 거쳐 뇌에 이르는 측면을 생리학이라고 하며, 신경 활동의 주관적 측면은 심리학에서 다루고 있다. 그러므로 시와 색채의 결합에 대한 연구는 심리학과도 밀접한 관계를 맺는다.

색채가 인간이 지니고 있는 미추(美醜)를 상징하고, 인간의 심리적 생활과 밀접한 관계를 가지고 있는 한, 시와의 관계는 당연하게 맺어진다. 특히 시의 형태가 하나의 기호이고, 인간의식의 현상을 파악할 수 있는 대상이라고 한다면, 시가 표현하는 색채이미지는 시인의 감정이나 정서의 상징이다. 따라서 시인의 감정과 경험 그리고 정서의 변화에 따라 다양하게 표현되는 색채이미지는 단순한 시어의 나열이라기보다는 모종의 의미를 갖춘 시인의식의 상징이라고 하겠다.

풍내초(馮乃超)는 일본 유학 기간에 이미 미학(美學)과 미술사를 진공한 적이 있다. 예술적인 감각이 뛰어나 어린 시절부터 상무인서관(商務印書館)에서 출판되는 ≪소년잡지(少年雜誌)≫에 풍경화를 그려 발표한 적이 있던 그로서는 프랑스 상징주의 시인들이 자주 사용하던 색채감이 풍부한 시어에 민감할 수 있었고, 다양한 색채감이 가미된 시를 써내려 갈 수 있었다. 이러한 경향은 이금발(李金髮)이나 목목천(穆木天), 왕독청(王獨淸) 등 다른 상징주의 시인들에 비해 훨씬 강하게 나타나고 있다.

II. 흰색: 생명 열기의 냉각

풍내초는 프랑스 상징주의 시인들이 제창한 음(音)과 색(色)이 결합된 순수시를 추구했던 까닭에 그의 시를 살펴보면 색채감이 풍부한 시어를 많이 사용하고 있음을 발견할 수 있다. 이러한 경향은 "풍내초는 곱고 낭랑한 음절을 이용하여 최면 같은 힘을 얻었고, 퇴폐와 음영, 몽환과 선향을 노래했다. 그의 시는 색채감이 풍부하다."라고 평가한 주자청(朱自淸)의 말에서도 확인된다. 특히 이금발(李金髮)을 비롯한 1920년대 상징파 시인들의 시에 비해서도, 풍내초의 ≪홍사 등≫에는 유독 색채감이 풍부한 시어들이 많이 사용된다.

붉은빛 옛 꿈은
세월 속에 소침해지고
황동의 석양이
드문드문한 행궁에 난입한다

금빛 나는 오래된 화병은
세상을 가득 덮고
시인의 마음 한 모퉁이에는
은가루 푸른 이끼가 퍼져 있다
<오래된 화병을 노래함(古瓶詠)>

위 인용시의 '붉은빛 옛 꿈', '황동의 석양', '금빛 나는 오래된 화병', '은가루', '푸른 이끼' 등 시어에서 붉은색, 황동색, 금색, 은색, 푸른색의 색채가 다양하게 사용되고 있다. 이처럼 풍내초는 색채감 있는 다채로운 시어를 통하여 자신의 독특한 상징체계를 형성하고 있다.

우선 ≪홍사등≫에서 사용된 색채 시어의 빈도수를 조사해보면 백(白), 창백(蒼白), 창백[慘白], 청백(淸白), 은백(銀白), 소(素) 등 시어를 포함한 흰색[白] 계열이 53회, 홍(紅), 적(赤), 주(朱), 도홍(桃紅), 창홍(蒼紅) 등 시어를 포함한 붉은색[紅] 계열이 23회, 흑(黑), 회흑(灰黑) 등 시어를 포함한 검정색[黑] 계열이 22회, 청(靑)으로 대표되는 푸른색[靑] 계열이 19회, 금(金), 황금(黃金) 등 시어를 포함한 금색[金] 계열이 15회, 황(黃), 등황(橙黃), 창황(蒼黃) 등 시어를 포함한 황색[黃] 계열이 14회, 은(銀)으로 대표되는 은색[銀] 계열의 시어가 11회, 회(灰), 은회(銀灰) 등 시어를 포함한 회색[灰] 계열이 8회, 녹(綠), 흑녹(黑綠) 등 시어를 포함한 녹색[綠] 계열이 2회, 자(紫)로 대표되는 자주색[紫] 계열이 2회 사용되었다. 이 결과를 보면 풍내초는 유채색보다는 무채색을 그리고 무채색 중에서는 흰색을 즐겨 사용하고 있음을 알 수 있다.

① 먹구름은 빽빽이 흰자처럼 하얀 달빛을 덮어 가리고
   흰 명주로 뒤덮인 강물은 들 가에 엎어진 나체의 시체처럼 흐르네
   <홍사등(紅紗燈)>

② 연못 복판 분수에 서 있는 하얀 구리 학
   쏴쏴쏴쏴
   쏴쏴쏴쏴
   <일요일(禮拜日)>

인용시 ①에서 사용된 '흰자처럼 하얀 달빛'은 먹구름에 의해 자신의 빛을 차단당함으로써 불길한 기운을 불러일으키고, '흰 명주'는 상복(喪服)이나 시체를 덮는 하얀 천을 연상시킨다. 특히 중국을

비롯한 동양에서 흰색은 죽음을 의미하는 경우가 많듯이, 이 시에서도 '흰 명주로 뒤덮인 강물'은 '나체의 시체'와 그 의미가 연결된다. 인용시 ②에서의 '하얀 구리 학' 역시 생명의 열기가 없는 차가운 동상일 뿐이다.

일반적으로 흰색은 순결·평화·냉정 등을 상징하지만, 다른 한편으로는 불길·비애·무상·고독·조의·허무·침묵 등을 상징하기도 한다. 그런데 풍내초의 경우에 흰색은 순결·평화·냉정 등 전자의 의미보다는 후자의 의미와 관련되어 생명의 상승적인 열기가 없는, 지상의 차가운 무덤으로의 하강 내지는 후퇴의 이미지를 나타낸다. 따라서 풍내초의 시에서는 흰색이 가진 고유한 이미지에서 빛이나 열기가 차단된 창백하면서도 차가운 이미지의 시어로 자주 사용된다.

① 나는 당신의 창백한 꽃을 보길 원하네
　나는 당신의 병약한 꽃을 보길 원하네
　<나는 당신의 창백한 꽃을 보길 원하네(我願看你蒼白的花開)>

② 창백한 새벽빛은 대지의 몽혼을 포용하고
　<환영(幻影)>

③ 이른 아침의 청명함은
　폐병 걸린 부인의 숨결
　아 창백한 미소가 내 마음에
　희게 칠한 병원의 에테르 향기를 전해주네
　<단음계의 가을정(短音階的秋情)>

④ 조선 여자의 아름다움
　　창백한 얼굴
　　창백한 흩옷
　　<일요일(禮拜日)>

　인용시 ①에서 화자는 '꽃'을 보길 원한다. 그러나 아름다운 색채와 충만한 생명력을 가진 그런 꽃이 아니라, 모든 생기가 사라져 시들어버린 '창백하고', '병약한' 꽃이다. 인용시 ②에서 보이는 '새벽빛' 역시 태양이 지닌 빛과 열기가 배제된 차갑고 '창백한' 빛이다. 인용시 ③에서는 '폐병 걸린 부인의 숨결'이 '이른 아침의 청명함'으로 인식될 정도로 병에 걸린 사람의 '창백한 미소'가 그렇게 아름답고, 병적인 숨결이 향기로워 마치 사람으로 하여금 병원의 에테르 향기에 도취하게 만드는 듯하다. 인용시 ④에서도 얼굴에 핏기가 없어 '창백한 얼굴'과 '창백한 흩옷'이 아름다움으로 인식된다.
　이처럼 풍내초는 자신이 지닌 생명의 열기를 차갑게 식히면서 이 현실공간 속에서 숨 쉬고 있으며, 이 세계에서는 어떤 종류의 열정도 가지지 않으려는 존재의식을 드러내고 있다. 세계에 대한 이러한 거부의식은 차가움의 색채, 즉 빛이 차단되고 열기가 사라진 그의 시적 표현인 '창백함'으로 대표되는 흰색으로 구체화되며, 이는 달이 지닌 창백한 이미지와 연결된다.
　그의 시는 강렬한 빛과 열기를 내뿜는 대낮의 태양이 차단되고, 대부분 달밤을 배경으로 삼는다. 그것도 달이 지닌 빛과 열기를 제거한 상태의 창백한 달을 통해 생명에 대한 열기를 차갑게 식히고 있는 것이다.

달이여 너의 창백한 은빛
어찌나 고귀한지
어찌나 냉담한지
또 어찌나 아름다운지
<절망(絕望)>

일반적으로 달은 여성의 충만한 생명력을 상징하는 시어로 많이
사용된다. 그러나 위의 인용시에서 등장하는 달은 풍내초의 현실세
계에 대한 절망적인 정서를 반영하듯, 그 충만한 생명력을 찾아볼
수 없는 '창백한' 은빛으로 표현된다. 그럼에도 불구하고 그는 오히
려 창백한 달에 대해 '고귀하다', '냉담하다', '아름답다'고 하는 자
신의 주관적인 감정을 띤 언어를 부여함으로써 미(美)에 대한 그의
가치기준이 사물의 건강한 모습보다는 병들어 핏기 없는 창백한 상
태에 더 가까이 접근하고 있음을 볼 수 있다. 그리고 이러한 병적
(病的)인 상태가 지속될 때, 화자를 둘러싸고 있는 공간은 생명의
열기가 사라진 차가운 이미지로 뒤덮인다.

① 교외를 천천히 걷는다
  산림은 흰옷을 입고
  봄꽃 여름 잎사귀는 깊은 계곡에 매장되고
  <겨울(冬)>

② 12월
  세월이 늙어 물러나는 12월
  전율하는 창백한 추위

피곤한 내 마음속에 하얀 눈을 덮네
<12월(十二月)>

인용시 ①에서는 '흰옷'으로 표현된 '눈'에 의해 산림이 뒤덮이고, 그 눈에 의해 봄꽃과 여름 잎사귀가 모두 시들어 생명력을 상실한 모습을 보인다. 인용시 ②에서의 '전율하는 창백한 추위'와 '하얀 눈'의 흰색은 겨울이미지를 연상시키며, 이 겨울이미지는 노드롭 프라이(Northrop Frye)의 계절의 순환 이미지로 볼 때 죽음을 상징한다. 따라서 인용시 ②에서는 죽음 앞에서 느끼는 소름 끼치는 전율을 나타내며, 그 전율은 곧바로 화자에게 전달된다.

인간은 뜨거운 생명의 열기가 사라질 때 곧바로 차가운 시체로 변한다. 그런 측면에서 풍내초의 상징체계 속에서 흰색이라는 색채 이미지는 이 세계에서 생명이 지닌 열기를 싸늘하게 식어버리게 함으로써 죽음으로 이끄는 역할을 한다.

① 창백한 옛 달이 지평선 위에서 울고
　가득한 밤 빛깔은 이슬을 적시며
　석양의 얼굴색은 창백해진다
　<창백한 옛 달(蒼黃的古月)>

② 너의 눈을 감고 잠자라 검은 옷의 아이여
　조용하고 살그머니 죽은 것처럼
　잘 자라 내가 너를 위하여 새하얀 죽음의 옷을 덮어주리라
　<죽음의 자장가(死底搖籃曲)>

③ 겨울 살금살금 걸으며 공허하고 쓸쓸한 한밤중에 춤을 춘다
어제의 애인은 새하얀 죽음의 옷을 덮고 가로누워 있다
공허한 생명은 시간의 접힌 주름 속에 잠복해 있다
<겨울밤(冬夜)>

인용시 ①에서 '석양'은 이미 태양이 지닌 강렬한 빛과 열기가 사라진 채 죽음을 앞두고 있는 '창백한' 모습으로 그려지고 있으며, 인용시 ②, ③에서도 '새하얀'이란 시어는 죽음을 채색하는 색채로 묘사된다. 이와 같이 풍내초의 《홍사등》에서 '흰색'이라는 색채는 이 세계에서 살아가고자 하는 적극적인 생명의 상승 열기가 사라진 뒤, 세계에서 차지하는 자신의 존재를 축소하고 소멸시키려는 소극적인 의식의 발로이자, 궁극적으로는 영원한 소멸로 인식되는 죽음으로 향하는 상징체계를 형성하고 있다.

III. 붉은색: 애정과 청춘의 쇠퇴

풍내초의 《홍사등》에서 붉은색을 띤 시어로는 주로 '장미', '입술', '불꽃', '석양' 등이 있다. 물론 이러한 시어들이 직접적으로 붉은색 기미의 단어를 가지고 있지는 않지만, 보편적으로 붉은색으로 인식되는 시어들임에는 분명하다.

풍내초가 이렇게 자신의 시에서 색채감이 풍부한 단어를 자주 사용했던 것은 그가 일본에 있을 때 회화를 전공하면서 익혔던, 주관

적인 정서를 객관적인 즉물적 이미지로 바꾸는 회화적인 기법의 결과로 보인다. 풍내초의 이러한 주관적인 정서는 붉은색 장미와 연관되어 자주 등장한다.

청춘은 꽃병 속의 시든 꽃
애정은 황혼의 꽃구름
행복은 깊이 취한 봄바람
고민은 인생의 안식처

고민은 인생의 안식처
비석은 죽은 뒤의 대가
내 장엄한 비문을 새길 필요는 없어요
늘 장미꽃을 받쳐 준다면
<슬픈 노래(哀唱)>

꽃은 나무가 지닌 생명력의 정수(精髓)이자, 아름다움의 극치라고 할 수 있다. 그중에서도 장미는 짙은 향기, 날카로운 가시, 붉은 색상으로 인해 사랑, 미, 정열, 유혹, 관능, 비밀, 슈교, 생명 등을 상징한다. 특히 풍내초에게서 장미는 애정이나 청춘을 상징하는 이미지로 많이 사용된다.

위 인용시를 보면 풍내초가 청춘을 '꽃'으로, 애정을 '꽃구름'으로, 행복을 '바람'으로 인식하고 있음이 드러난다. 물론 이들 시어들이 모두 '시든' 꽃, '황혼의' 꽃구름, '봄바람'처럼 소멸이미지를 가지고 있어, 금방 시들어 눈앞에서 사라질 순간적인 것이기는 하지만, 그래도 화자는 자신이 죽은 뒤 그 대가로 얻게 되는 의미 없는 비석보다는 그녀와의 사랑을 상징하는 장미꽃을 통해 자신의 인생을 보상받고자 한다. 이때 장미꽃은 화자의 사랑을 상징하는 가시적(可視的)인 표현으로서, 화자와 그녀의 사랑을 연결해주는 즉물적 존재이자, 청춘의 현실적인 고뇌에서 벗어날 수 있는 정신적인 힘으로 인식되기 때문이다.

그러나 장미로 대표되는 꽃의 이미지는 그의 시에서 아름답고 화사한 느낌을 주는 것이 아니라, 오히려 시들고 창백하여 애상적인 정서를 환기시킨다. 이처럼 시들어 생명력이 상실된 꽃은 이미 지나버린 청춘이나 식어버린 애정과 관련되어 나타난다.

① 내 손의 장미가 시들어버렸네
　　<슬픈 노래(哀唱)>

② 내 환영 속에 보이는 것은
　　창백하게 떨고 있는 흐린 불빛과
　　한 송이 힘없이 시들어 떨어진 장미
　　강렬히 키스하고 있는 남겨진 옛날의 꿈들
　　<현재(現在)>

③ 당신의 약속은 세상 속 빛바랜 장미 화환에서 시든다
　　<서로의 약속(相約)>

④ 오늘밤은 사랑에 눈멀어 헤어지기 싫은 정도 없이
　　시들어버린 장미 한 송이만 남았네
　　<시들어버린 장미가 나를 괴로움에 병들게 하네(凋殘的薔薇惱病了我)>

프랑스의 철학자 가스통 바슐라르(Gaston Bachelard)의 이론에 따르면, 식물의 꽃은 촛불의 불꽃과 같은 이미지를 가지고 있다. 촛불이 양초나 기름에서 양분을 빨아들여 타고 있는 것처럼, 꽃은 땅속에 뿌리를 박고 영양분을 섭취한다. 그리고 즙이나 수액을 빨아들이는 꽃의 줄기는 촛불에서 심지가 그 자신의 몸에 불을 붙여 액체를 만듦으로써 스스로의 생명을 유지해나가는 것과 같다. 특히 식물 가운데서 붉은 장미꽃은 꽃 속에 불이 붙은 석탄을 품고 있는 것처럼 정열의 불꽃을 상징한다.

이처럼 장미꽃은 청춘 시절에 불꽃같이 타오르던 애정을 의미하는 상징물이다. 그러나 위 인용시에서 나타나는 장미꽃은 하나같이 아름다운 자태를 자랑하는 꽃이 아니라, 이미 생명력을 상실하여 시들어버린 꽃이다. 즉 꽃이 활짝 피어 생명력으로 충만한 장미가 아니라, 한결같이 이미 시들어버린 추한 모습의 장미로 묘사된다.

이처럼 시들어버린 장미꽃이 보여주는 상징적 이미지는 모두 이미 식어버린 애정이다. 그렇기에 그녀와 '강렬히 키스하던' 꿈들은 이미 과거의 기억으로만 남을 뿐, '오늘밤은 사랑에 눈멀어 헤어지기 싫은 정도 없이', '시들어버린 장미 한 송이만 남았고', '당신의 약속도 세상 속 빛바랜 장미 화환'처럼 시들어버린 것이다.

'입술'도 붉은 색채를 띤 시어이다. 대체로 붉은색은 열정이나 활력으로 나타나고, 강한 자극을 상징한다. 그런 까닭에 애정보다 더 열정적이고 자극적인 것은 없다. 애정은 분명 인간의 감정이 가지는 가장 밝은 이미지이자, 역동적인 힘을 상징한다.

① 다만 붉게 칠한 입술이
　다감한 내 청춘을 들이마시고
　오늘 아침 창백한 미소가 시들고
　밤의 정열도 잿더미로 변하네

　다만 붉게 칠한 입술이
　다감한 내 청춘을 뜨겁게 달군다
　새빨간 정열이 시들어버린다면
　이글거리는 연모의 정은 어찌 다할 것인가
　<시들어버린 장미가 나를 괴로움에 병들게 하네(凋殘的薔薇惱病了我)>

② 숨죽인 채 저승의 복판에 앉아 마음껏 애수의 입맞춤을 즐기며
　<꿈(夢)>

　'붉게 칠한 입술'은 남녀 간의 입맞춤을 향한 전제조건이 된다.
그리고 그 입맞춤은 두 남녀의 감정과 정신이 하나가 되어 사랑을
이루게 하는 구체적인 행위이자, 환희의 극치이다.

　그러나 인용시 ①에서는 붉게 칠한 입술이 사랑의 뜨거움과 황홀
함보다는 청춘의 사랑이 식어버린 뒤의 짙은 감상과 탄식의 의미로
전해진다. 그녀의 '붉게 칠한 입술'이 '청춘을 들이마시고', 그로 인
해 '미소가 시들고' 불꽃처럼 타오르던 '밤의 정열'도 어느새 시들어
싸늘한 '잿더미'로 변해버렸다. 인용시 ②에서의 입맞춤도 사랑의 열
기가 전해지기보다는 오히려 '애수'의 슬픈 이미지로 전달된다.

　이처럼 풍내초의 시에서 붉은색은 그 색채가 가지는 역동적이고
정열적인 이미지보다는 한 차례의 뜨거운 사랑을 거친 뒤에 찾아오

는 실연의 아픔으로 향하고 있다. 이러한 경향은 '촛불'의 붉은 불꽃이미지에서도 확인된다.

① 나는 간들거리며 꺼지려는 촛불을 바라보며
  과거의 빛바랜 환락을 찾는다
  <타다 남은 초(殘燭)>

② 붉은 초 다 탄 뒤
  남아 있는 잿더미가 된 초의 심지
  애정이 끝났음을 알리네
  <슬픈 노래(哀唱)>

촛불은 불꽃의 수직적 이미지가 암시하듯이 삶의 상승력을 의미하고, 뜨거운 열기로 인한 정열을 상징한다. 그러나 풍내초에게 있어서 이 모든 것은 현재가 아니라, 이미 지나간 과거로만 존재한다. 인용시 ①에서 활활 타오르던 청춘의 촛불은 어느덧 사그라지고, 화자 앞에는 간들거리며 꺼지려고 하는 촛불만 남아 있다. 그리고 그 촛불은 '과거의 빛바랜 환락'으로 전이되어 그 이미지가 선명해진다. 인용시 ②에서도 잿더미가 된 심지만 남은 '붉은 초'는 불꽃처럼 타오르던 애정이 어느새 식어버렸음을 의미한다.

때론 사그라지는 불꽃이 서산을 향해 지는 석양이나, 가을이나 겨울을 향하는 여름으로 그 이미지의 확장을 가져오기도 한다.

① 해 저무는 내 마음
  곧 다가오는 한겨울의 내 마음
  <창백한 옛 달(蒼黃的古月)>

② 석양은 비통하게 서쪽 허공에서 머뭇거리며
  창백하게 흐려진 임종을 알리네
  <밤(夜)>

③ 정열적인 여름날의 꿈은 깨지고
  죽음을 슬퍼하는 애수는 낙엽으로 변했다
  <단음계의 가을정(短音階的秋情)>

　오행(五行) 가운데 불[火]은 사철 가운데 여름[夏]에 해당되고, 색
채로는 붉은색[赤]과 같은 이미지로 연결된다. 특히 불꽃 중의 불꽃
은 태양이며, 사멸하는 불꽃은 자주 석양으로 묘사되기도 한다. 그러
나 위 인용시에서 나오는 '석양'이나 '여름'은 불꽃이 지닌 빛과 열기
가 배제된 채, 싸늘하게 시들어가는 초라한 이미지이다. 인용시 ①에
서 '저무는 해'는 '한겨울'의 싸늘함을 예고하며, 인용시 ②의 '석양'
역시 창백한 '임종'을 알린다. 인용시 ③에서도 '정열적인 여름날의
꿈'이 깨짐으로 인해 애수조차 빛바랜 '낙엽'으로 변해버렸다.
　이처럼 화자는 자신의 청춘을 바쳐 애정에 도취하고자 했지만,
오히려 청춘만 헛되이 흘러갔을 뿐, 그녀의 애정을 얻는 데는 실패
했다. 결국 치열했던 사랑의 꿈이 깨어진 뒤 화자에게 찾아오는 것
은 실연으로 인한 고통스런 마음의 상처뿐이다. 이 상처는 사랑을
이루지 못한 화자를 절망적인 상태로 빠지게 한다.

이렇게 볼 때, 붉은색은 청춘과 애정의 뜨거운 상승 열기를 의미하는 이미지이지만, 풍내초의 의식에서는 오히려 찬란한 청춘이 덧없이 지나가고 뜨거웠던 애정이 차갑게 식어버린 실연의 아픔 쪽으로 그 무게를 더하고 있다.

Ⅳ. 검정색: 공포와 안식의 이중주

화가 바실리 칸딘스키(Wassily Kandinsky)는 검정색을 감각이 사라진 무(無)처럼 미래와 희망이 없는 영원한 침묵으로 표현했고, 욜란드 야코비(Jolande Jacobi) 역시 검정색을 악, 생명의 결핍, 밤, 슬픔으로 인식한다.

이처럼 어둠의 색채인 검정색은 허무와 절망, 침묵, 부정, 죄, 주검, 암흑, 불안, 밤 등을 상징하거나 연상시키는데, 풍내초의 ≪홍사등≫에서는 그것이 '침묵'으로 가득한 '밤'의 이미지로 집중된다.

① 침묵하는 검은 옷은 제멋대로 비상하는 신을 껴안고
    <환영(幻影)>

② 창백한 물보라는 침묵하는 섬은 옷을 덮고 서든다
    <겨울밤(冬夜)>

위 인용시에서는 '침묵'이라는 단어를 공통적으로 사용하고 있으며, 그 침묵은 '검은'색으로 채색된 밤의 이미지에 고정된다. 침묵

의 밤은 '제멋대로 비상하는 신'을 포옹하고, '창백한 물보라'를 덮음으로써 사물들을 밤이 지배하는 어둠의 세계로 끌어들인다. 특히 풍내초가 <홍사등>에서 구축한 밤의 세계는 음침하고 차가우며 두려운 정서로 가득하다.

삼엄한 어둠 속 깊고 깊은 전당 한복판에
흐릿하고 영롱한 홍사등이 자정의 꼭지에 불을 붙이네

고뇌하는 침묵은 밤 그림자의 수면 속에 신음하고
귀신들이 하늘에서 춤추는 발걸음 소리를 듣네

먹구름은 빽빽이 흰자처럼 하얀 달을 덮어 가리고
흰 명주로 뒤덮인 강물은 들 가에 엎어진 나체의 시체처럼 흐르네
<홍사등(紅紗燈)>

위 인용시에서 묘사된 밤은 고뇌하는 침묵이 신음으로 가득하고, 귀신들이 분분히 허공에 출현하며, 먹구름이 달을 집어 삼켜 어두우며, 강물이 흰 명주로 시체를 싼 것 같다. 이 두려운 장면이 모두 검정색을 바탕색으로 하여 채색된다.

특히 검정색은 모든 색을 지워 본래의 색을 잃게 만드는 폭력성을 지닌다. 위 인용시에서 풍내초는 '어둠', 즉 검정색에 대한 전체적인 연상에 '삼엄한'이라는 형용사를 덧붙여 경직되고 폭력적인 이미지를 부여하고 있으며, 이러한 폭력성은 결국 '먹구름'이 흰 달을 '덮어 가림'으로써 달의 실체를 엄폐시키는 결과로 나타난다.

일반적으로 사람이 어떠한 극단적인 공포에 직면하게 되면 순간적으로 몸이 경직되면서 소리를 치고 싶어도 칠 수가 없게 되면서 침묵하게 된다. 즉 극단적인 공포와 절망 앞에서는 모든 활동이 정지되면서, 가급적 자신의 존재적 자아를 축소시켜 두려운 현실에서 받게 되는 충격을 최소화하려고 한다.

때문에 풍내초는 마음속으로는 피눈물을 흘리며 통곡할지라도, 겉으로는 결코 지나친 감정을 노출시키지 않고 침묵을 유지할 뿐, 어떠한 움직임도 드러내지 않는다. 따라서 그의 시에서는 경쾌하고 활동적인 어떠한 움직임도 찾아볼 수 없다. 그를 둘러싸고 있는 주위의 모든 사물이나 배경도 모두 움직임이 정지한 듯한 고요함을 유지하며, 울음소리조차도 크게 내지 못하고 소리의 크기를 거부하며 축소시키려는 경향을 보인다.

① 밤 깊어 고요한 한밤중에
　　가볍게 고음의 발자국 소리 죽이고
　　<나의 짧은 시(我底短詩)>

② 힘없이 부서지는 물결은 흐느끼며 밤이 오는 흔적을 씻어버린다
　　<환영(幻影)>

③ 적막한 정원 속엔 사람 보이지 않고
　　여인이여, 밤 그림자의 그늘에서 배회하니
　　소침한 만물의 소리가 낮게 울린다
　　<서로의 약속(相約)>

위의 인용시에서 풍내초는 '고요한', '가볍게', '발자국 소리 죽이고', '힘없이 부서지는', '흐느끼며', '적막한', '소침한', '낮게 울린다' 등 시어를 통해 자신의 시적 공간에서 소리의 크기를 최소화시켜 자신의 존재적 자아를 축소시킨다. 때문에 그는 소리를 내게 하는 힘의 무게를 최대한 줄이려고 애쓰는 것이다. 이런 풍내초에게 있어서 침묵은 자신이 존재하는 현실세계에 대한 거부의식의 표출이자, 이 세계에서 자신의 존재의식을 축소화하는 가장 좋은 방법이기도 하다.

인용시 ①에서는 고음의 발자국 소리를 축소시키기 위해 무게가 가져다주는 힘을 제거하여 자신의 중량을 최대한 가볍게 함으로써 발자국 소리를 '가볍게' '죽이고', 인용시 ②에서도 물결에 가해지는 힘을 제거함으로써 물결은 '힘없이 부서지며', '흐느끼는' 것이다. 그렇기 때문에 인용시 ③에서 보는 것처럼 화자 주변의 모든 '소리가 낮게 울리는' 것이다. 이처럼 풍내초에게 있어서 밤이 가져다주는 어둠의 색채는 전체적으로 소극적이고 슬픔으로 가득 찬 시적 이미지로서, 이 현실세계에 대한 풍내초의 침묵과 절망적 인식을 발견하게 된다.

적막하게 우울한 깊은 밤
흑암은 창백하게 말을 떨고 있다

침묵하는 일체의 검은 빛
신비스런 일체의 고요함

아 중세기의 한밤중
스토아철학의 정신

밤은 한층 절망적으로 깊어지고
다만 내일의 약속의 한밤중에 있네

아 잠이 없는 밤
　꿈이 없는 밤
<잠이 없는 밤(沒有睡眠的夜)>

　　대낮에 경험하는 수많은 현실적 고통을 잠이나 꿈을 통해 잠시나
마 잊고 편안하게 쉴 수 있다는 점에서, 밤은 대낮의 힘겨운 노동
으로부터 안식이라는 보상을 받는 시간이다. 그러나 풍내초에게 있
어서 밤은 대낮의 고통에서 벗어나 달콤한 꿈을 꾸는 안식의 시간
이 아니라, 오히려 중세기의 한밤중으로 인식된다.
　　일체의 사상과 자유가 억압되었던 중세기, 풍내초의 밤은 바로
그 절망적인 중세기의 한밤중과 동일시된다. 때문에 밤은 곧 한밤중
의 심연으로 빠져드는 극단적인 고통과 절망의 시간이다. 밤이 시간
의 흐름 속에서 파악될 때, 그것은 새벽을 향하는 희망으로 존재하
지만, 이 시에서는 내일의 새벽을 뛰어넘어, 그의 앞에는 여전히 내
일의 한밤중만이 도사리고 있는 것이다. 이처럼 꿈도 없고 잠 없는
밤은 아무리 사방을 둘러보아도 탈출구를 찾을 수 없는 절망적인
실존의 모습을 보여줄 뿐이다. 두렵고 힘겨운 인생의 막다른 곳에
이르렀을 때, 그는 현실세계에서의 고통을 잊기 위해 잠을 자거나

꿈을 꾸는 것보다 더 나은 세계가 있음을 깨닫게 된다.

　잠이나 꿈은 언젠가는 다시 깨어나 두려운 현실세계와 다시 직면하게 되지만, 그가 발견한 세계는 더 이상 깨어나지 않아도 된다. 그곳이 바로 영원히 침묵할 수 있는 무덤인 것이다.

　　흰 눈은 거무스레한 숲을 비춘다
　　아름답다 세상에서 가장 아름다운 저 무언의 무덤
　　<죽음의 자장가(死底搖籃曲)>

　'거무스레한' 숲, 그곳에 있는 '무덤'이야말로 세상에서 가장 아름다운 공간이다. '저 무언의 무덤'에서는 잠에서 깨어나 대낮의 악몽을 다시 꿀 필요가 없으며, 달콤한 꿈에서 깨어날 필요도 없다. 절망과 공포가 가득한 세계에서 받아야 하는 극도의 긴장으로부터 탈출할 수 있는 유일한 돌파구, 그 돌파구의 맨 끝에 죽음이 자리 잡고 있는 것이다.

　　① 해 저무는 내 마음
　　　곧 다가오는 한겨울의 내 마음
　　　지쳐버린 석양의 푸른빛은 쓸쓸히
　　　내게 검은빛의 안식을 주네

　　　검은빛의 안식
　　　검은빛의 안식
　　　<창백한 옛 달(蒼黃的古月)>

② 잉어는 검정색 물에 잠긴 자국 안에서 안식하며

　　　<시노바즈노이케에서(不忍池畔)>

인용시 ①에서 화자는 '해 저물어' 갈 데 없고, 곧 다가오는 '한 겨울'을 기다리는 듯한 불안한 심정으로 드러낸다. 이때 현실세계에 대한 공포와 절망으로 '지쳐버린 석양'과 같은 처지의 화자에게 검은빛의 밤은 오히려 평안한 '안식'의 의미로 다가온다. 인용시 ②에서도 '검정색'은 안식으로 인식된다.

일반적으로 시인의 색채에 대한 인식은 자신의 경험세계에 따라 다양하게 표현될 수 있으며, 마찬가지로 동일한 색채라 하더라도 다양한 의미망을 가지게 된다. 그런 까닭에 풍내초의 시에서 등장하는 검정색은 양가적(兩價的) 의미를 가진다. 즉 ≪홍사등≫에서 검정색이 긴장과 공포로 인한 침묵과 절망적인 정서로 향할 때는 부정적인 이미지로 작용하지만, 풍내초의 의식이 영원한 침묵을 통한 안식이라는 곳을 향할 때는 검정색이 긍정적인 의미로 사용되어 공포와 안식의 이미지가 이중주를 이루고 있다고 하겠다.

V. 결 론

풍내초 시의 특징은 음(音)과 색(色)을 결합한 순수시의 추구에 있으며, 그 가운데서도 특정한 색채이미지의 사용은 시인의 주관적이면서도 무의식적인 정신세계를 반영하고 있다는 점에서 그의 시적 구성을 이해하는 데 매우 중요한 위치를 차지한다.

≪홍사등≫에서는 흰색, 붉은색, 검정색 등 다양한 색감의 언어가 사용되어 시적 이미지를 다양화하고 있다. 그리고 이러한 색채 언어들 가운데 흰색은 달이나 눈으로 묘사되며, 그것들은 빛이나 열기가 차단되어, 생명이 지닌 상승 열기가 냉각됨으로 인해 창백하고 싸늘한 이미지, 궁극적으로는 죽음으로 인식된다.

붉은색은 주로 장미, 입술, 불꽃, 석양 등 이미지로 등장한다. 그런데 ≪홍사등≫에서 사용된 이들 이미지는 붉은색이 가지는 고유한 상징적 의미인 애정과 청춘에 무게 중심이 있는 것이 아니라, 오히려 빛이 바랜 붉은색에 초점이 맞추어진다. 바로 덧없이 흘러버린 청춘과 이제는 잃어버린 애정을 향해 시인의 의식이 모아지는 것이다.

검정색은 침묵으로 가득한 밤의 이미지를 형성하면서, 자신이 존재하는 현실세계에서 느끼게 되는 공포와 전율을 상징한다. 그리고 밤이 지닌 이 악마적 이미지는 어두컴컴한 무덤을 통해 영원한 침묵으로서의 안식을 제공하게 된다.

따라서 위에서 살펴본 풍내초의 시에서 드러난 색채이미지는 거의가 부정적인 경향으로 흐르고 있다. 흰색이 가진 순결과 평화, 붉은색이 지닌 사랑과 정열, 검정색이 지닌 신비와 평안 등 긍정적 가치는 풍내초의 시에서 그다지 커다란 위력을 발휘하지 못하고, 오히려 부정적 가치를 지닌 죽음, 실연, 공포 등 이미지가 의미의 핵심을 이루고 있음을 알 수 있다.

이처럼 풍내초의 ≪홍사등≫은 시각적인 색채감이 풍부한 시어를 사용해 훌륭한 상징효과를 거두고 있고, 의미가 몽롱하면서도 난해하지 않고, 함축적이면서도 너무 깊지 않아 명실상부한 상징주의시라는 시사적 평가를 받고 있다.

풍내초 자신은 <홍사등 · 서(紅紗燈 · 序)>에서 ≪홍사등≫에 수록된 시들이 '과거의 깃털이자, 매미의 허물'이라고 하여 이 시집이 발간되었을 무렵에는 이미 자신의 작품경향이 상징주의의 영향권에서 벗어났다고 말하고 있어, ≪홍사등≫이야말로 풍내초의 상징주의 경향을 대표하는 유일힌 작품이라고 할 수 있겠다.

5. 하늘을 나는 눈꽃이 되어

— 서지마(徐志摩)의 《지마의 시(志摩的詩)》 —

Ⅰ. 서 론

서지마(徐志摩)는 1923년부터 1926년 초까지 침체되었던 중국 시단을 중흥시킨 신월사(新月社)의 핵심 구성원인 동시에, 1931년 11월 19일 중국 민항기 제남호를 타고 가다가 비행기 추락사고로 36세를 일기로 제남(濟南) 상공에서 산화한 요절시인이다.

그의 시는 대부분이 서정시로 정감이 뛰어나며, 특히 자신의 시에 격률을 구사하여 읽는 이로 하여금 리듬감을 느끼게 한다. 또 그는 단편시, 장편시, 산문시 및 외국시까지 수용하여 각종 시 형태를 구사하는 등 중국 현대시의 새로운 형태를 모색하기도 했다.

서지마 및 그의 시에 대한 평가는 학자들 사이에 그 견해가 다양하다. 주자청(朱自淸)은 "그의 시는 밤낮을 아쉬워 않고 튀어 솟아오르는 한 줄기 생명수이다."라고 했으며, 양실추(梁實秋)는 "그의 시는 조각한 차가운 대리석이 아니라, 정감이 있어 후끈후끈하며 부드럽고 아름다운 음악이다."라고 하는 등 긍정적인 평가를 내리고 있는 반면, 중국의 좌파 문인들은 서지마를 부르주아적 시인으로 취급하여 왔다.

특히 모순(茅盾)은 그의 시를 "퇴폐적이고 비관적인 것을 표현하여 사회 혁명운동 가운데서 반영된 몰락한 계급의 사상정서이다."라고 혹평했다. 서지마에 대한 모순의 이러한 평가는 신월시파(新月詩派)에 대한 혁명문학 진영의 공격에 의해 이루어졌고, 비교적 정치적 색채가 옅은 서지마는 중국 대륙이 공산화되면서 점차 중국 좌파 학자들에 의해서 퇴폐적이고 감상적인 시인으로 평가되었다.

그러나 문화대혁명(文化大革命)이 끝나고 1980년대를 지나면서 일부 중국학자들에 의해서 서지마에 대한 새로운 평가가 시도되고 있음은 매우 주목할 만하다. 서지마의 시에 대한 기존의 일방적인 매도와는 달리 예술적인 측면에 대한 연구가 새롭게 진행되고 있으며, 북경사범대학(北京師範大學)이나 청화대학(淸華大學)에서 서지마의 시를 주제로 졸업논문을 쓰는 경우도 적지 않다고 한다. 또한 ≪서지마선집(徐志摩選集)≫이나 ≪서지마전편(徐志摩全編)≫이 출판되자마자 젊은 청년들에게 많은 인기를 얻는 등 그동안 금서로 묶여 금기시되던 서지마의 시에 대한 새로운 평가가 모색되고 있는 점은 매우 바람직한 현상이라 하겠다.

≪지마의 시(志摩的詩)≫는 서지마가 영국에서 유학을 마치고 귀국한 후 약 2년 내인 1922년부터 1924년 사이에 창작된 시들을 모은 그의 최초시집으로 산문시 3편을 포함하여 모두 41편의 시가 실려 있다.

Ⅱ. 이상의 추구

≪지마의 시≫는 서지마가 영국에서 유학 생활을 마치고 귀국한 후 약 2년 내(1922~1924)에 쓰였던 까닭에 그가 미국과 영국에서 유학하며 보고 느꼈던 서구의 사상 감정이 배어 있다. 즉 그가 영국 캠브릿지대학에서 공부할 때 형성된 자유와 평등, 우애의 사상들이 시 속에 용해되어 있다.

서지마가 영국 캠브릿지대학에서 보고 배웠던 낭만적인 삶은 그를 이상주의자로 만드는 데 중요한 촉매 역할을 했고, 그로 인해 귀국 후 그는 낭만적인 삶을 바탕으로 자신이 추구하는 이상이 중국에서도 실현되길 기대했다. 때문에 이 시기 서지마는 대부분의 시 속에서 이상주의적인 색채를 드러냈다.

　　≪지마의 시≫에서 자신의 이상을 추구하는 삶을 소재로 쓴 시로는 <눈꽃의 즐거움(雪花的快樂)>·<별 하나를 찾기 위해(爲要尋一顆明星)>·<나에겐 사랑할 것 하나 있다(我有一個戀愛)>·<이곳은 무서운 세계(這是一個懦怯的世界)>·<갓난아이(嬰兒)> 등이 있다.

　　　나는 한 마리 절름발이 눈먼 말을 타고,
　　　어두운 밤을 향해 채찍질한다.
　　　어두운 밤을 향해 채찍질한다.
　　　나는 한 마리 절름발이 눈먼 말을 타고,

　　　나는 어둠이 칠흑 같은 밤으로 달린다.
　　　별 하나를 찾기 위해,
　　　별 하나를 찾기 위해,
　　　나는 어둠이 아득한 황야로 달린다.

　　　지쳤다. 내 가랑이 밑의 짐승이 지쳤건만,
　　　그 별은 여전히 나타나지 않고,
　　　그 별은 여전히 나타나지 않고,
　　　지쳤다. 내 가랑이 밑의 짐승이 지쳤건만,

이때 하늘 위에 수정 같은 광명이 빛났다.
황야에 짐승 한 마리 쓰러지고,
어두운 밤 시체 한 구 누워 있고,
이때 하늘 위에 수정 같은 광명이 빛났다.
<별 하나를 찾기 위해(爲要尋一顆明星)>

시인은 상징적인 수법을 사용하여 자신이 추구하는 이상을 별로
묘사하고 있다. 시인은 자신이 생각하는 이상인 별 하나를 찾으려고
다리 저는 눈먼 말을 타고 어두운 밤을 향해 달린다. 기수와 말이
지쳐 쓰러진다. 이때 하늘가에는 수정 같은 광명이 빛난다. 그러나
기수와 말은 이미 지쳐 땅바닥에 쓰러지며 죽어간다.

이처럼 비록 어두운 밤을 향해 달리다가 지쳐 쓰러져도 자신이
추구하는 이상을 위해 기꺼이 자신을 희생하겠다는 시인의 굳은 결
심과 헌신적인 정신이 나타난다. 시인이 이상을 추구하는 순수하고
도 투명한 마음은 <나에겐 사랑할 것 하나 있다(我有一個戀愛)>에
서 뚜렷이 나타난다.

나에겐 사랑할 것 하나 있다.
나는 하늘의 별을 사랑하네,
나는 그 투명함을 사랑하네,
세상엔 이러한 신명이 없다네.

매서운 늦겨울 황혼에,
적막한 잿빛 새벽녘에,
바나에, 비바람 뒤 산꼭대기에,

영원한 것 하나, 수많은 별들!
<나에겐 사랑할 것 하나 있다(我有一個戀愛)>

이 시에서도 역시 시인은 별을 자신의 이상으로 형상화하여 자신의 이상적인 인생을 선언한다. 즉 그에게는 하나의 사랑이 존재하고 있는데, 그것은 바로 하늘에서 밝게 빛나는 별인 것이다. 그 별은 차가운 겨울의 황혼이나 적막한 잿빛 새벽에도, 바다와 비바람 스쳐 지나간 산 위에서도 시공(時空)을 초월하여 시인이 숨 쉬고 있는 이 땅을 비추고 있다. 그래서 시인은 하늘의 별을 향해 가슴을 열어 자신이 간직한 사랑을 바치며, 그 별을 사랑하며 살겠다는 인생의 포부를 밝힌다.

서지마의 이러한 이상추구는 항상 동적(動的)이고 적극적인 경향을 나타낸다. 즉 시인은 <눈꽃의 즐거움(雪花的快樂)>에서 자신이 추구하는 그 이상을 소극적으로 바라보고만 있는 것이 아니라, 이상이 있는 곳을 향해 찾아가는 적극성을 보이고 있다.

　내가 한 송이 눈꽃이라면,
　훨훨 춤추며 하늘을 날리.
　내 가야 할 방향을 확인하여
　날고, 날고, 날아서,
　이 땅 위에 내 갈 방향 있나니.
　저 쓸쓸한 골짜기 가지 않으리.
　저 서러운 산기슭 가지 않으리.
　황량한 거리에 가도 슬퍼 않으리.

날고, 날고, 날아서,
내겐 내 가야 할 방향이 있나니!

허공중에 아름답게 춤추다,
저 맑고 깊숙한 곳 눈에 띠면,
꽃밭 속에 그녀 오길 기다리네.
날고, 날고, 날아서,
아! 그녀 몸엔 주사(朱砂) 매화 맑은 향기가!

그때 내 가벼운 몸무게로,
그녀의 옷깃에 사뿐히 내려앉아,
물결처럼 부드러운 그녀 품에 다가가
녹고, 녹고, 녹아서,
물결처럼 부드러운 그녀 품에 녹아 스미리!
<눈꽃의 즐거움(雪花的快樂)>

이 시에서 눈꽃은 자신의 이상을 향해 아무것에도 구속받지 않고
자유자재로 찾아다니는 시인의 화신이다. 시인은 눈꽃처럼 자유자재
로 마음속에 품고 있는 이상의 상소를 찾아다니다가 마침내 꽃밭에
내려앉는다. 그리고 사랑하는 그녀가 그 꽃밭에 내려오길 기다려서
그녀의 옷깃에 가볍게 내려 잔물결 같은 그녀의 가슴에 스민다.

그러면 서지마가 눈꽃이 되어 찾아다니는 이상의 구체적인 실상
은 무엇인가? <눈꽃의 즐거움(雪花的快樂)>에서 나타나는 그의 이
상은 눈꽃처럼 아무것에도 구속받지 않는 자유와 사랑이라고 볼 수
있다. 즉 눈꽃의 자유로운 행위는 시인의 가슴속에 내재된 의식의

표출이며, 그의 의식이 지향하는 바는 바로 '그녀'에 대한 사랑과 자신을 얽어매고 있는 모든 속박에서의 자유인 것이다.

나를 따라오세요.
나의 사랑아!
사람들은 이미 우리 뒤로 처졌어요.
보세요. 여기는 새하얀 망망대해,
새하얀 망망대해,
새하얀 망망대해,
끝없는 자유, 우리의 사랑!

나의 손가락을 따라 보세요.
저 하늘가 쪽빛 작은 별 하나,
저 섬 하나, 섬 위 푸른 풀,
싱싱한 꽃, 아름답게 날고뛰는 새와 짐승.
어서 이 경쾌한 보트를 타고
저 이상의 천국으로 갑시다.
연애, 기쁨, 자유, 세상과 작별하네.
영원히!
<이곳은 무서운 세계(這是一個懦怯的世界)>

시인이 살고 숨 쉬는 세계는 그가 추구하는 사랑을 용납하지 않는다. 왜냐하면 이 무렵 서지마는 부인 장유의(張幼儀)와 합의이혼을 하고 임휘음(林徽音)에게 구애하지만, 그녀의 무관심한 반응에 낙심하며 실의에 빠지게 된다. 그러던 중 그는 북경 사교계의 육소

만(陸小曼)을 만나 그녀와 재혼하게 된다. 이러한 일련의 일들은 당시 중국의 현실 속에서는 받아들여지기 어려운 일로서 서지마는 주위로부터 많은 비난을 받는다.

때문에 서지마는 그들의 사랑을 가두고 있는 새장이라는 굴레를 벗어나 자신이 사랑하는 사람과 이 세계를 버리고 자유를 회복하고 사랑을 찾고자 한다. 비록 인습의 가시덤불이 그들의 앞을 가로막고, 그들의 발꿈치를 찌르며, 우박이 때려 머리가 찢겨지는 한이 있더라도 경쾌한 보트를 타고 끊임없는 자유와 사랑이 있는 저 이상의 천국으로 달려가고자 한다.

이처럼 서지마가 추구한 이상은 영국 유학 시절부터 몸에 뱄던 자유로운 생활, 개성의 해방, 사랑의 절대적인 자유 등 성령에 얽매임이 없는 삶이라고 볼 수 있다. 그는 산문시 <갓난아이(嬰兒)>에서 자신의 이상을 막 태어나려고 하는 갓난아이에 비유하고 있다.

우리는 하나의 위대한 사실을 기다려야 한다.
우리는 한 명의 향기 나는 아기의 탄생을 지켜야 한다.
<갓난아이(嬰兒)>

임산부가 출산에 임박해 고통받고 초조해하고 기뻐하는 등 여러 종류의 복잡한 감정표현을 통해 시인은 이상에 대한 기대를 표현하고 있다. 그는 추악하고 더러운 이 세상에 위대한 사실이 나타나길 기다렸고, 이제 막 태어나려고 하는 갓난아이, 즉 어머니의 태(胎) 속에서 요동치고 있는 생명을 위해 인내하고 저항하고 분투하고 있

다. 왜냐하면 이 갓난아이야말로 서지마가 기다리는 가장 완전하고 아름다운 이상이기 때문이다.

그는 이 갓난아이를 '새로운 생명, 새로운 인생'으로 표현하고 있다. 그는 기성의 모든 것을 인정하지 않고 일체의 현실도 인정하지 않으며 현재의 사회·정치·법률·가정·종교·오락·교육을 인정하지 않았다. 그는 모든 것이 새로워지길 원했으며 일체의 속박도 받지 않는 내면의 자유를 추구했다. 때문에 갓난아이로 상징되는 그의 이상은 결국 당시 중국 사회가 안고 있던 각종의 보이지 않는 속박에서 벗어나 자유롭게 살고 사랑하고자 하는 성령(性靈)의 자유로움인 듯하다.

이처럼 서지마는 ≪지마의 시≫에서 자신의 이상을 하늘에서 밝게 빛나는 별로 묘사하기도 하고, 또한 절대적인 사랑과 끝없는 자유를 이상의 천국으로 묘사하기도 하며, 자신을 눈꽃에 비유해 이상을 찾아 헤매는 자신을 상징하기도 하고, 이제 막 태어나려는 갓난아이를 자신이 기다리는 이상으로 표현하면서 이상을 추구하는 자신의 삶을 시로써 표출하고 있다.

Ⅲ. 사회현실의 반영

서지마가 비록 이상주의자이고 자신의 시에서 이상추구에 대한 내용을 많이 썼다고는 하지만, 그 역시 혼란했던 5·4시기에 중국에서 살았던 지식인이다. 비록 그의 생활시야가 좁았지만 자신의 눈

앞에서 벌어지는 사회의 각종 병리현상과 혼란한 군벌 간의 침략
현실을 외면할 수는 없었다.

서지마가 이상을 추구했던 그 이면에는 현실에 대한 불만이 내포
되어 있다고 할 수 있다. 왜냐하면 이상에 대한 추구는 현실에 대
한 부정이 그 밑바탕에 깔려 있기 때문이다. 당시 중국 사회에 만
연되어 있던 각종의 사회병리 현상을 보면서 그는 자신의 느낌을
이렇게 표현하고 있다.

> 학살은 내가 사는 성에서 발견될 뿐만 아니라, 어떤 때에는 내
> 영혼에서 일어나는 참상이라고 느껴진다. 살해된 것은 청년들의 생
> 명뿐만 아니라 내 자신의 사상도 치명적인 타격을 받은 것 같다.
> <자기 해부(自剖)>

그래서 그는 당시 어두웠던 사회의 한 측면을 증오하고 분노하며
시를 통해 자신의 감정을 토로하기도 했다. 이러한 경향에 속하는 시
로는 <독약(毒藥)>·<선생님! 선생님(先生! 先生)>·<기름종이 몇
장 덮고(蓋上幾張油紙)>·<거지 팔자 그렇지(叫化活該)> 등이 있다.

> 나를 믿어라. 나의 사상은 악독하다. 왜냐하면 이 세계가 악독하
> 기 때문이다. 나의 영혼은 암흑이다. 왜냐하면 태양이 이미 광채를
> 잃었기 때문이다. 나의 목소리는 무덤 봉분 속의 밤 올빼미 같다.
> 왜냐하면 인간은 이미 모든 화해를 죽였기 때문이다. 내 음성은 원
> 귀가 그의 원수들을 꾸짖는 것 같다. 왜냐하면 모든 은혜가 이미
> 모든 원한에게 길을 양보했기 때문이다. ……도처가 음탕한 현상,

탐심이 정의를 감싸고, 시기가 동정을 핍박하고, 비겁함이 용감함을 모욕하고, 육체의 욕망이 사랑을 희롱하고, 폭력이 인도를 욕보이고, 암흑이 광명을 짓밟는다. 들어라, 이 한 조각 음란한 소리를. 들어라, 이 한 조각 잔학한 소리를. 호랑이와 이리가 시끌벅적거리는 거리에 있다. 강도가 너희 아내의 침대에 누워 있다. 죄악이 너희의 심오한 영혼 속에 있다……. <독약(毒藥)>

여기에서 그는 당시의 사회를 폭력이 인도(人道)를 능욕하고, 암흑이 광명을 짓밟고, 인도가 송장처럼 인간과 짐승들이 가지는 더러운 욕심의 사나운 파도에 삼키우고, 호랑이와 이리가 날뛰고, 강도가 너희 아내의 침대에 누워 있고, 죄악이 너희의 심오한 영혼 속에 숨어 있는 사회라고 묘사했다.

그는 이 시를 쓰게 된 동기를 다음과 같이 설명하고 있다.

평화를 사랑하는 것이 원래 나의 성품이다. 원망·시기·학살의 분위기 속에서 나의 신경은 번번이 이루 말할 수 없는 핍박을 받는다. 기억건대 재작년 봉직전쟁(奉直戰爭)이 있던 그 시절은 칠흑 같은 암흑기로, 매일 늦은 밤 홀로 머리를 싸매고 책상에 엎드려 시달렸다. 마치 모든 시대의 침울함이 내 머리를 덮친 듯했다……. <독약(毒藥)> 등 그 못난 저주시 몇 편을 쓰고 나니, 내 마음의 긴장이 비로소 점차 누그러졌다. <자기 해부(自剖)>

이처럼 당시의 중국 사회가 안고 있던 암울하고 혼란했던 현실을 목격하면서 그의 시야(視野)는 자연히 사회 속에서 고통받고 있는 사람들에게로 옮겨진다. 즉 그의 시가 인도주의적인 경향을 띠게 되면서 ≪지마의 시≫에는 당시 고통받고 있는 사람들의 처지를 동정하는 내용들도 다수를 차지하게 된다.

"불쌍한 우리 엄마,
주리고, 춥고, 병들어 길가에 누운 채 신음해요.
선생님, 우리에게 빵 좀 사게 해주세요, 선생님."

"지갑이 없다."
차에 탄 신사가 말한다. 커다란 모자 쓴 차 안의 신사가,
달린다. 급히 도는 두 바퀴, 어린애의 외침을 뒤쫓는다.

길에는 회오리바람 같은 흙먼지,
은빛 나는 차바퀴 흙먼지 속에서 돌고 있다.
"선생님, 외출하실 땐 돈을 가지고 계시잖아요, 선생님."

"선생님……선생님!"
벌게진 아이, 숨을 헐떡이며 끊어졌다가 이어지는 외침 소리,
달린다. 달려. 고무바퀴 쉬지 않고 달린다.
<선생님! 선생님(先生! 先生)>

이 시는 추운 한겨울에 얇은 옷을 입은 여자아이가 멋진 차를 타고 가는 신사에게 구걸하는 모습을 묘사하고 있다. 아이의 어머니가 주리고 병들어 신음하지만 차 안의 신사는 냉정하게 구걸을 거절한다. 빠르게 달리는 차를 향해 숨을 헐떡이며 뒤따라가는 여자아이의 외침을 통해 시인은 겨울날씨보다 더 차가운 당시 사회의 한 일면을 묘사하고 있다.

<기름종이 몇 장 덮고(蓋上幾張油紙)>에서는 어느 시골 아낙이 얼어 죽은 자신의 세 살짜리 아기의 꿈을 꾸고 나서 목메어 울고 있는 모습을 표현하고 있다.

선생님. 저쪽 솔밭 산골짝 아래
작은 나무상자 하나가 있답니다.
내 아이, 내 심장이 담겨 있답니다.
세 살 먹은 가냘픈 뼈가,

어젯밤 난 내 아기 꿈을 꾸었지요.
큰 소리로 "엄마 —
추워요. 추워요. 몹시 추워요.
엄마!"라고 외치더군요.

정말 오늘 큰 눈이 내리고, 처마 밑엔
고드름이 보이네요.
난 얼음장 같은 이불 속을 더듬으며,
내 아기를 어루만졌어요.

이제 겨우 기름종이 몇 장 사 가지고 와
아기의 침대 위에 덮었답니다.
나는 달콤하게 자는 아기를 깨울 수 없었어요.
내 마음이 슬퍼지기 때문이죠.
<기름종이 몇 장 덮고(蓋上幾張油紙)>

아낙은 한겨울에 얼어 죽은 아기의 무덤에 춥지 말라고 기름종이

몇 장을 덮어놓고 오열하고 있다. 자신의 꿈에 나타나 춥다고 보채는 아기를 생각하면서 그 아낙은 눈 내리는 겨울날 섬돌 가에 앉아 흐느끼고 있는 것이다. 서지마는 가슴 아프게 울고 있는 이 여인의 울음소리를 통해 냉혹한 사회에 대한 분노와 고통받고 있는 사람들에 대한 연민의 정을 더하고 있다.

<거지 팔자 그렇지(叫化活該)>는 가난한 사람과 부유한 사람의 서로 다른 상황을 대조적인 수법으로 묘사하여 당시 사회에 대한 서지마의 현실의식을 반영하고 있다.

"자비로우신 마님, 마음 착한 아가씨"
서북풍이 칼날처럼 그의 얼굴을 찌른다.
"먹다 남은 음식 좀 주세요!"
한 무더기 모호한 그림자, 대문가에 서 있다.

"배고파 죽겠어요. 돈 잘 버는 아저씨!"
대문 안엔 웃음소리, 붉은 난로, 옥 술잔 있고,
"추워서 죽겠어요. 복 많으신 아저씨!"
대문 밖엔 서북풍이 비웃으며 말한다.
"거지 팔자 그렇지!"

나는 전율하는 한 무더기 검은 그림자,
인도 앞거리에 꿈틀거리며 쓰러진다.
나는 다만 한 가닥 동정의 따스함을 원할 뿐,
내 찢겨져 나온 뼈를 감싼다.

그러나 이 무겁고 꽉 닫힌 대문, 누가 아랑곳하랴.
거리엔 찬바람의 비웃음뿐, "거지 팔자 그렇지!"
<거지 팔자 그렇지(叫化活該)>

추운 겨울에 거지가 구걸을 하지만 대문이 굳게 닫힌 채 찬바람만 씽씽 분다. 대문 안에는 웃음소리와 붉은 난로 그리고 옥 술잔이 있는데 대문 밖의 거지는 오히려 칼로 에는 듯한 서북풍 속에서 떨고 있다. 거지는 한 가닥의 인간적인 따스함을 원할 뿐이지만, 동정의 대문은 그의 앞에서 무겁게 꽉 닫혀 있을 뿐이다. 단지 대문 하나를 사이에 두고 서로 다른 처지의 사람들이 같은 사회에서 살고 있는 것이다.

대문 안과 밖의 두 모습, 두 운명은 이렇게도 판이하다. 때문에 대문 밖 거지의 비참한 처지는 상대적으로 배가되며 그의 절망감은 헤어날 수 없는 더욱 깊은 수렁으로 빠지게 된다.

이와 같이 서지마는 ≪지마의 시≫에서 당시 사회의 차갑고 고통스런 일면을 사실적으로 묘사하고 있다. 그러나 그의 이러한 시들은 사회에 대한 적극적이고 비판적인 공격이라기보다는 오히려 인도주의적 견지에서 나타나는 개인적인 동정심으로 이해될 수 있다. 왜냐하면 서지마는 ≪지마의 시≫에서 시를 통한 부조리한 사회에 대한 공격보다는 사회 구성원인 개개인이 처한 비참한 현실에 대해 연민의 정을 더 강하게 노출시키고 있기 때문이다.

Ⅳ. 인간적 고뇌

귀국 초기 서지마는 자신이 유학했던 영국에서의 자유로웠던 생활과 이상을 가슴에 안고 중국 현실에서도 같은 생활과 이상이 실현되기를 기대했다. 그래서 귀국 초기 그의 시작(詩作)은 이상주의적인 색채가 강했다. 그래서 이 시기의 전반적인 그의 시작은 밝고 적극적이며 진취적인 경향을 나타내고 있다.

그러나 그의 사상 감정이 일률적으로 밝고 긍정적인 것만은 아니었다. 그의 심중에는 각종의 모순과 번민들이 그의 뇌리를 괴롭히고 있었던 것이다.

1919년에 발생했던 5·4운동의 열기는 서지마가 유학하던 영국에까지 번졌다. 반제·반봉건주의와 민주와 과학을 내세웠던 5·4정신은 개성의 자유와 해방을 고취했고 서지마의 마음을 들끓게 했다.

그러나 1922년 귀국 후 그가 바라본 중국 현실은 민족의 파산, 도덕·정치·사회·종교·문예 등 모든 것이 파괴된 암담한 현실이었다. 5·4운동도 이미 그 열기가 식어가고 있었고, 중국 사회는 국내외적으로 침략과 전쟁이 빈번하여 서지마가 영국 캠브릿지대학에서 가졌던 이상적인 사회건설과는 너무 거리가 먼 상황이 전개되고 있었다.

그는 자신이 추구하는 이상과 실제 현실 사이에는 서로 조화될 수 없는 모순과 괴리가 있음을 느낀다. 그래서 그의 영혼은 고민하고 실망하며 방황한다. 때문에 《지마의 시》에서는 서지마의 인간적인 갈등과 회색적인 색채가 엿보인다.

<소식(消息)>・<희미한 별빛(一星弱火)>・<누구에게 물어보나(問誰)>・<한밤중의 솔바람(夜半松風)>・<독약(毒藥)> 등에서 서지마가 고민하고 낙담하며 실의에 빠지는 모습을 볼 수 있다.

　　뇌우가 잠시 멈추었다.
　　쌍룡 같은 쌍무지개,
　　안개 속에 드러내,
　　기세 있고, 아름답고, 생기발랄.
　　좋은 징조! 내일은 틀림없이 좋은 날씨.

　　어! 또(한 줄기) 번개가 쳤다.
　　구름 밖에, 하늘 밖에,
　　또 한 조각 어둠,
　　선명한 무지개 빛깔 보이지 않고,
　　희망, 제대로 서지 못해, 또 무너졌다.
　　<소식(消息)>

비가 잠시 그치고 쌍무지개가 하늘에 나타나자 그는 좋은 징조로 생각하지만, 그것도 잠시일 뿐이다. 순식간에 다시 번개가 치면서 선명한 무지개는 보이지 않고 한 조각 어둠만이 시인의 눈앞에 투영될 뿐이다. 희망이 서기도 전에 무너진 것을 통해 서지마가 5・4 운동에 기대했던 희망이 좌절되고 상실되는 환멸의 정서를 표현하고 있다. 이처럼 서지마는 자신이 추구하던 이상과 중국 현실과의 부조화 속에서 감당할 수 없는 번민을 느끼며 고뇌한다.

흰 구름 뭉게뭉게 솟아올라,
아득한 무한함으로 들어선다.
그러나 내 좁은 마음에, 아,
비참한 안개와 슬픈 구름이 뒤엉킨다.
새하얀 새벽빛 이미 드러나,
푸른 섬 같은 앞 봉우릴 씻는다.
묘지 빈 터 귀신불처럼 참담하게,
별 하나 희미한 불빛 내 가슴속에.

그러나 이 참담한 별 하나 희미한 불빛,
흩어진 벼와 타다 남은 재를 비춘다.
비록 옛 자취이 비웃음일지라도,
끊임없이 시간을 따라 오랫동안 흐른다!
<희미한 별빛(一星弱火)>

흰 구름은 질서 있고 조화 있게 솟아올라 아득한 무한함으로 들어가지만, 시인의 좁은 가슴에는 질서와 조화보다는 오히려 참담한 안개와 근심의 구름이 뒤엉켜 그의 마음을 어지럽게 할 뿐이다.

이미 하늘의 별도 <별 하나를 찾기 위해(爲要尋一顆明星)>서의 수정처럼 밝게 빛나는 별도 아니고, <나에게 사랑할 것 하나 있다(我有一個戀愛)>에서 나오는 투명하고 영원한 별도 아니며, <이곳은 무서운 세계(這是一個需怕的世界)>의 하늘가 쏙빛 별도 아니다. 다민 묘지 빈 터의 귀신불처럼 참담하고 희미하게 비출 뿐이다. 때문에 그는 자신이 가야 할 방향을 찾지 못하고 어두운 밤을 배회하고 있다.

이 어두운 밤에 배회한다.
어두운 밤 같은 고통,
별빛 아래 검은 그림자가 흐릿하다.
이 새 무덤을 차마 떠나지 못하고,

나는 새벽을 기다리지 않는다. 봄 편지 없으니,
나의 것은 끝없이 어두운 밤!
<누구에게 물어보나(問誰)>

서지마는 이상과 현실 사이에서 배회하며 어두운 밤 같은 고통을 맛본다. 밤은 새벽을 향하는 한 과정이며, 필연적으로 다가올 광명을 잉태하고 있다. 그러나 시인은 새벽에 대한 기대도 없이 끝없이 어두운 밤을 향해 빠져들 뿐이다. 때문에 그는 <누굴 위해서(爲誰)>에서 '홀로 이 깊은 밤 누구를 위해 실의에 빠져 있나?'라고 스스로 질문도 해보지만 뚜렷한 해답을 찾지 못한 채 절망하고 있는 것이다.

이곳은 겨울밤 산비탈,
비탈 아래 쓸쓸한 승막,
승막 안 고독한 꿈속의 영혼,
참회 속에 기도하네. 절망 속에 빠지네.

왜 이렇듯 분노하며 미친 듯이 울부짖나?
악어 북과 쇠 징, 호랑이와 표범,
왜 이렇듯 하소연하며 그리워하나?
극렬한 참극과 인생의 불운,

또 한 차례 조수처럼 가라앉는다.
이 방황하는 영혼과 쓸쓸한 승막은?
<한밤중의 솔바람(夜半松風)>

　쓸쓸한 승막 안에서 방황하는 영혼은 바로 서지마 자신이다. 그는 참회 속에서 기도도 해보고, 분노하며 미친 듯이 부르짖기도 하지만, 내면에 깔린 문제는 해결의 실마리를 찾지 못한 채 더욱 깊은 절망에 빠질 뿐이다.

　왜냐하면 서지마가 추구하는 이상은 개인 영혼의 절대적인 자유 내지는 성령의 자유이며, 이러한 자유는 어떠한 무력혁명이나 전쟁으로 해결될 수 없는 문제이기 때문이다. 즉 서지마가 추구하는 성령의 자유는 서로 사랑하고 구속하지 않으며 개개인의 의식이 새롭게 바뀌어야 성취될 수 있다.

　그러나 중국의 현실은 군벌들 사이의 전쟁과 이권 다툼으로 인해 국민들의 생활이 피폐하고 개인의 생명과 자유는 전쟁 앞에서 무기력함을 드러낼 뿐이었다. 서지마 개인이 감당할 수 없는 이러한 현실은 항상 그의 이상과 충돌을 일으켰고 그 충돌 속에서 서지마는 끝없는 방황을 한다.

우리의 모든 믿음은 나뭇가지 꼭대기에 걸려 부서진 연과도 같다.
우리 손에는 연줄만이 쥐어져 있다. 모든 믿음이 부서졌다.
<독약(毒藥)>

서지마는 자신이 추구하는 이상적인 사회가 실현되기 위해서는 인간과 인간 사이의 사랑과 서로에 대한 믿음이 있어야 된다고 굳게 믿고 있었다. 그러나 인간에 대한 모든 믿음은 나뭇가지 위에 걸렸던 끊어진 연줄처럼 서지마에게서 떠나 정처 없이 표류하며 허공을 떠돌고 있다. 때문에 사회와 인간에 대한 믿음을 상실해버린 서지마 역시 방황하고 표류하고 있는 것이다.

이와 같이 ≪지마의 시≫에는 공존할 수 없는 이상과 현실 속에서 방황하며 표류하는 서지마의 인간적인 고뇌가 담겨 있다고 할 수 있다.

V. 결 론

≪지마의 시≫에는 영원한 이상을 추구하고자 하는 서지마의 굳은 결심과, 그 이상을 찾기 위해 노력하는 모습이 비교적 잘 나타나 있다. 특히, 시 속에서 표현된 서지마의 이상은 다른 것에 의해 구속받지 않는 자유와 절대적 사랑 등 성령에 얽매임 없는 삶이라고 볼 수 있다.

그러나 서지마의 이상은 당시 중국 사회의 암담한 현실과 부딪힌다. 그는 자신이 추구하는 이상이 실현되길 바라는 기대와는 달리 군벌들 사이의 전쟁으로 인하여 소외되고 고통받는 수많은 사람들을 목격하게 된다. 때문에 ≪지마의 시≫에는 소외되고 고통받는 사람들의 비참한 처지를 동정하는 내용들도 많이 보인다.

결국 서지마는 이상과 현실의 충돌 속에서 갈등하고 번민하며 절망하게 되고, 때문에 ≪지마의 시≫에서는 그가 인간적으로 고뇌하는 모습들이 엿보이기도 했다.

서지마 스스로 ≪지마의 시≫는 예술적 기교가 언급되지 않았다고 말했듯이, 그의 다른 시집인 ≪피렌체의 하룻밤(翡冷翠的一夜)≫·≪맹호집(猛虎集)≫·≪운유(雲游)≫보다는 예술적으로 다소 떨어진다고 하겠다. 그것은 서지마가 영국에서 귀국한 초기에 자신의 솔직한 감정 표현에 중점을 두고 ≪지마의 시≫를 창작했기 때문이며, 아울러 단편시·장편시·산문시 등 다양한 시 형태를 시도하는 시험기였기 때문이라고 볼 수 있다.

그러나 오히려 인위적인 기교를 부리지 않았기 때문에 ≪지마의 시≫에는 서지마 자신의 솔직한 감정과 느낌이 그대로 보존되어 있으며, 그로 인해 침체되었던 1920년대 초 중국 시단의 중흥에 커다란 영향을 주었음을 인정해야 할 것이다.

6. 중국의 땅에 눈이 내리고

— 애청(艾青) 시의 의미공간 —

I. 서 론

애청(艾靑, 1910~1996)은 1933년 옥중에서 쓴 <대언하 — 나의 유모(大堰河 — 我的褓姆)>로 명성을 떨친 시인이다. 항전이 폭발하자 ≪북방(北方)≫, ≪그가 두 번 죽네(他死在第二次)≫, ≪태양을 향해(向太陽)≫, ≪광야(曠野)≫, ≪횃불(火把)≫, ≪하늘 말하기(談天)≫ 등 시집을 발표하여 항일애국 정신을 고취시켰다. 그의 초기 시들은 시대적인 어둠을 저주하여 풍격이 질박하고, 격조가 침울하지만, 생활에 대한 시들은 희망과 동경이 충만하다. 항전 시기의 시들은 대부분 애국주의 정서가 기조를 이루며, 격조가 격앙되어 있다.

사실 중국 현대문학에서 애국주의 정신은 줄곧 그 사상 내용상 가장 보편적인 특징이 되어 왔다. 왜냐하면 애국주의 정신은 시인들의 혁신적인 창조가 아니라, 시대정신과 사회생활의 필연적인 반영이기 때문이다.

곽말약(郭沫若)의 시가 '질풍노도'의 5·4시기에 탄생되어 '격정(激情)'이라는 형태로 애국주의 정서가 표현된다면, 문일다(聞一多)의 시는 부패하고 어두운 군벌통치 시기에 탄생되어 '침잠(沉潛)'이라는 형태로 드러난다. 그리고 애청의 시는 조국과 민족이 멸망의 재난에 직면한 시기에 탄생되어 '우울(憂鬱)'이라는 형태로 표현되었다.

따라서 여기에서는 항일전쟁이 끝나는 1945년 이전에 쓰인 시를 중심으로 애청의 시가 지닌 '우울'이라는 모티브를 통해 애청의 현실인식과 지향점 그리고 그러한 의식이 어떻게 문학적 의미공간으로 수용되는지를 살펴보고자 한다.

II. 현실적 의미공간

애청 시에서 보여주고 있는 현실적 의미공간의 시간적 좌표는 밤이며, 그 공간적 좌표는 대지(大地)로 설정된다. 이 두 좌표에 공통적으로 적용되는 정서적 분위기가 우울이란 사실은 당시 중국이 처한 시대적 상황과 분리될 수 없다. 1930년대 중국 전체를 화염에 휩싸이게 한 항일전쟁이 칠월파(七月派) 시인이었던 애청에게는 그냥 묵과해버릴 수만은 없는 실존적 현실이었기 때문이다.

1. 대지: 고난받는 삶의 터전

애청의 초기 시에 나타나는 서정적 자아에는 우울, 고독, 비애 등 소극적인 정서가 짙게 배어 있다. 이러한 배경에는 장차 부모를 해칠 운명을 지니고 태어났다는 점쟁이의 말로 인해, 어려서부터 부모에게서 떨어져 가난한 농촌 마을의 한 여성에게서 길러졌다는 애청의 태생(胎生)적 요인도 있겠지만, 근본적으로는 대내외적으로 암담한 현실에 직면한 조국에 대한 지극한 사랑이 그 바탕에 자리 잡고 있다. 이처럼 애청의 시 밑바탕에 깔려 있는 우울한 분위기가 태생적 요인이든, 아니면 조국의 암울한 현실에 대한 투영이든 간에 그것은 대지(大地)라는 이미지를 통해 통일성을 띤 의미공간의 한 축을 이룬다. 대지란 문학에 있어서 일반적인 경우에 모성(母性)적 풍요로 상징된다. 그러나 애청의 시에서 묘사된 대지는 풍요나 휴식이 아닌 고난받는 삶의 터전이라는 양상으로 제시된다.

① 중국의 고통과 재난은
눈 내리는 밤처럼 광활하고 끝이 없다!

중국의 땅에 눈이 내리고,
혹한이 중국을 봉쇄하고 있다······
<중국의 땅에 눈이 내리고(雪落在中國的土地上)>

② 맞도다
북방은 비애 어린 곳.
변방에서 불어오는
사막바람은,
북방의 생명의 초록빛과
시간 빛을 말아갔도다.
<북방(北方)>

③ 대지는 이미 죽었다!
── 벌렁 드러누운 저 만경이나 되는 황야는
그의 시체

그는 절망 속에 죽어갔다
임종할 때에
말라 비틀린 눈을 부릅뜨고
하늘 끝을 목 타듯 바라보며
한 방울의 빗물이라도 내려주길······
<죽음의 땅(死地)>

인용시 ①, ②, ③에서 보듯이 애청의 시에 묘사된 대지는 혹한으로 인해 사방이 봉쇄된 고통과 재난의 공간이자, 생명의 초록빛과

시간 빛을 말아가버려 생명이 존재하기 어려운 극한의 공간이다. 아니면 비 한 방울 내리지 않는 척박한 대지, 이제 더 이상 새로운 생명을 탄생시킬 수 없는 죽음의 대지일 뿐이다. 이들 인용시가 가지는 공통적인 감정의 기조는 우울이다. 인용시 ①에서 사용된 '눈'은 바로 추위를 의미하며, 대지는 눈으로 인해 냉기를 더하게 된다. 인용시 ②에서 사용된 '사막바람' 역시 북방에서 몰고 오는 차가운 모래바람으로서, 대지를 더욱 황폐화된 공간으로 몰고 간다. 이처럼 혹독한 고통을 견디어야 하는 대지는 인용시 ③에서 보듯이 마침내 죽음이라는 극한적 상황에 노출된다.

자신이 뿌리박고 살아야 할 대지가 삶의 터전으로서의 제 기능을 수행하지 못할 때, 그곳에 살고 있는 사람들은 줄에서 끊어진 연처럼 삶의 뿌리를 빼앗긴 채 이리저리 방황할 수밖에 없다.

이방인같이
내일의 수레가
어떤 길로 달려갈지 모른다……
— 게다가
중국의 길은
이처럼 험준하고
이처럼 진흙탕이러니.
<중국의 땅에 눈이 내리고(雪落在中國的土地上)>

집을 떠나 낯선 곳에서 웅크리고 추위에 떨어야 하는 늙은 어머니는 땅을 잃고 가죽 모자를 눌러 쓴 재 눈보라 속에서 노방가는

농부나, 남자의 보호도 없이 흐트러진 머리카락에 때 묻은 얼굴로 부서진 선창에서 떠돌아다니는 젊은 아낙네와 마찬가지로 중국의 민중이 경험하고 있던 존재적 현실의 반영이다. 그들은 모두 추운 밤에 숲, 강가, 광야를 떠돌아다니며 자신의 생존을 위해 몸부림치고 있지만, 그들이 가야 할 중국의 길은 결코 희망적이거나 우호적이지 못하다. 특히 내일의 수레가 어떤 길로 달려갈지 모르는 '중국의 길은 이처럼 험준하고 이처럼 진흙탕이러니'라는 표현처럼 미래에 대한 불확실성과 고난의 영속성(永續性)은 이 땅에서 생존해가야 하는 이들에게는 절망적인 선언으로 다가온다. 그러면 이들이 이처럼 고통스럽게 살아가야 하는 원인은 어디에 있는가?

어디로 갔는가?
— 해마다 곡식 담던 부대를 메고 찾아와
항아리에 남겨둔 최후의 낟알까지
거두어간 그놈들은?

그리고 빚을 독촉해
아낙네들의 머리 패물 가져간
그놈들은?
<죽음의 땅(死地)>

중국이 재난에 빠지고 민중이 고통스러워하는 까닭은 물론 중·일 전쟁(中日戰爭)을 전후한 일본 제국주의의 침략에서 그 원인을 추론해볼 수 있다. 하지만 애청의 의도는 단순히 역사적 현실만을 보고,

그것을 폭로하는 데 있는 것이 아니다. 애청은 중국과 그 민중이 경험하는 고난을 외부적인 요인에 의한 수동적인 결과로 보지 않는다. 그의 눈은 오히려 인식의 전환을 통해 한 단계 차원 높은 정신의 세계를 응시한다.

애청은 '고난은 행복에 비하여 더욱 아름답다.'라는 고난의 미학(美學)을 제시한다. 이 말은 애청이 고난으로 인한 현실적 고통을 회피하기보다는 오히려 고난을 극복하기 위해 분투하는 투쟁과정의 아름다움을 강조하고 있음을 의미한다.

이처럼 애청에게 있어서 고난은 행복보다 더 귀한 아름다움으로 인식된다. 즉 고난이야말로 자신이 이 세계에 살아 있음을 느끼게 하는 증거이자, 시의 가장 진실한 원천이기 때문이다. 따라서 애청의 시는 고난당하는 중국의 땅을 바라보는 우울한 정서를 띠고는 있을지라도, 결코 나약하거나 절망하는 비탄조의 정서는 찾아볼 수 없다. 오히려 조국과 민중이 경험해야 하는 고난을 바라보는 그의 눈에는 눈물의 사색을 담고 있으며, 그의 심장에는 선혈(鮮血)의 비통함을 적시고 있다.

> ① 나는 이 비애의 국토,
> 유구한 국토를 사랑한다.
> ― 이 국토는
> 세계에서 가장 고난받고 가장 오래된
> 내 사랑하는 종족을 길러냈다
> <북방(北方)>

② 왜 나의 눈엔 늘 눈물이 고이는가?
　내가 이 땅을 깊이 사랑하기 때문이라……
　<나는 이 땅을 사랑한다(我愛這土地)>

중국의 대지가 혹한에 봉쇄되고 생명이 존재하기 어려운 황폐한 공간일지라도 애청은 이 비애의 대지를 사랑한다. 대지는 중화민족이라는 민족적 자부심을 가지게 하는 원천이기 때문이다. 그러기에 고난에 찬 대지를 바라보는 애청의 눈에는 늘 눈물이 고인다. 이 눈물이야말로 이 땅을 사랑하기 때문에 흘릴 수밖에 없는 애청의 응축된 인식의 결정체이다. 그리고 그 눈물이 메마른 대지에 한 방울씩 떨어질 때 이 대지는 다시 소생하는 것이다.

2. 밤: 우울한 시대적 어둠

애청의 투철한 현실인식은 자신의 시에서 하나의 우울한 그림으로 표현된다. 재난에 처한 조국의 참상을 직접 눈으로 목격할 수밖에 없었던 애청에게 우울한 이미지는 밤이라는 시어를 통해 구체적으로 드러난다.

① 말라죽은 나무와
　나지막한 집들
　드문드문, 음침하게
　어두운 하늘 아래 흩어져 있다
　<북방(北方)>

② 눈 내리는 밤 들녘
　그 봉화 불에 짓밟힌 곳을 지나서,
　무수한, 땅의 개척자들은
　그들이 기른 가축을 잃고
　그들의 비옥한 밭을 잃고
　절망적인 삶, 더럽혀진 마을에서
　혼잡을 이루네.
　<중국의 땅에 눈이 내리고(雪落在中國的土地上)>

　인용시 ①, ②를 통해 보면, 밤이 그려낸 한 폭의 그림은 이미 생기를 잃어버린 '말라죽은 나무'가 '드문드문, 음침하게' 어두운 하늘 아래 흩어져 있고, 자신들이 기른 가축과 비옥한 밭을 잃어버린 절망적인 삶을 표현하고 있다. 인용시 ②에서 사용된 '짓밟힌', '잃고', '더럽혀진', '절망적인' 등 시어는 중국이라는 현실적 공간에서 전쟁으로 치닫고 있던 1930년대를 살아가야 했던 사람이라면 모두가 경험해야 했던 암울한 시대적 어둠이며, 이 어둠 속에서 그들은 죽음이라는 고통을 경험해야 했던 것이다.

　―아, 너
　흐트러진 머리 때 묻은 얼굴의 젊은 아낙네,
　너의 집
　―그 행복하고 따뜻했던 보금자리가
　포악한 적들에게
　불태워졌는가?
　또 이 같은 밤에
　남자의 보호를 잃고

죽음의 공포 속에서
이미 적의 난도 아래 희롱을 당했는가?
오오, 이토록 추운 오늘밤,
무수한
우리들의 늙은 어머니,
모두 자기 집이 아닌 곳에 웅크리고 있으니
<중국의 땅에 눈이 내리고(雪落在中國的土地上)>

　젊은 아낙네가 죽음의 공포 속에서 적의 난도 아래 희롱을 당하고, 늙은 어머니가 따뜻한 보금자리를 잃고 자기 집이 아닌 곳에서 웅크리고 한밤중을 보내야 했다. 시대적 어둠의 한가운데 내팽개쳐진 그들이 생존을 위해 할 수 있는 것은 자신을 좀 더 움츠려야 하는 것 외에는 달리 방법이 없었다. 그들은 그렇게 한밤중을 향해 빨려들어 갔다. 이토록 추운 밤은 바로 시대적 냉기류이자, 중화민족 전체가 당면했던 공포였고, 반드시 벗어나야 할 필연이었다.

　투명한 밤

……껄껄 웃는 소리 밭두렁에서 일더니……
한 무리 술꾼,
깊이 잠든 마을을 보며,
와자지껄 지나는데……
마을,
개짖는 소리,
온 하늘의 성근 별을 불러 흔든다.
<투명한 밤(透明的夜)>

어둠을 소재로 할 때 그 이행과정은 대체로 어둠에서 빛으로 혹은 빛에서 어둠으로의 의식이행을 보인다. 빛에서 어둠으로 지향하면 절망의식과 연결된다. 밤의 어둠이 점점 한밤중으로 향할 때, 사람들은 깊은 잠에 빠지게 된다. 모든 생명력이 정지된 상태에 이르는 것이다. 반면에 어둠에서 빛으로의 진행은 생명의 창조의식과 연결된다. 즉 새로운 탄생을 윤회하는 우주관의 입장에서 생명이라는 의미를 내포한다.

애청의 시는 어둠에서 빛으로 향하는 시적 특성을 보인다. 따라서 애청은 한밤중에 빠져 곤히 잠자고 있는 마을, 개, 온 하늘의 성근 별을 흔들어 깨운다. 그들을 깨우기 위해 애청은 이도저으로 마을을 '소란스럽게' 만든다. 어디서 온지 모르는 술꾼들이 깊이 잠든 마을에서 웃고 소리치며 소란스럽게 돌아다니는 행위를 통해 고요하게 잠든 마을은 차츰 잠에서 깨어나기 시작한다.

> 술꾼들, 동구 밖으로 가서
> 한 줄기 불빛 스며 나오는 문으로 들이닥치니,
> 피의 냄새, 고깃덩이, 쇠가죽의
> 뜨거운 비린내……
> 떠드는 소리, 떠들썩한 소리.
>
> 등잔불이 들불처럼
> 초원에 살고 있는
> 진흙 빛 여남은 얼굴을 비춘다.
> <투명힌 밤(透明的夜)>

한 무리 술꾼들의 떠드는 소리, 떠들썩한 소리로 인해 어두운 밤은 차츰 열기를 뿜어내기 시작한다. 뜨거운 피비린내가 진동하고, 짙은 어둠 속으로 빠져가던 초원도 등잔불에 의해 사람들의 모습이 드러난다. 등잔불이 들불로 확산될 때 어둠은 더 이상 짙을 수 없고, 초원의 고요함도 사람들의 열기로 시끌시끌해진다.

이렇게 볼 때 애청 시에서의 밤은 정지한 상태가 아니라, 유동성을 띤다. 이런 유동성은 생명이 살아 있음을 의미한다. 비록 거칠고 피비린내 나지만 치열한 생명력이 어둠 속에서 꿈틀거리며 밝음을 향해 끊임없이 약동한다. 애청이 어두운 밤으로부터 탈출하기 위해 몸부림칠수록 새벽에 대한 그리움은 더욱 간절한 소망으로 다가온다.

Ⅲ. 미래지향적 의미공간

애청의 시에서 나타나는 현실적 의미공간이 대지와 밤이라는 이미지로 나타난다면 그가 갈망하는 미래지향적인 의미공간은 새벽과 태양이라는 이미지로 제시된다.

1. 새벽: 생명에 대한 간절한 그리움

① 문 밖이 아직 캄캄하여,
　새벽이 오지 않았는데,
　그를 놀래 깨운 것은

새벽에로의
간절했던 그리움이라
<나팔수(吹號者)>

② 새벽이여,
......
내 그런 고난의 시절에,
길고 긴 암흑의 밤에
나를 불면의 침상에 던져버렸을 때,
나는 오직 동녘만을 가련히 응시하며,
손으로 뜨거운 가슴속에 빠르게 뛰는 심장박동을 억누르며
너를 기다렸다네 ―
<새벽(黎明)>

③ 이 밤 아직 다 지나가기 전에, 그들에게 알려주오.
그들이 기다리는 것이 곧 오리라고 말해주오.
<새벽의 통지(黎明的通知)>

새벽에 대한 그리움은 깊은 잠에서 나팔수를 깨우게 하고, 뜨거운 심장의 박동으로 설레게 하며, 이 밤이 다 지나가기 전에 새벽이 곧 오리라는 확신으로 다가온다. 이제 애청에게 있어서 밤은 고통과 좌절을 경험하는 악마적 이미지로 남아 있지 않다. 오히려 밤은 새벽으로 나아가기 위해 거쳐야 하는 필연적인 과정이며, 극복의 대상으로 존재할 뿐이다. 애청이 추구하는 고난의 미학은 바로 여기에서 출발한다. 더 이상 어둠 속에만 갇혀 있을 수 없다는 절박한 현실적 상황 속에서 애청은 단순히 개인의 감상을 읊어대는 시인이

아닌 조국과 민족에게 새벽을 기다리게 만드는 예언자가 되고자 했다. 이러한 사실은 그의 시론에서도 잘 나타난다.

"겨울이 왔으니, 봄 어디 멀겠는가?"라고 하는 말을 예언이라 한다면, 시인의 예언은 가장 천진한 것이리니 — 말하라, 올 것은 반드시 오리라고, 썩고 썩어 죽으려 하는 것을 은폐시키지 말라고, 밤의 끝은 새벽이라고, 지구가 쉬지 않고 도는 것처럼, 세계가 영원히 암흑 속에 있지 않으리라고. <시인론56(詩人論56)>

밤의 어둠이 가져다주는 고난은 새벽의 밝음을 맞이하기 위한 숙명적인 조건이다. 왜냐하면 새벽은 어둠을 딛고 다가오기 때문이다. 밤은 시련과 고난을 통해 사람을 단련시키고, 행복의 의미를 더욱 가치 있게 만든다. '고난은 행복에 비하여 더 아름답다.'라고 말한 애청의 시론도 같은 맥락으로 이해된다. 그래서 애청은 고난을 배타적인 의미로 받아들이지 않는다. 오히려 고난을 포용하고 승화(昇華)시키는 의식을 보인다.

① 봄이라네.
용화의 복사꽃 피었네
몇 밤새에 피었네
피로 얼룩진 몇 밤새에
그 밤엔 별빛도 없이
그 밤엔 바람이 불고
그 밤엔 과부의 흐느낌 들렸네
……

봄이 어디서 오느냐고 물으면
난 교외의 묘지에서 온다고 하려네.
<봄(春)>

② 태고의 무덤으로부터
암흑의 시대로부터
깊이 잠든 산맥을 진동하여
불 수레가 모래언덕 위를 날아오르듯
태양이 나에게 밀려온다……
<태양(太陽)>

인용시 ①에서 용화(龍華)에 핀 복사꽃은 바로 봄의 도래를 의미한다. 사실 용화라고 하는 지역은 과거 화장터로 유명하다. 많은 젊은이들이 피 흘리며 희생된 용화에도 봄은 어김없이 찾아왔다. 그런데 봄과 함께 찾아온 복사꽃은 낮에 핀 것이 아니다. 오히려 시인의 예언자적인 눈은 바로 밤을 응시한다. 봄은 별빛도 없고, 바람 불며, 과부의 흐느끼는 울음소리로 가득해야 했던 절망적인 밤을 극복하고 화사한 꽃을 피워냈다. 사람들의 피비린내 나는 희생을 바탕으로 새로운 생명을 잉태한 셈이다. 시인이 봄은 교외의 묘지에서 온다고 말하는 것이 바로 그 이유이다.

이러한 인식이야말로 어둠의 시대를 살아야 했던 애청이 소유했던 생명체계이자, 칠월파(七月派) 시인으로서 간직했던 전투정신이었다. 그렇기 때문에 인용시 ②에서도 태양은 태고의 무덤과 암흑의 시대로부터 깊이 잠든 산맥을 진동하며 밀려온다. 즉 태양은 인류의 사망과 어둠의 시대를 뚫고 탄생하는 것이다.

2. 태양: 확산되는 생명의식

너 아니라면, 태양이여!
모든 생명의 어둠 속에 엎드려
날개 있어도, 오로지 박쥐처럼
영원한 칠야에서 날 뿐이로다.
……
적막하고 긴 겨울 지나고,
오늘, 나는 산상에 올라,
나의 옷을 풀어 헤쳐,
알몸으로,
너의 빛에 나의 영혼을 목욕하리로다……
<태양에게(給太陽)>

새벽이 아름다운 것은 찬란하게 떠오르는 태양이 있기 때문이다.
이제 시인은 그동안 움츠려왔던 몸을 깨어나게 하여 새로운 태양의
빛으로 자신을 목욕한다. 그리고 태양은 그 빛으로 어둠에 덮여 숨
을 죽이고 있던 만물들을 하나씩 깨어나게 한다. 태양의 밝음으로
인해 밤의 어둠이 소멸되고, 깊은 잠에 빠져 있던 사람들이 깨어날
때 죽음의 대지는 다시 활기찬 생명력을 획득하게 된다.

검은 밤이 그 신비한 장막을 거두면,
뭇별은 권태로이, 한 알씩 흩어져가고……
……
숲이 깨어나

한 무리 새의 지저귐 전하고,
강물이 깨어나
끌려온 말떼에게 물을 마시게 하고,
들판이 깨어나
아낙네 바쁘게 둑 위로 지나가고,
광장이 깨어나니
잿빛 옷 행렬의 사람들이
새벽빛 쏟아진 허물어진 집에서 나와
엉겼다가 또 늘어선다……
<나팔수(吹號者)>

이 시에서 '검은 밤'은 고난의 시간을 상징하는 시어이다. 그 검은 밤의 위력에 숨조차 쉬지 못한 채 웅크리고 새벽을 기다려야 했던 사람들은 '밤'이 물러감에 따라 보이지 않던 모습을 드러내기 시작한다. '숲', '강물', '들판', '광장'이 깨어나면서 한 모퉁이에 숨어 있던 '한 무리 새', '말떼', '아낙네', '사람들'이 활기찬 모습으로 걸어 다닌다.

그는 가리기 어려운 햇살로
생명으로 하여금 호흡게 하고
높은 나무 많은 가지로 하여금 그를 향해 춤추게 하며
강물로 하여금 열광된 노래에 맞춰 그를 향해 달리게 한다

그가 올 때, 나는 듣는다
겨울 잠자는 벌레 땅속에서 꿈틀대고
군중이 광장에서 큰소리로 떠듦을

도시는 먼 곳에서
전력과 강철로 그를 부른다
<태양(太陽)>

이제 태양은 더 이상 밤의 어둠에 갇혀 있는 포로가 아니라, 그
어떤 힘으로도 가릴 수 없는 햇살로 대지와 사람들을 비추는 생명
력의 근원이다. 대지의 만물들은 태양에 의해 춤을 추고, 열광된 노
래에 맞춰 태양을 향한다. 애청이 깊은 밤의 고요함을 깨우기 위해
술꾼들의 시끄러운 소리로 반항하던 대지와 도시에는 군중의 소리
로 가득 차다. 이제 태양의 불길로 인해 점화된 대지는 수천 년, 수
만 년 동안 어두운 땅속 깊이 감추어져 있던 중화민족(中華民族)의
잠재된 생명력에 불을 붙이게 된다.

너는 어디 사는가?

나는 만 년 깊은 산속에 산다네
나는 만 년 암석 속에 산다네

너의 나이는―
내 나이는 산보다 많고
암석보다 많다네

너는 언제부터 침묵을 지켰는가?
공룡이 삼림을 통치하던 때부터
지각이 처음 진동하던 때부터

너는 이미 죽어 깊은 원한에 묻혔는가?
죽었다고? 아니, 아니 나는 아직 살아 있다네 —
나에게 불을 주게, 나에게 불을 주게!
<석탄과의 대화(煤的對話)>

'석탄'은 거대한 변화를 거친 역사라는 노인의 형상이다. 수억만 년 전, 그는 원래 한 그루의 나무였다. 그래서 그의 나이는 산이나 바위보다도 더 많다. 공룡이 밀림을 통치하고 제1차 지각변동이 있을 때, 이 나무는 쓰러져 깊은 곳에 묻혀 마침내 오늘날의 석탄으로 변한 것이다. 나무가 석탄으로 변했다고 해서 그 나무가 죽은 것은 아니다. 다만 물질의 존재방식만이 바뀌었을 뿐이다. 이 석탄은 시인에 의해 감정과 이성, 침묵과 원망 그리고 희망을 지닌 인격체로 변형된다. 비록 석탄이 대자연의 재난으로 인해 깊은 어둠 속에 갇히게 되었지만, 그의 뜨거운 마음만은 여전히 살아 있다. 그는 어둠 속에서 나와 세계를 향해 빛을 비추고, 그 맹렬한 불길 속에서 재생을 얻고자 한다. 이와 같이 애청의 시에서 석탄은 바로 중국의 역사이자 인류를 향한 불굴의 의지와 숭고한 정신을 상징한다.

이처럼 태양으로 상징되는 생명의 불꽃이 대지와 도시 전체로 확산될 때, 애청은 인류의 재생(再生)을 확신하게 된다.

① 나의 가슴은
  화염의 손길에 찢겨
  썩은 영혼
  강가에 버려지니

나는 인류 재생의 확신을 갖는다
<태양(太陽)>

② 왜냐하면, 이미 죽은 우리의 대지는,
   밝은 하늘 아래
   부활했음이니!
   <부활의 땅(復活的土地)>

  태양의 세례(洗禮)를 받음으로써 나는 과거 어두운 시대의 썩은 영혼을 벗어버리고 새로운 '나'로서 다시 태어나게 된다. 이렇게 새롭게 태어난 생명은 비단 '시인' 자신에게만 머무르는 것이 아니라, 도시와 대지, 한 걸음 더 나아가 중화민족을 포함한 인류 전체의 재생으로 확산되는 것이다.

Ⅳ. 결 론

  이상에서 살펴본 것처럼 애청의 시가 디디고 있는 현실적 출발점은 '대지'와 '밤'이다. 대지가 황폐해질 대로 황폐해진 고난받는 삶의 터전이라는 의미공간을 구성한다면, 밤은 우울한 시대적 어둠을 상징하는 의미공간을 형성한다.
  그러나 시인이자, 시대의 어둠을 뚫고 미래의 광명을 향해 응시하는 예언자로서의 소명의식(김命意識)을 지닌 애청은 현재의 의식에만 정체할 수는 없었다. 그의 예언자적 사명은 미래지향적인 세계를 바라보게 하며, 그것은 새벽과 태양이라는 문학적 언어들로 수용된다.

그에게 있어서 새벽은 생명에 대한 간절한 그리움을 담고 있는 언어이며, 그 새벽을 거쳐 상승하는 태양은 확산되는 생명의식을 보여준다. 이와 같이 절망적 어둠을 뚫고 상승하는 태양의 불꽃이야말로 얼어붙어 있던 대지에 온기를 부여하고, 중화민족의 혼을 불러일깨우는 동시에 인류 전체의 재생을 가능케 하는 생명력인 것이다.

7. 애청(艾靑) 시의 대립적 세계와 화해의 미학

I. 서 론

모든 예술과 마찬가지로 문학은 인간의식과 생활감정의 미적 표현이다. 그중에서도 특히 시는 고도로 함축된 언어를 통해 시인의 정신세계를 표현하는 장르이다. 그런 점에서 시인의 직관과 시선이 어떤 사물에 지향했을 때 그것은 단순히 형식적으로 존재하는 사물이 아니라, 세계에 대한 시인의 감정이 이입된 상징적인 사물로 존재하게 된다. 물론 그것이 긍정적인 가치로 나타나든지, 아니면 부정적인 가치로 표현되든지 간에, 시인의 정신세계를 파악하는 중요한 요소로 간주된다.

이러한 의식의 지향점은 애청(艾青)의 시에서 도시, 시골, 땅, 하늘, 어둠, 빛 등 개념으로 나타난다. 그리고 이들은 도시와 시골, 땅과 하늘, 어둠과 빛이라는 대립과 갈등의 이원적 구조로 형성되며, 동시에 대립적 구조의 극복을 모색한다. 따라서 본 글에서는 1949년 이전에 발표된 시를 중심으로 애청이 그리고 있는 시적 세계의 대립적 갈등구조와 그 대립적 세계를 해소하고자 하는 화해의 미학을 살펴보고자 한다.

II. 도시와 시골

애청의 시적 공간에 등장하는 도시와 시골은 대립적 양상을 지닌 두 개의 서로 다른 세계로 표현된다. 그중에서 먼저 애청의 인식체계에 자리 잡고 있는 도시의 이미지를 살펴보자.

① 그 눈가에 충일하는 탐욕,
　더러운 도적의 구라파
　<갈피리(蘆笛)>

② 너 —
　거대한 도시여
　그처럼 강인한 심장의 생물이여!
　우리는 끝내
　고통으로, 실패의 가슴앓이 더해가고
　네가 뿜어내는 광채
　너의 오만은
　뭇사람을 폐물같이
　비통 속에 팽개치고도
　조금도 안타까워하지 않는구나!
　<파리(巴黎)>

　<갈피리(蘆笛)>, <파리(巴黎)>, <마르세유(馬賽)>는 애청이 프랑스에 있으면서 바라보았던 현대적 대도시에 대한 인상을 묘사한 시이다. 그는 자신이 즐겨 불던 갈피리를 사용해서 구라파에 대한 변주곡을 연주한다. 애청에게 있어서 구라파는 '눈가에 충일하는 탐욕'으로 가득 찬 '더러운 도적의' 도시이다. 특히, 문명도시인 파리는 이미 '히스테리에 빠진 아름다운 창녀'이자, 강인한 심장을 가진 하나의 생물체로 상징된다. 그 생물체가 찬란하게 뿜어내는 기계적

광채는 고통과 실패의 가슴앓이를 하는 사람들이 바친 희생의 대가이다. 이처럼 비정하고도 거대한 파리는 사람을 유혹하여 도시 안으로 끌어들이고는, 끝내 고통과 실패를 안겨 그들을 폐물같이 비통 속에 내팽개친다. 이렇게 오만으로 가득 찬 추악한 대도시에 대한 묘사는 <마르세유>에서도 찾아볼 수 있다

> 굴뚝!
> 너 이 자본에 간음당한 여자!
> 머리 위에
> 우울하게 버림받은
> 여자의 머리칼처럼 흩어져 내리는 흑색의 매연……
> 수많은
> 포장한 자루,
> 폐결핵 환자의 회색 가래처럼
> 공장 입구에서,
> 쉬지 않고 토해낸다……보라!
> 공원들 비틀대며 나온다!
> <마르세유(馬賽)>

먼저 이 시에서 사용된 '간음', '우울', '버림', '매연', '폐결핵 환자', '회색 가래', '토해낸다', '비틀거리며' 등의 시어는 한결같이 어둡고 부정적인 가치를 지닌다. 사실 시어의 선택은 창작에 있어서 전적으로 시인의 선택적 자유에 속하는 부분이지만, 일단 선택된 시어들은 시인이 지향하고 있는 의식과도 무관하지 않다. 그런 측면에서 이 시는 도시에 대한 애청의 부정적 가치를 읽게 해준다.

굴뚝이란 현대 자본주의 산업문명을 바탕으로 한 화려한 대도시의 상징이다. 그러나 한편으로는 버림받은 여자의 머리칼처럼 굴뚝에서 흑색 매연을 뿜어내는 중병에 든 세계이기도 하다. 보들레르(Baudelaire)가 세계를 하나의 커다란 '병원'이라고 보았듯이, 애청도 현대의 대도시를 중병이 든 환자로 보고 있다는 점에서 세계에 대한 보들레르의 병적인 인식과 같은 궤도를 그리고 있다. 공장에서 나오는 각종 제품은 폐결핵 환자의 가래로 인식되며, 거기에서 일하는 공원들도 병든 환자처럼 비틀거리며 나온다. 이렇게 병든 현대의 대도시는 자신들의 생명을 유지하기 위해 타인을 공격하고, 그들의 소유를 약탈하는 탐욕적 본질을 드러낸다.

그의 왕성한 식욕은
동방의 풍요한 토지도
감당키 어려워
메뚜기의 타격과 가뭄보다
더 넓고 깊어서 구제할 수 없다!
반세기 이래로
이미 몇 민족이 그들 역사의 페이지를
더러운 피와 치욕의 눈물로 얼룩지게 했니.
……
너는 부유와 빈궁의 열쇠 구멍,
너는 약탈과 착취의 창고이기에.

마르세유
너는 도적의 고향

무시무시한 도시!
<마르세유(馬賽)>

　애청의 시에서 파리(Paris)와 마르세유(Marseille)로 대표되는 대도시는 자본주의 문명의 세례를 받은 곳이자, 탐욕적인 본질을 지닌 약탈성을 상징한다. 대도시의 왕성한 식욕은 메뚜기와 가뭄과 같은 자연적인 재해보다도 더 구제하기 어려운 피해로 인식된다는 점에서 문제의 심각성이 존재한다. 그들은 자신들의 제국주의적 야욕을 충족시키고자 중국을 비롯한 여러 나라를 침략하고, 더러운 피와 치욕의 눈물로 얼룩지게 만든 장본인이었다. 따라서 마르세유는 이미 '약탈과 착취의 창고'이자, '도적의 고향, 무시무시한 도시'였다. 이처럼 대도시는 탐욕적 본질을 지닌 약탈자로 묘사된다. 반면에 시골은 도시가 지닌 탐욕성을 만족시키기 위한 약탈대상으로 존재한다.

　　바보조차 저 도시가 흡혈귀의 무리임을 안다.
　　그들은 강철, 목재, 식량, 연료
　　그리고 수많은 노동자들의 건강을 삼키며 좀먹는다.
　　수많은 시골이 수많은 길에서 그들을 향해 양식을 옮긴다.

　　우리가 기른 가축이 깡통에 담기고
　　매일 쌓아둔 달걀이 비스킷이 되고
　　우리들이 거둔 과일, 수확한 콩과 밀이
　　우리 집에서 오래 있지 못한다.
　　<시골 마을(村莊)>

도시는 자신의 존재를 유지하기 위해 끊임없이 강철, 목재, 식량, 연료의 공급을 필요로 하는 흡혈귀로 인식된다. 물질적 가치가 지배하는 세계를 건설하기 위해 정신적 가치나 자연성은 이미 사라진 지 오래이다. 그 과정에서 수많은 노동자들이 자신의 건강을 빼앗긴다. 동시에 시골에서 생산된 가축과 달걀도 깡통에 담긴 통조림과 비스킷으로 바뀌며, 농부들이 땀 흘려 가꾼 과일, 콩, 밀 등도 모두 대도시로 옮겨진다. 이처럼 시골 마을은 단순히 대도시의 생명을 유지시키기 위한 수단에 불과한 존재로 떨어져버렸다. 이미 자신들의 모든 수확을 대도시에 빼앗겨버린 시골 마을은 더 이상 젊은이가 자신의 꿈을 성취할 수 있는 공간이 아니었다.

① 나는 저 시골 마을을 좋아하지 않는다 —
  그곳은 한 그루 용수처럼 평범하다
  한 마리 물소처럼 미련하다
  나는 거기에서 어린 시절을 보냈다.
  ……

  잘 있어, 가난한 나의 시골 마을이여,
  <소년행(少年行)>

② 나는 시골 마을의 짓눌린 농부가 생각난다 —
  얼굴은 소나무처럼 주름지고 우울하며,
  어깨는 과중한 짐에 눌려 활처럼 굽었고,
  눈은 실망과 원한이 서려 있다.
  <시골 마을에 바치는 시(獻給鄕村的詩)>

애청에게 있어서 시골 마을은 조용하고 풍요로운 공간이기보다는 오히려 용수(龍樹)처럼 평범하고, 물소처럼 미련하다는 부정적인 이미지가 짙다. 시골 마을에서 살아가는 농부의 모습이 그러한 사실을 말해준다. 농부는 시골 마을의 주체이지만, 소나무처럼 주름진 얼굴과 활처럼 굽어 있는 어깨에서, 이미 삶에 짓눌려 소외된 형상으로 비쳐진다. 따라서 그의 눈에는 시골 마을에 대한 실망과 자신들의 삶을 황폐하게 만든 대도시에 대한 원한이 함께 서려 있는 것이다.

> 멧돼지같이 말 없고 사나운 그들,
> 오래도록 은폐, 기만과 우롱당한 그들,
> 얼굴마다 풀지 못한 분노가 서려 있다.
> 그들 옷섶에 가리어진 품속엔 예리한 칼이 비스듬히 꽂혀 있고
> 칼집에 싸인 비수는 복수의 날을 기다리고 있다.
> <시골 마을에 바치는 시(獻給鄕村的詩)>

대도시와 시골 마을 사이에 놓여 있는 은폐, 기만, 우롱은 이들의 단절된 관계를 짐작하게 하는 단서이다. 대도시는 자신의 탐욕성을 충족시키기 위해 타인의 일방적인 희생을 강요하고 기만해 왔다. 이처럼 대도시의 탐욕성에 대한 분노는 옷섶에 가려진 품속의 예리한 칼과 복수의 날을 기다리는 비수로 비유된다. 따라서 대도시와 시골 마을은 서로 첨예한 대립적 관계로 묘사된다. 그러나 애청의 인식체계에서는 대도시와 시골 마을이 대립적인 관계로 파악할 성질이 아니라, 두 세계 모두 중국이라는 통일성을 형성하는 두 축인 것이다. 그러므로 애청은 어느 한 세계에 대한 일방적인 매도나 찬양보다는

등가(等價)적인 관점에서 접근한다.

① 고운 경치와 추한 생활이 대조를 이루어,
   자연의 은혜도 민중의 가난을 메우지 못했다.
   이것은 잘못된 일이다. 아름다운 땅은 그들과 조화를 이루어야 한다.
   기만과 압박에 항거하여 그것은 깊은 잠에서 깨어나야 한다.
   <시골 마을에 바치는 시(獻給鄕村的詩)>

② 언제쯤이면 시골 마을이 도시에 대해 질투와 증오를 품지 않고,
   도시가 시골에 대해서도 얕보고 혐오하지 않고,
   똑같이 자신의 지능으로 인류의 행복을 창조할 것인가
   그때면 나를 낳아준 시골 마을로 돌아가
   허식이 아닌 진실한 노래로
   내 작은 시골 마을을 노래하리라.
   <시골 마을(村莊)>

우선 애청은 시골 마을이 지닌 본질적 모습의 회복을 강조한다. 아름다운 자연환경과 조화를 이룰 수 있는 생활의 풍요로움, 더 이상 기만과 압박을 받지 않는 세계의 회복이야말로 대도시와 조화를 이룰 수 있게 하는 전제조건이기 때문이다. '고운 경치'와 '추한 생활', '자연의 은혜'와 '민중의 가난'이라는 자연과 인간의 조화로운 관계가 정립될 때, 비로소 시골 마을은 대도시의 질시와 혐오를 거두고, 시골 마을도 대도시에 대한 증오와 질투를 풀어, 함께 공존하는 세계를 회복할 수 있게 된다. 이처럼 애청에게 있어서 대도시와 시골 마을은 일방적인 찬양이나 매도의 대상이 아니라, 다 함께 포

용해야 할 세계의 양면성이다. 그래서 대도시와 시골 마을이 하나의 세계로 통일될 때, 시인은 비로소 자신의 시골 마을을 진심으로 노래할 수 있게 되는 것이다.

Ⅲ. 땅과 하늘

애청은 자연형상 속에 함축된 이미지의 모색에 치중했기 때문에 그의 시에는 땅, 태양, 눈, 겨울 같은 자연적 이미지가 많이 나타난다. 그중에서도 땅이 지닌 이미지는 애청의 시를 이해하는 데 중요한 관건이 된다.

① 중국의 땅에 눈이 내리고,
혹한이 중국을 봉쇄하고 있다……
<중국의 땅에 눈이 내리고(雪落在中國的土地上)>

② 황량하고 삭막한 벌판은
12월의 찬바람에 얼어붙었고
마을이며, 언덕이며, 강가며,
무너진 담과 황폐한 무덤이며
모두 흙빛 우울을 걸치고 있다……
<북방(北方)>

인용시 ①에서는 땅이 받는 고난을 묘사하고 있다. '눈'은 바로

추위를 의미하며, 그 추위는 당시 중국이 겪고 있던 민족적 위기감의 반영이다. 이 위기감은 혹한이 되어 중국의 땅을 봉쇄하는 것이다. 인용시 ②에서도 12월의 찬바람은 '마을', '언덕', '강가', '무너진 담', '황폐한 무덤' 등 벌판 전체를 추위로 얼어붙게 만든다. 사실 애청의 시에서 중국의 땅은 흙빛 우울로 채색된다. 그에게서 땅은 '눈이 내리는 땅', '풀이 자라지 않는 땅', '사막의 바람이 몰아치는 땅', '폭풍 폭우에 시달린 땅', '죽어서 아픔으로 묻힐 땅' 등으로 묘사된다. 이처럼 사방이 봉쇄된 채 수많은 고난을 경험해야 했던 중국의 땅은 이제 더 이상 활기찬 대자연의 모습을 찾아보기 힘들다. 이미 생명력을 상실하여, 황폐하고 우울한 공간으로 변해버렸다. 따라서 이 고난에 찬 땅은 사람들에게 희생을 요구한다.

① 이 옛 땅
　늘 굶주린 한 마리 야수처럼
　젊은이의 피를
　완강한 사람 아들의 피를 핥네.
　<봄(春)>

② 또 누가 찾을 수 있을런가, 땅속에서
　그들 고난받은
　희생자의 눈물방울을
　<웃음(笑)>

③ 여기에 그들은
　끊임없이 쓰러져 죽었다!

—풀처럼
보릿대처럼
벙어리가 된 강가에서
굳어버린 들에서
<죽음의 땅(死地)>

　　이미 자신의 생명력을 상실해버린 땅은 사람들의 피를 통해 자신
의 생명을 유지해나간다. 인용시 ①에서 땅은 젊은이의 피를 핥는
한 마리 굶주린 야수(野獸)로 비유된다. 그 야수 앞에서 사람의 아
들은 자신의 피를 땅에 뿌린 채 죽어가야 했으며, 인용시 ②에서도
땅은 고난받는 희생자들의 눈물방울을 통해 자신의 생명을 지탱해
간다. 인용시 ③에서는 인간의 고귀한 생명이 '풀'이나 '보릿대'처럼
연약하고 하찮은 존재로 전락해버렸고, 땅도 죽음의 위험 속에서
'벙어리'가 되고, 들도 '굳어버린' 생명의 경직성을 가져온다.

　　① 비는 없다
　　　심지어 한 방울도 없다

　　　보이는 건 도처에,
　　　불에 타서
　　　검게 그을린 보리 이삭
　　　누렇게 마른 보리 줄기
　　　쩍쩍 갈라진 땅뿐
　　　<죽음의 땅(死地)>

② 굶주린 대지
　어두운 하늘을 향해
　구걸의
　떨리는 두 팔을 내민다
　<중국의 땅에 눈이 내리고(雪落在中國的土地上)>

　인용시 ①의 검게 그을린 보리 이삭, 누렇게 마른 보리 줄기 그
리고 비 한 방울 내리지 않아 쩍쩍 갈라진 척박한 땅, 도무지 벗어
날 희망이라곤 찾아볼 수 없는 상황 속에서 시인의 상상력은 하늘
을 향하게 된다. 그것은 땅이라는 수평적인 인식체계에서 하늘이라
는 수직적 체계에 속한 세계를 향한 응시이며, 인식의 전환이다. 인
용시 ②에서 시인은 대지를 굶주린 사람으로 인격화시킨다. 그리고
인격화된 대지는 떨리는 두 팔에 자신의 소망을 담아 하늘을 향해
내민다. 바로 시인 자신의 의식지향이자, 그 땅에 살고 있는 민중
모두의 간절한 염원이다.

　그들로 하여 경건한 눈동자로 하늘을 응시하게 해주오
　나를 기다리는 모든 이에게 가장 자비하고 은혜로운 빛을 주리라
　<새벽의 통지(黎明的通知)>

　하늘로 상징되는 천상(天上)의 세계는 우울과 비애로 가득 찬 지
상(地上)의 절망적인 세계와는 다른 공간에 속한다. 그곳에는 절망
과 고통에서 신음하는 모든 사람들에게 가장 지혜로운 빛을 가져다
주며, 시인의 상승의식이 지향하는 세계이다. 그 빛은 하나의 새로

운 희망이자, 어두운 현실에서 벗어날 수 있는 유일한 탈출구로 인식된다. 이처럼 땅과 하늘이라는 대조적인 세계 속에서 애청은 지상에서 하늘로의 지향이라는 의식의 상승을 보인다. 그의 시에서 보여주고 있는 이러한 상승의식은 다양한 형태로 전개된다.

죽음이 대지로부터
죽음이 대지까지
너는 아는가?
그 돌고 있는, 돌고 있는 회오리바람
그것이 무엇을 갈망하고 있는지를
<죽음의 땅(死地)>

애청은 우울과 비애를 일종의 힘으로 본다. 황량하고 삭막한 땅 위에 가득 찬 갈망, 불평, 분노, 이러한 모든 것을 모아 먹구름처럼 짙게 응집시켜 무겁게 지면 위로 이동하다가, 폭풍우가 이 모든 것을 쓸어오길 오랫동안 기다려 이 케케묵은 온 세계를 말끔히 청소하고자 한다. 문학의 상징체계 속에서 '바람'은 흔히 수평적인 유동성을 띠어 전달의 매개체로 자주 사용된다. 특히 회오리바람은 바람의 수평적인 체계가 수직적인 체계로 바뀌는 경향을 지닌다. 따라서 회오리바람은 죽음이 짙게 깔린 대지를 하늘과 연결시켜 주는 매개체이면서, 동시에 시인의 갈망을 옮겨주는 전달자로서의 역할을 수행한다.

이처럼 애청의 시에 전반적으로 깔려 있는 우울과 비애가 일종의 힘이라는 인식을 이해할 때, 비로소 애청이 지닌 시 의식을 파악할 수 있게 된다. 그러므로 고난받는 땅을 바라보는 시인의 우울과 비애는 한 개인만의 감상적인 정서가 아닌, 중국이라는 땅에 살고 있는 사람들이 함께 공유하던 시대적 우울과 비애로 인식되며, 나아가 중화민족(中華民族) 전체의 잠재된 생명력으로 승화된다.

'언덕'과 '산' 역시 지상세계에서 하늘이라는 천상세계로 향하는 매개적 이미지로 사용된다.

① 그 길은
  곧장 그지없는 하늘로 뻗었고,
  ……
  그 길은
  하나의 언덕으로 올랐고 또 하나의 언덕으로 올랐다.
  그러나 지금은
  태양이 그 길에 황금으로 도금했다.
  <나팔수(吹號者)>

② 적막하고 긴 겨울 지나고,
  오늘, 나는 산상에 올라,
  나의 옷을 풀어 헤쳐, 알몸으로,
  너의 빛에 나의 영혼을 목욕하리로다……
  <태양에게(給太陽)>

언덕이나 산은 모두 하늘과 땅 사이에 있는 수직적 매개체로서의 의미를 지닌다. 언덕과 산이 위치한 자리는 땅이며, 특히 시적 화자인 '내'가 있는 곳이다. 길은 지상이 수평직 기호체계에 속히지만,

인용시 ①에서는 언덕으로 오르고 또 오르는 수직적 기호체계로 바뀌며, 궁극적으로는 하늘을 향해 뻗어 있다. 이처럼 시적 화자가 언덕을 매개체로 하여 하늘로 향하는 상승의식을 보여주고 있다면, 태양은 그 언덕으로 오르는 길을 황금으로 도금하여 천상세계의 하강 체계를 보여준다. 하늘의 태양이 우울과 비애로 가득 찬 땅을 비출 때, 그곳은 더 이상 절망과 비탄의 공간이 아니라, 황금으로 도금된 새로운 희망의 세계, 시인의 긍정적 가치가 반영된 지향적 공간으로 변한다. 인용시 ②에서도 '나'는 하늘로 향하기 위해 산상에 오르는 상승의지를 보이며, 빛은 하늘에서 산상으로 내려와 나의 영혼을 목욕시킨다. 그때 '나'는 적막하고 긴 겨울 동안 웅크리고 있던 비애와 우울의 정서를 벗어버리고, 새로운 영혼으로 탄생하게 된다.

이와 같이 땅과 하늘의 대립적인 세계 속에서 언덕과 산은 두 세계를 매개하는 기호체계이며, 그것은 애청 시의 대립적인 두 세계를 연결하여 대립적 관계를 해소시키게 하는 중요한 시적 장치가 된다.

Ⅳ. 어둠과 빛

애청의 시에서 어둠을 표현하는 대표적인 이미지는 '밤'이다. 물론 밤이라고 하는 현상적인 시간은 낮의 빛이 사라진 뒤의 어둠으로 인식되지만, 심리적으로는 밤을 바라보는 사람들의 상황에 따라 다르게 인식될 수 있다. 즉 어둠은 밝음을 기다리는 절망의 탈출일 수도 있고, 절망에 가라앉아버리는 좌절일 수도 있다. 전자의 경우

에는 밤이 포근하고 따스한 안식으로서의 긍정적인 밝음의 가치를
띤 개념으로 이해된다면, 후자의 경우에는 한밤중의 심연 속으로 빠
져 들어가는 절망과 불안으로서의 부정적인 어둠의 가치로 인식된
다. 애청의 시가 보여주는 어둠은 후자로 그 무게 중심이 실리고
있다.

① 용화의 복사꽃 피었네
　몇 밤새에 피었네
　피로 얼룩진 몇 밤새에
　그 밤엔 별빛도 없이
　그 밤엔 바람이 불고
　그 밤엔 과부의 흐느낌 들렸네
　<봄(春)>

② 또 이 같은 밤에
　남자의 보호를 잃고
　죽음의 공포 속에서
　이미 적의 난도 아래 희롱을 당했는가?

　오오, 이토록 추운 오늘밤,
　무수한
　우리들의 늙은 어머니,
　모두 자기 집이 아닌 곳에 웅크리고 있으니
　<중국의 땅에 눈이 내리고(雪落在中國的土地上)>

인용시 ①에서 묘사된 용화(龍華)의 밤은 별빛도 없고, 바람 불며, 과부의 흐느끼는 울음소리로 가득해야 했던 절망적인 상황의 밤이다. 인용시 ②에서도 밤은 아낙네가 남자의 보호도 없이 죽음의 공포 속에서 적의 칼 아래 희롱을 당하고, 늙은 어머니가 따뜻한 보금자리를 잃고 자기 집이 아닌 곳에서 웅크린 채 떨어야 했던 불안과 두려움의 공간이다. 밤은 '추위'가 동반될 때 더욱 냉혹한 공간이 된다. 따라서 '추운 밤'은 죽음에 대한 공포로 다가온다. 자신의 보금자리가 아닌·곳에서 추위를 견뎌야 하는 사람들에게 있어서 밤은 피할 수 없는 운명이자, 자신이 살아남기 위해서는 필연적으로 극복해야 했던 부정적 대상이었다. 이처럼 자신의 생명이 죽음 앞에 적나라하게 노출된 극도의 두려움과 불안 속에서 시적 화자는 내면적 어둠을 보인다.

① 오늘,
　나는 바스티유 감옥에 있다.
　아니다, 그 파리의 바스티유 감옥이 아니다.
　갈피리 나의 곁에 있지 않고,
　쇠고랑도 나의 노랫소리보다 요란하다
　<갈피리(蘆笛)>

② 밤을 바라보는 걸음걸이가 낮보다도 더 길다
　<감방의 밤(監房的夜)>

'감방'은 밝음이 차단된 어둠의 세계이며, 시적 화자가 당면한 존

재적 현실의 공간적 좌표이다. 동시에 '오늘'이라는 시간적 좌표는 '감방'이라는 유폐된 공간과 관계를 맺는다. 그런데 그곳에는 '나 배고플 때, 의젓이 부르던' 갈피리가 없다. 소리는 '흐름'의 매체로 자리 잡으며, 갈피리는 소리의 자유로운 전파라는 특성으로 인해 '자유'와 연결된다. 그러나 시적 화자가 처한 존재적 현실은 쇠고랑이 나의 노랫소리보다 더 요란하다는 부정적 양상으로 나타난다. 때문에 '밤'을 바라보는 걸음걸이가 '낮'보다 '더 길다'는 심리적 어둠 속에 빠지게 되는 것이다. 이처럼 어둠이 짙어질수록 역설적으로 빛에 대한 그리움은 더욱 간설해진다.

① 내 그런 고난의 시절에,
　길고 긴 암흑의 밤에
　나를 불면의 침상에 던져버렸을 때,
　나는 오직 동녘만을 가련히 응시하며
　<새벽(黎明)>

② 문 밖이 아직 캄캄하여,
　새벽이 오지 않았는데,
　그를 놀래 깨운 것은
　새벽에로의 간절한 그리움이라.
　<나팔수(吹號者)>

빛이 사라지고 어둠이 지배할 때, 시인의 존재적 현실은 '고난의 세월', '암흑의 밤'으로 묘사된다. 특히 밤은 '길고 긴'이라는 수식어로 인해 시적 화자의 심리적 어둠을 더욱 강화시킨다. 그래서 니

는 '불면의 침상에 던져지고', 그 밤에 '오직 동녘만을 가련히 응시한다.' 그곳에는 어둠을 밝혀줄 밝음이 존재하기 때문이다. 빛에 대한 간절한 그리움은 나로 하여금 어둠에서 깨어나 빛이 다가오는 방향을 향해 의식을 집중시키게 한다. 어둠과 절망의 밤을 극복할 수 있는 초월의 대상을 기다리는 것이다.

나는 어두운 곳에서
하얗게 빛나는 우주를
내다본다.
거기엔
생명이 꿈틀거리는 곳
거기엔
시간이 수레처럼 달리는 곳
거기엔 빛이 훨훨 나는 곳
<절규(叫喊)>

현재 내가 존재하는 '여기'는 '어두운 곳'이며, 나에게서 떨어져 있는 '거기'는 '하얗게 빛나는' 곳이다. 동시에 '여기/거기', '어두운 곳/하얗게 빛나는 우주'라는 대립적인 세계는 애청의 내면의식이 지닌 '부정적 가치/긍정적 가치'와도 연결된다. 이처럼 시적 화자의 의식이 지향하는 '거기'는 '생명이 꿈틀거리고', '시간이 수레처럼 달리며', '빛이 훨훨 나는' 곳이다. 그곳은 어둠이 지닌 부정적이고 단절된 가치와는 달리 활기차고 생명력이 충만한 자유로운 공간으로 전개된다. 그래서 애청은 자신의 현재적 좌표인 '여기'에서 내면

의식의 지향점인 '저기'로 향하는 탈출구를 찾게 된다.

① 내가 너를 만남은
  화염의 외투를 걸치고
  저 하늘가에서 어두운 창가로 오는 때이러니
  <새벽(黎明)>

② 감격이 넘치는 마음으로, 침상에서 일어나
  겨우내 잠겼던 창문을 열고
  <태양에게(給太陽)>

  애청의 시에서 '창'은 '안'과 '바깥'의 대립적인 두 공간을 매개하는 기능을 수행한다. 인용시 ①에서 '내'가 머물고 있는 현실공간은 '어두운 창가'이고, '너'는 '저 하늘가'에 있다. 그리고 '너'가 '저 하늘가'에서 '내'가 있는 '어두운 창가'로 '화염의 외투를 걸치고' 올 때, 겨우내 잠겼던 창문을 열면서 비로소 서로의 '만남'이 이루어진다.
  애청의 시에서 '태양'은 빛의 전달자이다. 그런데 태양은 '저기→여기', '먼 곳→가까운 곳', '너→나'에게로 다가오는 패턴을 보여준다.

  태고의 무덤으로부터
  암흑의 시대로부터
  인류 사망의 저쪽에서
  깊이 잔든 산맥을 진동하며

불 수레가 모래언덕 위를 날아오르듯
태양이 나에게 밀려온다
……
나의 가슴은
화염의 손길에 찢겨
썩은 영혼
강가에 버려지니
나는 인류 재생의 확신을 갖는다
<태양(太陽)>

태양은 '태고의 무덤', '암흑의 시대', '인류 사망의 저쪽'에서 나를 향해 밀려온다. 그러면서 '과거(태고)→현재', '어둠(암흑)→밝음', '사망→재생'이라는 변화를 통해 '부정적 가치→긍정적 가치'로의 인식의 변화를 가져온다. 때문에 태양이 나에게 밝음의 빛을 비출 때 비로소 나는 과거의 모든 어둠의 가치를 강가에 버리고, 인류 재생(再生)의 확신을 가지게 되는 것이다.

V. 결 론

시는 시인의 세계관의 가장 구체화된 표현이며 시에서 나타나는 은유나 이미저리는 세계에 대한 시인의 의식을 파악할 수 있는 훌륭한 수단이 된다. 애청은 <시론·형상6(詩論·形象6)>에서 "시인은 한편으로는 이미지를 통해 세계를 인식하면서, 한편으로는 이미지의 도움을 받아 사람들에게 세계를 해설한다. 시인이 세계를 이해하는 깊이는 그가 창조해낸 이미지의 명확성 위에 드러난다."라고 말했다.

이처럼 애청의 시에는 도시와 시골, 땅과 하늘, 어둠과 빛이라는 대립적인 세계가 공존한다. 이러한 대립적 이미지는 애청이 바라보는 세계관에 대한 인식이며 그리고 그 속에서 애청은 '도시→시골', '땅→하늘', '어둠→빛'으로의 가치체계를 형성한다. 동시에 애청은 두 대립적인 세계를 함께 통합할 수 있는 화해적 공간을 모색한다. 즉 언덕, 산, 창문 등 매개적 공간을 통해 부정적 가치를 극복하고 긍정적 가치로의 이행을 추구하게 된다. 이러한 애청의 가치체계는 자신의 시에서 일관되게 흐르는 시적 생명력이며, 그의 시를 유기적으로 통일시켜 주는 시 정신이다.

8. 항전시대의 싸늘한 냉기류

— 파금(巴金)의 《추운 밤(寒夜)》에 나타난 공간이미지 —

Ⅰ. 서 론

파금(巴金)은 <나와 문학(我和文學)>에서 자신의 문학 생애를 ①
초기 20년, ② 신중국 성립 후 20년, ③ 문화대혁명(文化大革命)
기간 10년으로 나누어 말한 바 있다. 그러나 초기 20년을 제외한
나머지 기간은 중국 대륙이 공산화된 이후의 시기로서, 중국 정부의
제한된 문예정책으로 인하여 파금의 창작이 지극히 부진한 시기였
다. 아울러 문화대혁명 이후에는 병으로 인해 몇 편의 회고록을 제
외하고는 이렇다 할 작품이 창작되지 못했다. 그러므로 파금의 문학
창작 활동은 주로 초기 20년 동안이 가장 왕성했다고 볼 수 있다.
이 기간에 창작된 파금의 작품은 중편·장편소설 20여 편, 단편소
설 73편, 산문집 11권 그리고 기타 번역이 50여 종 된다.

초기 20년 동안의 작품은 다시 전기와 후기로 나눌 수 있다. 전
기는 1928년에 완성된 파금의 처녀작 《멸망(滅亡)》에서부터 시작
된다. 이 시기의 작품들은 대부분 사회에 대한 메시지 전달에 치중
한 작품들이었다. 파금은 자신의 감정을 이성적인 여과 없이 작품
속에 토로했기 때문에, 이 시기 그의 작품에는 다소 낭만주의적인
경향이 나타난다. 작품의 주인공들은 영웅적인 인물로 묘사되었고,
소재도 청년 혁명가의 투쟁이 많이 선택되었다. '뜨거움[熱]'은 바로
이 시기 파금의 문학적 경향을 잘 반영해주는 단어라고 볼 수 있다.

그러나 1940년대에 이르러 항전(抗戰)이 장기화되면서 차츰 정열
적이던 창작 감정이 냉정해지면서, 파금은 자신의 주관적인 감정을
배제시킨 객관적 시각으로 사회현실을 바라보게 된다. 작품의 주인공

으로도 예전처럼 뛰어난 청년 혁명가보다는 평범한 소시민을 선택하게 되었고, 그를 통해 가정사에 관심을 가지게 되면서 작품제재의 전이가 이루어진다. 후기의 작품은 1942년에 발표된 ≪환혼초(還魂草)≫에서부터 시작하여 ≪불 삼부곡(火三部曲)≫, ≪휴식의 뜰(憩園)≫, ≪제4병실(第四病室)≫, ≪추운 밤(寒夜)≫ 및 단편소설집 ≪소인소사(小人小事)≫ 등이 있다. 이 시기 파금의 작품들은 사물을 바라보는 작가의 시각이 냉정해지는 경향을 보이는데, '냉정함[冷]'은 바로 파금의 후기 문학의 흐름을 잘 반영해준다고 볼 수 있다.

≪추운 밤≫은 ≪휴식의 뜰≫의 영향력과 ≪제4병실≫의 현실에 대한 폭로역량이 함께 포함된 후기의 대표작이다. 인물 내면의 감정 세계에 대한 세밀한 묘사와 사회현실에 대한 신랄한 폭로는 현실주의 작품으로서 ≪추운 밤≫의 가치를 더욱 높여주고 있다.

문학작품 속의 공간구조는 그것이 산출된 시대의 현실구조와 무관하지 않다는 점은 '문학은 현실을 반영하는 시대의 산물'이라는 전제를 가능케 한다. 그래서 1940년대 중반 중국 항전사회를 바라보는 작가의 시각이 '밤'과 '집'이라고 하는 공산이미지를 통해 어떻게 문학공간에 함축적으로 표현되었는가를 살펴, 항전사회라고 하는 현실구조에 대한 작가의식을 고찰해보고자 한다.

특히 1945년 조셉 프랙크가 그의 논문 <현내문학에 있어서 소설의 공간형태>를 통해 소설을 시간예술로 구분하던 고정관념에 대해 이의를 제기하면서, '소설의 공간형태'는 소설이론의 중요한 문제점으로 부각되었고, 문학 연구에 있어서 공간적 측면에 대한 관심은 점차 증대되고 있는 실정이다.

문학 속에서의 공간이란 문학이 현실세계와 유추적 관련을 맺는다는 점에서 그것이 실재하건 안 하건 작품 속에 나타나는 구체적 사물과 대상을 통해 드러난다. 따라서 이때에 공간에 대한 의식은 어떤 대상에 대한 의식이며 대상을 통해 작가의 주관적인 의식의 지향성이 나타난다.

물론 문학 매체로서의 언어가 가지는 시간성은 필연적이지만, 구체적인 작품 속에서 시간성은 고립되어 전개되지 않는다. 시간적 계기에 의한 변화의 양상은 공간화되어 제시되며, 이런 점에서 시간의 공간화가 나타난다.

이처럼 문학 연구에서의 공간에 대한 주목이나 그 공간의식에 대한 의의는 매우 크다고 하겠다. 아울러 공간에 대한 연구는 현대소설을 보다 깊이 있게 이해하는 데 필수적이라고 할 수 있다. 때문에 이러한 공간이 서사물(敍事物)에서 어떤 의미를 가지는지를 밝히려는 것은 서사 텍스트의 본질을 규명하는 작업인 동시에, 그 문학공간에 잠재된 작가의 내면의식과 현실세계에 대한 입장을 이해하는 데 도움이 되리라고 믿는다.

II. ≪추운 밤(寒夜)≫에 나타난 공간이미지

1. 밤의 공간이미지: 고통과 죽음

파금(巴金)의 ≪추운 밤(寒夜)≫에서 풍기는 전체적인 분위기는 독자들에게 우울한 느낌을 전달해준다. ≪추운 밤≫의 문학공간 구석구석에 사용된 배경들은 독자들에게 결코 밝고 명랑한 이미지를 제공하는 것이 아니라, 한결같이 어둡고 우울한 이미지를 제공해준다.

이와 같이 파금이 ≪추운 밤≫에서 어둡고 우울한 분위기를 효과적으로 조성하기 위해 사용하고 있는 중심이미지는 바로 '밤'이다. 밤은 왕문선(汪文宣)이 아내인 증수생(曾樹生)을 찾아 밤거리를 헤매는 제1장부터 시작하여, 증수생이 자신이 가야 할 길을 결정하지 못하고 방황하는 에필로그까지 일관되게 나타난다.

전체적인 구성은 에필로그를 포함하여 모두 31장으로 되어 있는데, 낮 장면은 모두 6장(3·4·5·9·17·25장)이며, 낮과 밤이 동시에 나오는 장면은 모두 8장(11·12·13·14·20·26·27·29장)이며, 그 나머지 17장(작품의 대부분)이 모두 밤을 배경으로 구성되어 있다.

즉 밤은 ≪추운 밤≫의 전체적인 구성이 산만해지지 않게 하는 중심축의 역할을 하면서, 작품의 이미지를 우울한 분위기로 이끌고 있다. 때문에 ≪추운 밤≫의 문학공간은 대부분 밤을 배경으로 설정되며, 대부분의 중요한 사건들이 밤에 발생한다.

≪추운 밤≫에서 묘사된 밤은 항상 춥고 어두우며 사람들에게 적막함을 안겨주는 공간이다. 밤은 ≪추운 밤≫의 모든 공간을 뒤덮고 있으며, 등장인물들을 암흑의 세계로 이끌고 간다. 때문에 ≪추운 밤≫에서는 밤을 밝혀주는 가로등 불빛조차도 그다지 밝지 않고, 다만 주변의 좁은 공간만을 희미하게 비추고 있을 뿐이다. 불빛은 어둠에 의해 고립된 상태에 빠져 있다.

이와 같이 어두운 밤은 등장인물들에게 무엇인지 모를 불안과 두려움을 느끼게 하며, 특히 불빛이 없는 밤은 사람들을 심리적 불안정 상태로 빠지게 한다.

> 멀리서 한 줄기 손전등의 하얀빛이 반짝했다. 마치 친한 친구의 눈이 깜박거리는 것처럼. 그는 다소 따스함을 느낀다. 그러나 빛은 곧 사라졌다. 그의 주위는 여전히 그렇게 진하지 않은 어둠이다. 찬 기운이 멈추지 않고 그의 등을 자극한다. 그는 추워 몸을 떨었다. ……그는 갑자기 놀라 고개를 돌려 바라본다. 여전히 그렇게 진하지 않은 어둠을 본다. 그도 자신의 눈빛이 무엇을 찾고 있는지 모른다.

왕문선은 집을 나간 아내를 찾아 밤거리를 방황한다. 그는 멀리서 반짝이는 한 줄기의 불빛을 보면서 따스함을 느낀다. 사실상 시각적인 불빛이 왕문선에게 감각적인 따스함을 전달해줄 수는 없다. 그러나 왕문선은 무작정 밤거리를 방황하던 불안정한 심리상태에서 불빛을 바라봄으로써 안정을 느낀다. 그는 다소 안정된 심리상태를 따스하다는 느낌으로 받아들이고 있는 것이다.

그러나 불빛이 사라지자마자 왕문선은 한기를 느끼며 다시 불안정한 심리상태를 나타낸다. 이와 같이 밝음과 어둠의 교차는 등장인물들의 심리상태와 관련이 있다. 밤마다 발생하는 정전은 ≪추운 밤≫에서 밝음과 어둠을 교차시켜 주는 매개체의 역할을 담당하고 있다.

수생(樹生)이 문을 열고 들어온다. …… "먹었어요." 그녀는 미소를 머금고 대답한다. …… '그녀가 웃는 것이 얼마나 찬란하며, 소리는 얼마나 경쾌한가!' 그는 생각한다. ……그녀가 옷을 갈아입고 신발을 바꿔 신을 때 전등이 갑자기 꺼졌다. …… "이곳은 정말 짜증나, 늘 정전이야." 그녀는 어둠 속에서 원망했다. "나는 다른 것은 몰라도 어둡고 차갑고 쓸쓸한 것은 정말 싫어요."

중수생은 회사 동료의 초대에 참석한 뒤 밝고 즐거운 심리상태를 간직한 채 집으로 돌아왔다. 그녀가 옷을 갈아입고 신발을 바꿔 신을 때 갑자기 정전이 된다. 그로 인해 온 방 안은 어둠으로 뒤덮인다. 순간 어둠은 승수생에게 현실 생활에 대한 불만과 회의를 일으키게 한다. 중수생은 정전이 되기 전까지만 해도 밝은 기분을 가지고 있었는데, 정전으로 인하여 갑자기 불안정한 심리상태로 빠진다. 왕문선도 마찬가지였다. 어느 날 그가 죽을 먹고 있을 때 갑자기 정전이 된다. 그로 인해 왕문선도 불안정한 심리상태에 빠져들게 된다.

아내는 방에 들어와 그가 죽을 먹는 것을 돌본다. 갑자기 전등이 꺼졌다. "어떻게 오늘 저녁에도 또 정전이야?" 그가 불평하듯 말했다. "그들은 도무지 우리에게 광명을 보게 하지 않아." 그는 하소연하듯 또 한마디 덧붙였다. ……그의 눈빛은 힘없이 사방을 향해 옮겨지니, 촛불이 몹시 심하게 흔들린다. 방 안은 곳곳이 모두 어두운 그림자다. 그는 아무것도 분명히 볼 수가 없었다. 그는 괴로워 한숨을 내쉬었다.

왕문선은 정전이 되기 전까지만 해도 전쟁이 끝나면 다시 교육사업에 투신할 수 있으리라는 희망을 품고 있었다. 그러나 정전이 되자 왕문선은 자신들이 광명을 볼 수 없음을 안타까워한다. 그는 어두워진 방 안을 바라보면서 우울하고 불안정한 심리상태로 빠지는 것이다.

이와 같이 한밤중 순식간에 발생하는 정전은 방 안을 '밝음→어둠' 상태로 바꾸어버리며, 동시에 등장인물의 심리상태를 '안정→불안정'의 상태로 전환시킨다. 즉 정전은 등장인물들의 심리상태가 안정된 상태에서 불안정한 상태로 바뀌는 경계지점인 것이다.

왕문선은 정전이 될 때마다 어둠을 피하기 위하여 초를 켜게 된다. 그는 촛불을 통하여 자신의 불안정한 심리상태를 벗어나고자 한다. 그러나 촛불의 빛은 매우 희미하며, 밖에서 들어오는 바람에 의하여 심하게 흔들린다. 불빛이 바람에 의하여 흔들릴수록 주위의 어두운 그림자는 더욱 짙어진다. 방 안의 그림자가 짙어질수록 그의 불안정한 심리상태는 더욱 우울한 분위기 속으로 빨려 들어가고 있다. 밤마다 발생하는 정전은 ≪추운 밤≫의 밤을 더욱 우울하게 만들고 있었다.

파금은 정전 이외에도 밤의 우울한 상태를 전달하기 위하여 밤의 소리를 강조한다. 밤의 소리에는 밖에서 들려오는 기침소리와 울음소리가 있다.

촛불이 심하게 흔들리자 방구석의 어두운 그림자가 전보다 더욱 진하다. 2층으로부터 한 어린아이의 기침소리와 울음소리가 전해온다. 창밖에는 쓸쓸히 가랑비가 내리기 시작한다. "우리 브릿지

(bridge)해요." 이제 막 두 판을 놓았는데 그녀는 갑자기 지겨워 일어나면서 말한다. "그만해요. 두 사람만 하니까 재미가 없네요. 또 잘 보이지도 않고요." 그는 말없이 트럼프를 케이스 속에 넣으면서 낮은 목소리로 한숨을 내쉬었다.

고요한 한밤중에 들려오는 아이의 기침소리와 울음소리는 밖에 내리고 있는 가랑비 소리와 더불어 우울한 분위기를 더욱 고조시킨다. 그래서 왕문선과 중수생은 이런 우울한 분위기에서 탈출하려고 트럼프를 하지만 흥미를 느끼지 못하고 곧 그만두게 된다. 오히려 그들은 그로 인해 더욱 우울한 분위기에 빠지고 만다. 방 안의 우울한 분위기는 울음소리와 더불어 밤의 공간을 더욱 적막하게 이끌고 있다. 그들의 심리상태는 완전히 우울한 분위기에 압도당하고 있는 것이다.

이러한 밤의 소리에는 또 행상인들의 외치는 소리가 있다. 왕문선은 아내가 난주(蘭州)로 떠나기 바로 전날 밤, 아내를 기다리면서 밖에서 들려오는 밤의 소리를 듣는다.

거리로부터 처량한 소리가 전해진다. "찹쌀 튀밥 사세요." 소리가 얼마나 쇠약하고, 얼마나 공허하고, 얼마나 적막한가. 이것은 고독한 노인이 물건을 팔려고 외치는 소리다. 그는 자신의 모습을 본 것만 같았다. ……얼마나 적막하고 병약한 지식인인가! 현재……미래?

밤의 소리는 어두운 방 안에서 혼자 죽은 듯이 누워 있는 왕문선에게 그가 살아 있다는 의식을 가지게 한다. 행상인의 외침과 너붉어 정지한 듯한 그의 의식이 다시 활동을 시작하는 것이다. 동시에 밤의 소리는 왕문선에게 자신의 쇠약함과, 죽음의 세계로 끌려가는 처량함을 일깨워준다. 그는 밤의 소리를 들으면서 곧 다가올 자신의 죽음을 생각한다.

이와 같이 밤은 ≪추운 밤≫의 전체적인 분위기를 우울한 이미지로 이끌어가는 역할을 한다. 그러나 밤은 우울한 이미지뿐만 아니라, 등장인물들에게 실제적으로 처절한 고통을 안겨주는 공간이다.

낮은 왕문선이 동료들로부터 온갖 모욕을 참아가며 힘들게 일하는 힘겨움의 공간이다. 낮 동안의 무리한 작업으로 왕문선의 몸은 날로 쇠약해지며, 결국 과로와 영양 결핍으로 인해 폐병 증세까지 보이기 시작한다. 왕문선에게는 절대적으로 휴식과 안정이 필요한 상황이다.

그러므로 밤은 왕문선이 무리한 작업에서 벗어나 편히 안식할 수 있는 휴식의 공간이며, 그가 외부세계로부터 받고 있는 고통에서 보호받을 수 있는 안정의 공간이다.

그러나 밤이 철저하게 자신을 보호받을 수 있는 공간임에도 불구하고, 밤은 왕문선에게 휴식과 안정을 허락하지 않는다. 밤은 왕문선에게 자신의 내면세계로부터의 고통을 맛보게 한다. 밤은 왕문선이 악몽에 시달리는 고통의 공간으로 변모한다.

그는 또 무서운 꿈속으로 빠져 들어간다. 거대한 검은 그림자가 바로 그의 눈앞에서 움직인다. 당백청(唐柏靑)의 검고 마른 얼굴과 붉은 눈과 똑같은 것이 수없이 많이 있다. 그들은 그를 둘러싸고

있으며 입은 제각기 떠들고 있다. "끝장이다. 끝장이야." 그는 두려
웠다. 그는 피한다. 걷는다. 그러다가 달리기 시작했다. 얼마나 피
곤한가! 그러나 그는 발을 멈출 수가 없었다. ……날이 저물었다.
그는 어둠 속에서 더듬는다. 얼마나 사람을 지치게 하는 여행인가!
갑자기 그는 불빛을 보았다. 갑자기 사방의 나무가 불타기 시작한
다. 곳곳이 불이다. 불은 활활 타면서 점점 가까워진다. 그의 옷이
탄다. 그는 더 이상 참을 수 없어 흐느끼는 소리로 크게 부르짖는
다. "사람 살려!" 그는 잠에서 깼다.

  왕문선은 꿈속에서 절박한 상황에 빠진다. 낭백청(唐柏青)의 환영
은 왕문선을 쫓아다니며 피롭힌다. 왕문선은 있는 힘을 다해 도망가
며 몸부림친다. 꿈은 그를 지치게 한다. 그러나 꿈은 왕문선이 피할
수 없는 무의식의 영역에 속했다. 자신의 의지와는 관계없이 왕문선
은 밤마다 악몽에 시달리며 고통받는다.
  또한 밤은 왕문선이 그토록 두려워하고 있는 아내와의 이별이 이
루어지는 두려움의 공간이다. 그는 밤마다 악몽을 통해 아내와의 이
별을 수없이 경험하며 고통받는다. 그래서 왕문선은 또다시 재연될
아내와의 이별을 두려워하며, 다가오는 밤을 피하려고 한다. 그러나
밤은 왕문선이 피하려고 해도 피할 수 없는 불가항력의 공간이다.
  이러한 불가항력적인 밤이 왕문선 한 사람에게만 적용되는 것은
아니었다. 왕문선의 집 밖에서 웅크리고 잠을 자는 피난민 아이들에
게도 그 밤은 무섭도록 추운 밤이었다. 아이들은 추운 밤을 견디기
위해 서로 부둥켜안고 잠을 자고 있었다.

문 옆의 담 아래에 한 덩어리의 사람들이 있었다. 그가 자세히 보니 열 살가량 되는 두 아이가 서로 부둥켜안아 한 덩어리를 이루고 있는 것이다. 땟자국이 반질반질한 얼굴, 다 떨어진 솜옷, 솜옷이 터져 털이 삐죽삐죽 나와 온몸에 가득하며 솜 역시 이미 검은 회색으로 변해 있었다. 그들은 매우 깊이 잠들어 있었으며, 가로등의 불빛은 부드럽게 그들의 얼굴을 어루만지고 있다. 그는 그들을 보면서 온몸이 떨리기 시작한다. 주위는 이처럼 무섭도록 추운 밤이다.

　　두 아이를 감싸고 있는 냉기는 계절로 볼 때 겨울이미지를 형성한다. 겨울은 바로 밤의 이미지이다. 밤은 '겨울'이라고 하는 이미지에 의해 한층 냉혹한 공간이 된다. 이들은 춥고도 긴 겨울밤으로 인해 고통받고 있었다.

　　밤은 새벽을 기다리는 절망의 탈출일 수도 있고, 한밤중으로 빠져 들어가는 좌절일 수도 있다. 전자가 밝음을 향하는 시련의 한 과정으로서 생명의 의미를 내포하고 있다면, 후자는 어둠으로 향하는 절망의 통로로서 죽음의 의미를 내포하고 있다. 그러나 파금이 바라본 밤은 좌절을 의미하는 후자의 경우에 해당한다. 파금이 바라본 밤은 속박과 고통과 혼란의 세계로서 악마적 이미지를 형성한다.

　　그러므로 밤(악마적 이미지)의 위력이 절정에 도달했을 때, 그것은 사람들에게 죽음을 선고한다. 밤은 낮에 존재하던 사물들을 어둠으로 뒤덮으며, 그들을 빛으로부터 차단시킨다. 밤은 바로 사람들을 죽음의 그림자로 뒤덮어 그들의 생명을 약탈해버리는 죽음의 공간이다.

첫 번째 희생자는 왕문선의 동창생인 당백청의 아내였다. 그녀는 아기를 낳다가 고통스럽게 죽는다. 뿐만 아니라 그녀의 갓 태어난 아기마저도 이미 죽은 상태였다. 그때가 바로 밤이었다. 밤은 이제 막 태어나려는 아기에게마저도 생명을 허락하지 않고 죽음을 선고한다. 이는 새로운 생명의 탄생이 허용되지 않는, 희망이 완전히 배제된 절망적 상황이다. 그러므로 파금에게 있어서 항전사회는 벗어날 수 없는 암담한 질곡의 공간이었다.

밤은 당백청의 존재마저도 현실 세계에서 박탈해버린다. 당백청은 어느 날 밤, 술을 마시고 귀가하다가 길거리에서 교통사고를 당한다.

> 그는 윙윙거리는 소리를 들으며 계속해서 무섭도록 찢어지는 소리를 듣는다. ……사람들은 미친 듯이 달려 모두 한곳에 모여들었다. ……그는 멍하니 걸어서 지나간다. ……그러나 그는 무서운 검은 그림자가 그의 머리 위에 드리워져 있음을 느낀다. "정말 사람을 겁나게 하는군! 온통 머리가 부서져버렸어. 보기만 해도 내 가슴이 오그라들어."

밤은 회사에서 왕문선에게 단 한 명의 우호적이던 종로(鍾老)마저도 죽게 한다. 그 역시 밤에 병원에서 발작으로 죽어간다. 이러한 일련의 죽음이 모두 밤에 진행되고 있었나.

마침내 밤은 왕문선에게도 죽음을 선고한다. 밤은 왕문선이 현실 세계로부터 자신의 생명을 빼앗기는 죽음의 공간이다.

> 그가 마지막 숨을 거둘 때 눈은 반쯤 띠 있고, 눈놓자는 위를 향

해 뒤집히고 입은 벌려져 있어 계속해서 누구를 향해 '공평'을 요구하고 있는 것 같다. 이것이 밤 8시쯤의 광경이었다.

밤은 사람들로 하여금 정신분열·폐병·발작·출산·교통사고 등으로 죽게 하는 병든 공간이다. 때문에 밤은 무고한 사람들의 생명을 병들게 하여 순식간에 현실세계로부터 박탈해버린다. 파금은 이토록 무섭고 잔인한 밤이 바로 항전시기의 밤이었다고 보고 있는 것이다.

이렇게 볼 때 이 소설의 제목인 '추운 밤[寒夜]'은 바로 이러한 중국의 항전시기의 상황을 암시한다고 볼 수 있다. '추움[寒]'과 '밤[夜]'은 모두 죽음의 이미지로서, 파금은 항전기간의 우울하고도 암담한 상황을 '추운 밤'라는 공간이미지로 표현하고 있는 것이다.

이와 같이 파금이 사용한 밤이라는 공간은 ≪추운 밤≫의 구성을 일관성 있게 만드는 중심이미지로서, 밤이 풍기는 우울한 분위기는 죽음을 향한 전주곡이라고 할 수 있다.

2. 집의 공간이미지: 폐쇄성

파금의 소설 중에는 주된 공간적 배경으로 '집(또는 가정)'을 설정한 작품들이 많이 보인다. 대표적인 작품으로는 ≪집(家)≫·≪불삼부곡≫·≪휴식의 뜰≫·≪추운 밤≫ 등이 있다. 여기에서 묘사된 세계는 대부분 모든 이에 빈틈이 없는 약간의 인간만이 사는 특수한 세계, 이상한 세계가 아니라, 어디에나 있는 세계이지만 사회로부터 철저하게 단절된 세계이다.

≪추운 밤≫에서 집이라는 공간구조가 중요시되는 이유는 '집(가정)은 사회의 축영(縮影)'이라는 파금의 현실인식에 근거를 두고 있다. 파금은 ≪눈(雪)≫에서 "내가 너에게 말하지. 여기는 바로 모든 중국의 축영이 아닌가!"라고 했고, ≪제4병실≫에서는 "제4병실은 바로 모든 중국의 축영이 아니가!"라고 했으며, ≪소인소사≫에서는 "이것은 바로 그녀의 축영을 묘사한 것이 아닌가!"라고 했다. 이와 같이 파금은 '축영'이라는 표현방법을 의식적으로 사용하고 있음을 볼 수 있는데, 이러한 견해를 가지고 볼 때 ≪추운 밤≫에서 나오는 '집'은 바로 중국 항전사회의 축영으로 이해할 수 있다.

소설은 중경(重慶)의 밤거리에서부터 시작된다. 이 밤거리는 왕문선이 살고 있는 집의 입구로 연결되어 있다. 밤거리에는 불빛이 거의 없고 다만 짙은 어둠으로 덮여 있다. 때문에 거리를 지나는 사람들의 얼굴도 잘 분간할 수 없을 정도이다. 어둠은 중경의 밤거리를 덮고 있으며, ≪추운 밤≫의 모든 공간을 에워싸고 있다.

소설에서 왕문선의 집으로 들어가는 입구는 굴처럼 묘사되고 있으며, 다만 붉은색의 둥근 전등만이 희미하게 주변을 비추고 있다. 때문에 집은 아주 희미하게 그 윤곽만을 드러내고 있을 뿐이다. 특히 정전이 되는 날은 기까 비추던 한 술기의 희미한 빛마저도 소실된 캄캄한 암흑의 세계를 이룬다.

대문 안은 마치 하나의 시커먼 굴이다. 오늘은 또 이 지역이 정전 차례인데, 문 입구에 등불을 켜놓은 인심 좋은 사람도 없다. 그

는 더듬어 칠흑의 좁은 통로를 벗어나, 방향을 바꾸어 계단을 올라
갔다.

집을 둘러싸고 있는 공간은 대부분 '시커먼 굴', '칠흑의 통로' 등
표현을 통해 모두 흑색(黑色)으로 채색되어 있음을 알 수 있다. 집으
로 연결되는 밤거리가 흑색이고, 왕문선이 굴처럼 느끼는 집의 입구
가 흑색으로 감지되며, 통로 역시 흑색이다. 정전도 ≪추운 밤≫의
공간을 흑색으로 채색하는 중요한 기능을 한다. 이와 같은 흑색의
이미지에 대하여 뤼셔(Lüsher)는 <칼라테스트>에서 다음과 같이 설
명하고 있다.

> 흑색은 가장 어두운 색이며, 실제 색 자체의 부정이다. 이 색은
> 생명이 끝나는 궁극의 경계를 표현하고 무(無)와 사멸(死滅)을 뜻
> 한다. 흑색은 백색(白色)의 긍정에 대한 부정이다. 백(白)은 거기서
> 쓰기 시작하는 무후(無后)의 폐지이고, 흑(黑)은 그 앞에는 벌써 아
> 무것도 없는 종말이다. 백과 흑은 양극단이고 A와 Z이고 시작과
> 종말이다. 이 흑색을 첫 번째로 선택한 사람은 모든 것을 부정하려
> 고 한다. 그의 운명 — 적어도 자신의 운명에 대해서도 반감을 가지
> 고 행동한다.

여기에서 흑색은 생명이 끝나는 궁극의 경계로서 생(生)의 종말
을 의미한다. 뤼셔의 말처럼 흑색이 생명이 끝나는 궁극의 경계라고
한다면, ≪추운 밤≫에서 외부세계와 집을 연결해주고 있는 거리와
집의 입구가 흑색으로 채색되고 있는 것은 바로 ≪추운 밤≫에서

묘사된 집이 외부세계로부터의 모든 접촉이 끝나는 공간임을 보여주고 있다. 즉 집은 외부세계와 차단된 공간이며, 더 이상 생의 희망을 가질 수 없는 Z와 같은 공간이다.

흑색 외에도 ≪추운 밤≫의 공간을 채색하는 색깔은 회색(灰色)이다. 회색은 하늘을 뒤덮고 있는 색채공간으로 그 하늘은 왕문선의 집을 광범위하게 둘러싸고 있다. 더욱이 하늘은 낮에조차도 맑고 푸른빛을 토해내길 거부하고 있다. 곧 있으면 비가 올 듯한, 어두운 잿빛 구름이 짙게 깔린 그런 하늘이다. 그 회색의 하늘 밑에서, 퇴색한 회색 옷을 입은 사람들이 머리를 파묻고 고개를 푹 숙인 채 걸어 다니고 있다.

여기에서 다시 뤼셔의 <칼라테스트>를 인용해본다.

> 회색은 주관도 객관도 아니고, 내면적이거나 외면적인 것도 아니고, 긴장과 완화도 아니다. 영역을 점유하고 있는 것이 아니라 경계선이다. 무인도나 비무장지대로서 상대하는 영역의 경계선을 그리는 지대와 같다.

회색은 백색도 흑색도 아닌 중간색이다. 때문에 회색은 어떤 공간을 둘로 나누는 경계선인 동시에 그 두 공간에서 소외된 공간이다. 두 공간으로부터 소외당한 회색은 ≪추운 밤≫의 공간을 지배하고 있는 주된 색채공간이다. 이와 같이 회색의 하늘이 상징하고 있는 소외의식은 ≪추운 밤≫ 전체의 밑바탕에 깔려 있는 감정의 기조이다. 이는 흑색공간이 상징하는 단절감과 더불어 집이 외부세계와 고립되어 있음을 의미한다.

≪추운 밤≫의 집이 외부세계로부터 단절되어 있는 소외된 영역으로 묘사되고 있는 사실은 파금이 포착했던 1940년대 중국의 암울했던 현실상황과 분리할 수 없다고 하겠다.

항전 후기 당시의 정부는 경제적인 궁핍과 정치적인 혼란을 초래했다. 이와 같은 상황은 곧 대후방(大後方) 사회생활의 저기압을 형성했다. ≪추운 밤≫에서 나타나고 있는 회색적인 색채는 바로 저기압의 대후방 사회생활에 대한 투영이며, 파금이 목격한 당시 항전사회의 어두운 면이었다. 즉 파금은 당시의 암울했던 사회를 탈출구가 없는 밀폐된 공간으로 파악하고 있는 것이다. 파금 자신도 <문학생활 50년(文學生活五十年)>에서 ≪추운 밤≫을 '절망적인 책'이라고 했던 점으로 미루어 보아, ≪추운 밤≫에서 묘사되고 있는 집은 더 이상 생의 희망이 없는, 절망만 안겨주는 폐쇄적인 공간인 것이다. 파금은 이와 같은 사실을 왕문선이 처음 자신의 집으로 들어서는 장면을 통해 암시하고 있다.

그는 억지로 한마디 응하고, 곧 황급히 안으로 들어가, 좁고 긴 통로를 지나 계단을 올라, 단숨에 3층에 이르렀다. 복도 위의 어두운 전등 빛으로, 그는 그의 집이 여전히 잠겨 있음을 본다.

그들은 자물쇠를 열고 집에 들어섰다. 이날 저녁 방 안은 이전에 비하여 눈에 띄게 넓고 어지럽다. 전등 빛 역시 평소보다 더 어두운 황색을 띠고 있다. 차가운 기운이 한 줄기 그의 얼굴로 올라왔다. 한기 속에는 석탄냄새와 사람을 질식시키는 다른 냄새가 섞여 있다. 그는 참지 못하고 두세 번 기침을 했다.

문은 자신이 외부세계로부터 집 안으로 들어갈 수 있는 유일한 통로이자, 집 안에서 외부세계로 나갈 수 있는 통로이기도 하다. 문은 집의 안과 밖을 연결해주는 경계지점이다. 왕문선은 문을 통과해야만 집 안으로 들어갈 수 있다.

그러나 문은 왕문선의 앞에서 굳게 잠겨 있다. 이 문은 평소에도 닫혀 있거나 잠겨 있다. 문은 집으로 들어가려고 하는 왕문선을 가로막고 있는 장벽이다. 그의 앞에서 굳게 닫힌 문은 바로 집 안과 집 바깥의 외부세계외의 접촉을 차단하는 요소이며, 집으로 하여금 폐쇄적인 의미를 강하게 부여하는 역할을 하고 있다.

특히 왕문선과 그의 어머니가 집 안으로 들어섰을 때, 그들은 석탄냄새와 더불어 심한 악취가 풍김을 느낀다. 냄새는 닫힌 공간 속에서 밖으로 빠져나가지 못하고 오랫동안 집 안에만 갇혀 있었던 것이다. 때문에 왕문선이 처음 문을 열고 집 안으로 들어섰을 때, 그는 질식할 듯한 기분을 느끼고 있는 것이다.

이와 같은 사실은 ≪추운 밤≫에서 묘사된 집이 밀폐된 공간으로서, 사람을 질식시키게 하는 폐쇄적인 공간임을 내포하고 있다. 파금은 바깥에서부터 집 안으로 들어서는 등장인물들의 부자연스러운 동작을 하나의 패턴으로 삼아 이를 보여주고 있다.

그들은 대문 입구에 이르렀다. 그는 그 커다랗고 시커먼 굴을 바라보자 눈살을 찌푸리고 머뭇거리며 들어가려고 하지 않았다.

집으로 돌아오는 익숙했던 길이 갑자기 매우 길게 느껴졌다. 또한 울퉁불퉁하여 걷기조차 힘들다. 주위는 하나의 낯선 세계며, 사람들은 모두 그렇게 왕성한 활력을 가지고 있다. 그들과 그와의 사이에는 조금의 관련도 없다. 그는 허리를 구부리고 발을 질질 끌며 천천히 죽음을 향하여 걷는다.

집으로 들어서는 왕문선의 발걸음이 매우 무겁다. 왕문선은 자신의 존재를 허락하지 않는 폐쇄적인 집 앞에서 눈살을 찌푸리면서 선뜻 들어가기를 주저하고 있다. 이처럼 조금이라도 늦게 들어가려고 하는 그의 심정은 간접적으로 집의 성격을 파악하는 데 도움을 준다. 특히 집으로 향하는 그의 발걸음은 죽음으로 향하는 발걸음과 동일시되고 있다. 이는 집이라고 하는 공간이 왕문선에게는 생(生)의 마지막 종착지이며 사멸(死滅)의 공간임을 의미한다.

왕문선이 원하는 집은 서로가 서로를 이해하고 용납해주는 화해의 공간이다. 그러나 왕문선이 저녁마다 돌아가야 할 집은 늘 오해와 분쟁만 발생하며, 그의 존재를 허용하지 않는 폐쇄적인 공간이었다. 집은 지친 왕문선을 기꺼이 받아들여 안정과 휴식을 제공해주는 따뜻한 안식처로서의 공간이 아니다. 그곳은 오히려 왕문선의 정서를 불안정하게 만듦으로써 그를 방황하게 하는 춥고 어두운 공간이었다.

그는 차분하게 잘 수 없었으며, 또한 차분하게 일할 수 없다. 심지어 그의 어머니가 일하는 것조차 차분하게 바라볼 수 없다. 방 안은 이처럼 춥다. 이처럼 어둡다. 그의 마음은 마치 허공 속을 떠다니며 머무를 곳을 찾지 못하는 것 같다.

증수생에게 있어서도 집은 일방적인 희생과 권위에 대한 복종만
을 강요하는 폐쇄적인 공간으로 나타난다. 때문에 폐쇄적인 집으로
돌아오는 그녀의 발걸음 역시 매우 무거운 것을 볼 수 있다.

그녀는 또 집에 돌아왔다. 대문을 들어서자마자 마치 다른 세계
에 들어선 것 같다. 모든 것이 다 그렇게 익숙하다. 그러나 그녀는
얼떨결에 눈살을 찌푸렸다. 그녀는 마치 어떤 손에 이끌려 자신의
집에 들어선 것 같다.

증수생이 밝고 따스한 분위기를 원하는 반면, 집은 늘 회황색(灰
黃色) 불빛만이 희미하게 비추는 어둡고 추운 공간이었다. 또한 증
수생은 자신의 청춘을 오래 간직하려고 하지만, 침대에 누워 있는
남편의 병든 모습은 그녀의 청춘을 단축시키고 있었다. 그녀가 안정
된 생활을 요구하지만, 집은 늘 다툼과 질시의 눈빛이 가득 찬 불
안정한 공간이었다. 이처럼 승수생이 저녁마다 돌아가야 할 집은 그
녀가 추구하는 세계와는 전혀 낯선 공간이었다.

집 밖에서 누리던 증수생의 자유는 집 안으로 들어옴으로써 모두
저지당하고 만다. 그녀의 개성은 폐쇄된 공간 속에서 모두 묶여버린
다. 집은 증수생이 요구하는 행복을 거부한 채 그녀에게 미래에 대
한 절망감만을 안겨주었다. 증수생에게 있어서도 집은 휴식처가 아
니라, 조금의 이해의 관용도 없는 공허한 감옥으로 생각될 뿐이다.

감옥은 자유로운 생활이 억제되고 외부세계와의 접촉이 차단되는 억압의 공간이다. 집은 행복에 대한 증수생의 욕구를 저지시키며 복종만을 강요했다. 집은 바로 증수생에게 있어서 자유로운 삶이 상실된 감옥과도 같은 공간이었다.

그녀는 결코 죄를 저지르지도 않았는데, 왜 벌을 받아야만 하는가?
여기는 바로 생명을 초췌하게 하는 감옥이 아닌가?

증수생은 외부세계와 단절된 감옥에서 심한 절망감과 질식할 것 같은 기분을 느낀다. 집은 그녀로부터 밝고 활기 찬 미래의 삶을 박탈한 채 그녀의 청춘을 갉아먹고 있었다.

그러나 집은 거기에서 탈출구를 발견할 수 없기에 더욱 잔인한 감옥이 된다. 집에서 질식할 듯한 기분을 느낄 때마다 등장인물들은 창 앞으로 다가서는 반복적인 행위를 보여준다.

그녀는 갑자기 슬픔이 치밀어 오름을 느끼자, 곧 손을 떼었고,
창 앞으로 걸어가 길게 한숨을 내쉬었다.

그의 몸에서 그녀는 어떠한 힘이나 생명의 흔적조차도 찾지 못한다. '곧 죽을 사람!' 그녀는 무서운 생각이 든다. 그녀는 갑자기
눈을 돌려 창밖을 본다.

창은 밀폐되어 있는 집 안에서 바깥 세계로 향하는 투명한 공간이다. 창은 닫힘과 열림을, 질식과 탈출을, 집 안에서의 유폐와 집

밖으로의 개방을 함께 포함하고 있다. 그곳에서 증수생과 왕문선은 집 밖의 세계를 바라보면서 자신들이 처한 단절의 공간에서 벗어나려고 한다. 그들은 열림과 탈출 그리고 밖으로의 개방을 향해 시선을 모으고 있다.

그러나 창을 통해 비쳐지는 바깥 세계는 정전으로 인해 짙은 어둠으로 깔려 있거나, 회색구름이 뒤덮인 창백한 하늘뿐이다. 바깥 세계로 탈출하려는 그들의 시선은 결국 또 다른 어둠의 세계에 부딪쳐 다시 무겁고 닫힌 세계로 되돌아온다. 이는 그들이 또다시 감금의 상태에 빠져드는 것을 의미한다. 이때 그들의 마음은 더욱 이두워지며 생의 좌절감은 더욱 배가된다. 그들은 창 앞에서 펼쳐지는 불투명한 세계를 바라보면서, 벗어날 수 없는 자신의 처지에 대하여 깊은 절망감에 빠진다.

> 그는 묵묵히 오른쪽 창 앞으로 걸어가 한쪽 창을 연다. 하늘은 창백한 얼굴로 그를 마주 대하고 있는 것 같다. 잿빛 구름은 찡그린 눈썹 같다. 그는 곧 몸서리친다.

≪추운 밤≫의 집은 등장인물로 하여금 좌절을 느끼게 하는 절망의 공간이자, 그들의 생명을 빼앗아가는 단절의 공신이다. 일상적인 삶이 배제된 감옥과 같은 집은 탈출구를 발견할 수 없는, 외부세계로부터 철저하게 단절된 폐쇄적인 공간이다.

이미 앞에서도 언급했듯이 '집은 사회의 축영'이라는 파금의 인식에 근거할 때, 그가 묘사한 집이라는 공간은 바로 항전사회의 축영인 것이다. 이와 같이 파금은 ≪추운 밤≫에서 집이라고 하는 공간 이미지를 사용해 항전사회의 폐쇄적인 성격과 개인의 이상과 행복이 단절된 당시 사회적 분위기를 적절히 표현하고 있다.

Ⅲ. 결 론

창작은 파금에게 있어서 생활의 일부분이다. 그는 창작을 통하여 자신이 하고 싶은 말들을 대신 표현한다. 그러므로 파금의 소설 속에는 세계를 바라보는 작가의 의식이 담겨 있다. ≪추운 밤≫는 바로 중국의 항전사회를 바라보는 파금의 시선이라 하겠다.

즉 파금은 '밤'을 고통과 죽음의 공간으로, '집'을 개인의 이상과 행복이 단절된 폐쇄적 공간으로 인식하고 있었다. 이와 같이 '밤'과 '집'에 대한 파금의 부정적인 이미지는 당시 세계에 대한 파금의 현실인식인 동시에 항전사회 속에서 작가가 느낀 죽음과도 같은 고통과 단절감에서 유리될 수 없다고 하겠다.

9. 중국 항전문예 운동의 시기구분

Ⅰ. 서 론

　문학사를 기술하는 데 있어서 시기구분 문제는 매우 중요한 비중을 차지한다고 볼 수 있다. 왜냐하면 문학사에서의 시기구분은 문학의 탄생·성장·발전·소멸 또는 계승이라고 하는 문학 자체의 변화과정과 그 문학이 가지고 있는 특징들을 살펴보는 중요한 관건이 되기 때문이다.

　일반적으로 문학사에 대한 시기구분 문제를 해결하려면 우선 문학사에서의 시기구분에 대한 원칙이 설정되어야 한다. 곽정례(郭廷禮)는 <중국 근대문학사의 시기구분 문제(中國近代文學史的分期問題)>에서 이 원칙을 두 가지로 나누어 설명하고 있다. 첫째는 역사의 발전과 변화, 경제기초의 변혁, 계급투쟁의 표현형식 등 역사적 기준에 입각한 원칙이다. 그는 여기에서 문학예술이란 일종의 관념의식 형태로 인간의 머릿속에 반영된 객관현실이라고 보고 있다. 즉 시기구분의 역사적 기준은 문학사조나 문학운동이 일어나게 된 배경으로서 정치·경제·사회·문화적 조건을 중시하고 있는 것이다. 둘째는 문학 자체의 조건이다. 여기에는 문예사조와 문학 유파의 출현, 그들의 흥기와 쇠락, 작가의 창작생활, 작가가 속한 시기 등이 포함된다. 즉 문학사 시기구분 문제에 있어서 문학적 기준은 문학이 가지고 있는 문학 자체의 발전과정을 인정하는 것이라고 볼 수 있다.

　일반적으로 문학사가들은 문학사를 편찬할 때, 시기구분에 대한 이 두 가지 기준, 즉 역사적 기준과 문학적 기준은 서로 병행되어야 하나, 문학적 기준이 위주가 되고 역사적 기준은 부차적이 되어야 한다고 말하고 있다. 그러나 문학사가들의 이러한 견해와는 달리 지금까지 중국에서 출판된 대부분의 중국 현대문학사 저작들이 문학사 시기구분 문제에 있어서 문학적 기준보다는 역사적 기준을 우선순위로 삼았다는 사실을 부인할 수는 없다. 특히 중국 항전문학(抗戰文學)은 문학 자체가 항일(抗日)이라는 정치·경제·사회·문화적 배경과 떨어질 수 없는 관계를 맺고 있기 때문에 시기구분에 있어서 역사적 조건이 문학적 기준보다는 우선적으로 고려되어 기술되었다고 볼 수 있다. 이와 같은 현상은 문학사가 개인의 정치적 견해에 따라 항일전쟁 시기의 중국 항전문예 운동에 대한 시기구분에 있어서 각각 서로 다른 견해를 드러냈고, 그 결과 중국 항전문예 운동에 대한 시기구분 역시 매우 다양하게 나타난다.

II. 항전문예 운동의 시기구분

1. 중국에서의 시기구분

'항전문예(抗戰文藝)'라고 하는 용어는 8·13(八·一三) 이후 얼마 되지 않아 생겨나었다. 1937년 11월 《항전반월간(抗戰半月刊)》은 제3기에 '항전문예선집' 특집을 내고 근이(靳以)의 <부모를 잃은 원인(失去爹媽的根子)>, 정백기(鄭伯奇)의 <밝은 이야기 하나(一個明朗的故事)>, 진백진(陳白塵)의 《귀사(歸射)》 등 8편의 항일선생을 제재로 삼은 작품을 연재하면서 정식으로 항전문예라고 하는 용어를 사용했다.

1938년 2월 모순(茅盾)은 ≪항전문예 발전의 발단("抗戰文藝發展"之發端)≫에서 항전문예 운동의 발전에 대한 견해를 발표했고, 이후 계속해서 사람들에 의해서 항전문예라고 하는 용어가 사용되게 되었다.

왕요(王瑤)는 1951년 9월에 출판된 ≪중국신문학사고(中國新文學史稿)≫에서 항전문예 운동 기간을 다음과 같이 분기했다.

1. 제3시기: 민족해방의 기치하에(1937~1942)
2. 제4시기: <강화(講話)>가 이끄는 방향을 따라(1942~1949)

왕요가 구분한 신문학 제3시기와 제4시기가 항일전쟁 기간에 속하는데, 그는 신문학 제3시기를 항전개시일로부터 1942년의 <연안문예좌담회에서의 강화>(이하 문예강화)까지로 보았다. 이 기간은 바로 1937년 7월 7일 노구교사변 이후 국공합작이 이루어지고, 전면적으로 항일전쟁이 문학의 영역에까지 파급되어, 모든 작가들 사이에서 항일구망(抗日救亡)의 정서가 고조되어 항전을 노래하며 단결을 촉진하는 작품이 주된 내용을 이룬 시기였다고 분석했다. 때문에 왕요는 항전문예 운동의 상한선을 1937년 7월로 보았다.

제4시기는 문예강화로부터 1949년 7월 중화전국문예공작자대표대회(中華全國文藝工作者代表大會)가 소집된 시기까지의 문학으로 보았다. 여기에서 주목할 점은 왕요는 항전 8년간을 한 기간으로 보지 않고 문예강화를 분기의 경계선으로 삼고 있다는 점이다. 모택동(毛澤東)이 문예강화에서 주장한 '문학의 공·농·병 방향'이라는 원칙을 창작과 생활에 실천하고, 이러한 원칙은 종전 이후에도 커다란 변화 없이 계속되었다고 보는 것이다. 그래서 그는 문예강화 이후의 항일전쟁 시기와 국내전쟁 시기를 합하여 인민문학(人民文學)의 시기로 보았다.

왕요는 이와 같은 견해를 해방구(解放區)뿐만 아니라 국통구(國統區)에도 적용했다. 즉 환남사변(皖南事變)과 문예강화 이후 항전을 노래하는 작품이 줄어들고 국통구의 어두운 면을 폭로하는 경향으로 전환되어 문예강화 이전의 문학과 차이를 보이고 있나고 설명했다.

엽정역(葉丁易)은 1955년 4월에 출판된 《중국현대문학사략(中國現代文學史略)》에서 항일전쟁 시기의 문학사를 다음과 같이 분기했다.

1. 좌익문학운동(1927~1942)
2. 중국문학의 공·농·병 방향(1942~1949)

여기에서 주목할 점은 항전문학을 문학사에서 분기하지 않고 좌익문학 운동의 연장선 위에서 바라보고 있다는 점이다. 그리고 1927년과 1949년 사이의 분기점을 왕요와 마찬가지로 1942년의 연안문예좌담회로 삼고 있나. 그래서 문예강화로부터 중화인민공화국 탄생까지를 모택동의 '문학의 공·농·병 방향으로'라는 입장에서 강조하여 상대적으로 항전문예 운동 측면에서의 서술은 비교적 미약했다고 볼 수 있다.

유수송(劉綬松)은 1956년 4월에 출판된 《중국신문학사초고(中國新文學史初稿)》에서 다음과 같이 분기했다.

1. 항일전쟁 시기의 문학(1937~1945)

유수송은 기존의 문학사가들이 문예강화를 문학사 분기의 한 기점으로 하여 1949년까지를 한 시기로 삼고 있는 것과는 달리 항전 8년간을 한 기간으로 삼아, 1937년 중·일전쟁의 발발을 항전문예운동의 상한선으로 삼고, 1945년 종전을 하한선으로 삼고 있다. 즉 이전에 나왔던 현대문학사들이 항전문예 운동의 하한선을 1949년 중화인민공화국의 탄생으로 삼은 것과는 달리 그는 종전을 하한선으로 삼고 1945년 종전 이후의 문학은 제3차 국내 혁명전쟁 시기의 문학으로 편차를 나누어 기술했다.

이와 같은 현상은 유수송의 문학사 분기가 혁명전쟁을 기준으로 삼았기 때문이라고 볼 수 있다. 즉 그는 5·4 이래 신문학운동을 중국 신민주주의혁명 운동의 일부분으로 여기고 있기 때문에 문학사에서의 분기 기준도 중국 혁명사의 각 단계별 역사발전 과정과 맞게 분기되어야 한다고 주장한 것이다. 그래서 항일전쟁 시기의 문학도 문학 그 자체의 의미보다는 항일전쟁이라는 역사적 기준을 우선적으로 고려하여 처리했다.

1978년 9월 북경대학을 중심으로 9개 대학의 교수들이 공동으로 집필한 《중국현대문학사(中國現代文學史)》에서는 다음과 같이 분기했다.

    1. 민족해방의 기치하에서의 문예운동
    2. 연안문예 정풍운동

  9개 대학이 공동으로 저작한 ≪중국현대문학사≫에서는 구체적인 연대는 표시하지 않았으나, 항전문예 운동의 상한선을 1937년, 하한선을 1949년 삼고 있으며 상한선과 하한선의 경계를 문예강화로 삼고 있다.

  당도(唐弢)는 1980년에 출판된 ≪중국현대문학사≫에서 다음과 같이 분기했다.

    1. 항전개시 후의 문예운동(1937~1942)
    2. 연안문예좌담회와 혁명문예의 신단계(1942~1949)

  당도 역시 항전문예 운동에 대한 시기구분에 있어서 기존의 입장을 취하여 상한선을 1937년, 하한선을 1949년으로 삼고 있으며, 상한선과 하한선과의 경계를 문예강화로 보고 있다.

  임지호(林志浩)는 1980년에 출판된 ≪중국현대문학사≫에서 다음과 같이 분기했다.

    1. 항전시기외 문예운동(1937 -1942)
    2. 연안문예좌담회가 중국 현대문학의 새로운 단계를 열다(1942~1949)

  7개 대학이 공동으로 저작한 ≪중국현대문학사≫에서는 항전문예 운동 기간을 다음과 같이 분기했다.

    1. 항일전쟁 전기의 문학(1937~1942)
    2. 항일전쟁 후기와 제3차 국내혁명전쟁(1942~1949)

여기에서도 항전문예 운동의 상한선을 1937년, 하한선을 1949년으로 삼고 있으며, 그 상한선과 하한선과의 경계를 문예강화로 삼고 있는데, 이전에 나온 문학사가들의 일반적인 입장과 별 차이가 없다.

14개 대학이 공동으로 저작한 ≪중국현대문학사≫에서는 다음과 같이 분기했다.

    1. 항일전쟁 전기의 문학(1937~1942)
    2. 항일전쟁 후기와 해방 시기의 문학(1942~1949)

소백주(邵伯周)는 1986년 6월에 출판된 ≪간명중국현대문학사(簡明中國現代文學史)≫에서 다음과 같이 분기했다.

    1. 항일전쟁과 인민해방전쟁 시기의 문학(1937~1949)

장육무(張毓茂)는 1988년에 출판된 ≪20세기 중국 양안문학사(二十世紀中國兩岸文學史)≫에서 다음과 같이 분기했다.

    1. 항일전쟁과 해방전쟁 시기의 문학(1937~1949)

황수기(黃修己)는 1988년 11월에 출판된 ≪중국현대문학발전사

(中國現代文學發展史)≫에서 기존 문학사가들이 전쟁이나 정치적으로 중요한 사건을 편차로 삼은 것과는 달리 문학의 발전 단계별로 현대문학 발생기, 발전1기, 발전2기, 발전3기로 나누었는데, 발전3기가 항전시기에 해당한다.

1. 발전3기(1937. 7~1949. 9)

황수기는 항전기간 동안의 문학을 발전3기로 구분했고, ㄱ 상한선을 1937년 7월, 하한선을 1949년 9월로 보았다. 그는 항일전쟁을 중화민족의 생사존망의 문제와 관련짓고, 해방전쟁을 중국이 어떠한 방향으로 나아가야 할지의 문제와 관련하여 두 전쟁 모두 민족과 국가의 운명을 결정짓는 중요한 관건이라는 맥락하에서 두 전쟁 시기의 문학을 '전쟁 중의 문학'으로 일괄하여 처리했다.

이상을 통해 볼 때 항전문예 운동에 대한 중국 문학사가들의 일반적인 견해는 항전문예 운동의 상한선을 1937년 7월 7일의 노구교사변으로 인해 발생한 중·일전쟁으로, 하한선을 중화인민공화국이 수립된 1949년 9월로 삼고 있으며, 상한선과 하한선 사이의 경계를 1942년 모택동의 문예강화를 기준으로 삼아 2분기하고 있음을 볼 수 있다.

그러나 몇몇의 문학사가들은 연안문예좌담회를 문학사 분기의 경계로 하지 않고 항전시기 문학의 한 범주에 포함시켜 처리하고 있는데, 이와 같은 현상은 주로 문학을 혁명투쟁의 한 부분으로써 바라보는 시각에서 벗어나 문학의 독자적인 발전과정을 찾으려고 하는 노력의 일환이라고 볼 수 있다.

2. 대만·한국에서의 시기구분

대만에서의 상황을 살펴보면, 유심황(劉心皇)은 1971년에 출판된 ≪현대중국문학사화(現代中國文學史話)≫에서 다음과 같이 분기했다.

1. 항전 초기의 문단 정황(1937~1939)
2. 항전 중기의 문단 정황(1940~1941)
3. 항전 후기의 문단 정황(1941~1945. 8)

유심황은 항전문예 운동의 상한선을 1937년의 중·일전쟁으로, 하한선을 1945년 8월 일본의 항복으로 삼고 있으며, 초기와 중기의 분기점을 국공 간의 분열 조짐으로, 중기와 후기의 분기점을 환남사변으로 보고 있다. 그는 항전 초기 문예운동의 특징을 단결의 원칙 아래 일치항전의 기운이 팽배한 시기였다고 보았고, 중기를 국공합작의 분열 시기로 보아 표면적으로는 일치항전의 문예운동이 침체하기 시작하고, 이면적으로는 공산당이 당의 지도노선을 선전하는 정치적 임무를 수행한 시기로 보았다. 후기는 환남사변 이후 문예운동이 저조하고 색정이나 애정을 노골적으로 묘사한 황색문학(黃色文學)이 나타나 유행한 시기라고 분석했다.

윤설만(尹雪曼)은 1975년에 출판된 ≪중화민국문예사(中華民國文藝史)≫에서 항전문예 운동을 전기와 후기의 2단계로 분기했다.

1. 항전 전기의 문예사조(1937. 7~1941)
2. 항전 후기의 문예사조(1941~1945)

윤설만은 항전문예 운동의 상한선과 하한선에 있어서 유심황의 분기와 같은 견해를 보이고 있으나, 다만 1937년부터 1941년까지를 유심황은 항전 초기와 중기로 나눈 반면에, 윤설만은 항전 전기의 문학으로 포괄하여 다루고 있는 점만 다르다.

유심황과 윤설만은 1937년부터 1941년까지를 일치항전의 시기로 보고 항전문예 운동이 발전을 가져왔으나, 환남사변 이후 국공협작이 셜렬됨으로 인해 항전문예 운동은 퇴조기를 맞이하게 되었다고 분석하고 있다.

주금(周錦)은 1980년에 출판된 ≪중국신문학간사(中國新文學簡史)≫에서 1938년부터 1949년까지를 신문학 제3기로만 분기하고 있을 뿐, 따로 항전문예 운동에 대한 구체적인 분기는 하지 않고 있다.

1. 신문학 제3기(1938~1949)

주금은 자신이 분기한 신문학 제3기에서 항전시기의 작가와 문학 장르를 소개함으로써 실질적으로는 신문학 세3기가 항전문예 운동 기간임을 의미했다. 그는 상한선을 1938년 정치의 중심지가 무한(武漢)으로 이동한 때부터 잡았지만 실제적으로는 1937년 8월 13일 송호전쟁(淞滬戰爭)까지 소급된다고 보았다. 그는 또 1945년 항전 승리 이후 별다른 문학적 변화가 없다고 보았기 때문에 항전문예

운동의 하한선을 1949년으로 규정했다. 즉 그는 제2차세계대전의 확대와 내전으로 인해 작가들의 생활이 어려워지고 작품들도 그다지 발표되지 않았고, 작가들의 문학 활동 역시 거의 중단된 상태라고 분석했다.

한국의 김학주(金學主)는 ≪중국문학개론≫에서 항전시기의 문학을 다음과 같이 분기했다.

1. 항전시기(1937~1945)

비록 항전시기의 문학에 대한 기술이 몇 페이지에 불과하여 구체적인 언급은 없지만, 그는 항전문예 운동의 상한선을 1937년 7월 중·일전쟁의 발발로 보았으며, 하한선을 1945년으로 보았다. 그리고 1945년 이후는 '대전 이후'의 시기로 구분하여 항전시기의 문학과 구분하여 기술하고 있다.

김시준(金時俊)은 1992년에 출판된 ≪중국현대문학사≫에서 다음과 같이 분기했다.

1. 중일전쟁 전기의 문예사조(1937~1942)
2. 중일전쟁 후기와 내전시기의 문예사조(1942~1949)

김시준 역시 항전문예 운동의 상한선을 1937년으로 삼고, 하한선을 1945년으로 보고 있다. 비록 편차에서는 1937년에서 1949년까지를 한 편차로 설정해놓고 있으나, 이는 문학사 기술의 편의를 위한 것일 뿐, 본문에서는 중·일전쟁기와 국내 전쟁기를 나누어서 기술하고 있다.

이상을 통해서 볼 때 대만과 한국에서는 항전문예 운동의 상한선을 1937년, 하한선을 1945년으로 보고 있는 것이 일반적인 견해임을 알 수 있다.

그러나 이러한 견해는 중국의 문학사가들이 보는 견해와는 다소 차이가 있음을 발견할 수 있다. 즉 항전문예 운동의 상한선에 대해서는 중국과 대만 그리고 한국에서 모두 1937년으로 보는 데 이견이 없지만, 하한선을 결정짓는 데서 서로가 입장의 차이를 보이고 있는 점이다. 중국이 항전문예 운동의 하한선을 1949년으로 보고, 문예강화 이후부터 중화인민공화국 수립까지를 한 시기로 보고 있는 반면, 대만과 한국 등지에서는 1945년 제2차세계대전의 승리와 일본의 항복을 하한선으로 보고, 항전문예 운동의 종료로 인식하고 있는 것이다.

이와 같은 현상은 앞에서도 언급했듯이 중국에서는 중·일전쟁 후기와 내전 시기를 문예강화의 지도이념 아래 이루어진 연속적인 문학발전 단계로 보아 항전문예 운동을 신민주주의문학의 입장에서 보았기 때문이며, 대만이나 한국에서는 문예강화의 정치적 의미를 배제하고, 항일전쟁 그 자체와 결말에 초점을 맞추어 항전문학을 항일전쟁 문학의 입장에서 보았기 때문인 듯하다.

그러나 이상과 같은 견해는 대부분 항전지역에 대한 지역적 특성을 무시한 채 정치적이고 역사적인 요인을 가지고 시기구분에 임했다고 볼 수 있다. 왜냐하면 중국의 각 항전지역을 크게 나누면 국통구와 해방구로 나눌 수 있는데, 이들 지역에서의 항전문예 운동은 서로 다른 발전단계를 가지고 성장했고, 그들 나름대로의 발전과정이 있기 때문에 이들 두 지역을 일괄적으로 처리하여 분기한다는 것은 다소 무리인 듯하다.

그래서 다음 장에서는 국통구와 해방구를 중심으로 하여 구체적으로 항전문예 운동의 단계별 시기를 구분하고, 각 시기별 특징을 살펴보고자 한다.

Ⅲ. 항전지역별 시기구분과 특징

1. 국통구에 대한 시기구분과 특징

국통구(國統區)라 함은 중·일전쟁 기간에 국민당(國民黨)의 치하에 있던 지역을 의미하는데, 여기에서는 중경(重慶)·성도(成都)·곤명(昆明)·귀양(貴陽)·서안(西安)·난주(蘭州) 그리고 함락 전의 상해(上海)·무한(武漢)·계림(桂林) 및 복건(福建)·광동성(廣東省)의 일부 지역을 포함하며 다른 말로는 대후방(大後方)이라고도 한다.

국통구에 대한 항전문예 운동의 시기구분 논의는 모순(茅盾)이 1946년 9월에 쓴 <항전문예 운동 개략(抗戰文藝運動槪略)>에 나타나는데, 모순은 항전시기 국통구에서의 문예운동을 3단계로 나누어 설명했다.

1. 제1시기: 항전 2년 전(또는 좌련 해산 시기)~무한함락(항전 다
   음 해)
2. 제2시기: 무한 함락 이후~태평양전쟁 발발
3. 제3시기: 태평양전쟁 발발 이후~일본 항복

모순은 1935년을 항전문예의 상한선으로 삼고 무한이 함락된
1938년을 제1시기로 보았다. 그는 이 시기의 항전문예 운동이 "비
판보다는 찬양이 많았고, 이지(理智)보다는 열정이 많았기 때문에,
그 결점이 있음은 말할 나위도 없고, 일찍이 어떤 사람은 당시의 항
전문예 운동을 '기세등등하지만 공허하다'라는 평가를 내렸고, '공허
하다'는 것 이외에도 엄중한 잘못이 있으니, 즉 항전의 양대 목표
가운데 하나인 대대적인 민주화 요구를 무시했다."라고 평가했다.

모순은 제2시기를 무한 함락 이후부터 태평양전쟁이 발발할 때까
지로 보았다. 그는 이 시기의 특징을 "이렇게 지극히 열악한 환경
가운데서 힘겹게 몸부림치고 있었다."라고 표현했다. 그러나 그는
5·4신문예 전통을 계승한 문예가들이 여전히 자신의 본분을 지키
고 있으며, 힘써 대후방의 현실을 반영하려고 했고, 우회적으로 항
전 진영으로부터 낙오하여 마침내는 타락하는 지식인을 묘사했다고
말했다.

그는 제3시기를 태평양전쟁 발발 이후부터 하한선인 1945년 8월
로 심았는데, 항전 중 가장 힘겨운 단계로 보았다. 문예상으로는
"수년간의 질식을 뚫고 1941년 가을에 극본 ≪굴원(屈原)≫이 상영
되었는데, 비록 역사극이기는 하지만 백퍼센트의 현실적 의의가 있

고", "대후방 항전문예 운동이 암흑을 향해 빠져 들어가는 중에 다시 진군하는 맑고 깨끗한 소리를 내는 호각이다."라고 했으며, 또한 저속한 문학기풍이 형성되어 당시 문예계의 문제점으로 지적되었다고 평가했다.

그러나 모순은 1949년 북경에서 거행된 중화전국문예공작자대표대회에서 <반동파의 압박하에서 투쟁하고 발전하는 혁명문예(在反動派壓迫下鬪爭和發展的革命文藝)>라는 보고를 통해 1946년에 내놓았던 자신의 견해를 수정하여 발표했다. 그는 이 보고에서 항전문예 운동을 4분기했다.

1. 제1시기: 항일전쟁 개시~무한 함락(1937. 7~1938말)
2. 제2시기: 무한 함락 후~항전 승리 1년 전(1939~1944)
3. 제3시기: 상계 침공~항전 승리 직전(1944~1945)
4. 제4시기: 항전승리 후~인민해방전쟁 시기(1945~1949)

당시 모순은 "초고(草稿)의 기안 작업에 참가한 7명이 여러 차례의 회의를 통해 의견을 교환한 결과이다."라고 하여 국통구 문예운동의 분기문제가 이 보고의 중요한 회의 주제 가운데 하나였음을 암시했다. 이 보고에서의 국통구 문예운동에 관한 시기구분은 자신이 1946년에 발표했던 분기와는 내용에 있어서 다소의 견해 차이를 보였다.

그는 1949년에 발표한 보고에서 항전시기의 문학특징을 다음과 같이 설명했다.

항일전쟁 개시부터 무한함락 이후 일 년 반(1937년 7월 7일~1938년 말)의 기간이 제1시기라고 볼 수 있다. 항일전쟁이 일어나자 전국의 문예종사자들이 모두 매우 흥분하여 즉시 많은 연극대·항선대(抗宣隊)를 조직하여 농촌과 부대로 들어가, 단편소설·보고·활보(活報)·가두극(街頭劇)·보고극(報告劇)·벽시[墻頭詩]·가두시(街頭詩) 등 많은 단편과 소형작품을 썼다. 비록 엄중한 결점이 있었지만, 누구도 그들이 항전 초기에 일으킨 선전 작용을 무시할 수는 없다. ……또한 많은 문예종사자들이 전쟁터와 고향으로 들어가 실제로 일을 하고 인민들과 접촉한 결과 그들의 시야를 확대시키고, 제재를 풍부하게 했을 뿐만 아니라 동시에 그들로 하여금 자신의 작품이 대중의 수요에 적합하지 않다는 것을 느끼게 하여 새로운 것을 추구하게 만들었다…….

제2시기는 무한함락 이후부터 1941년 초의 환남사변을 거쳐 항전 종료 일 년 전까지이다. ……진보적인 문예운동이 받은 압박 역시 점점 심해졌다. 반동파의 검열제도 아래 현실 문제를 다루는 작품은 출판과 상연의 기회를 찾기 어려웠다. ……일부 작가들이 심한 정치·경제적 압박을 받아 침체된 정서를 표현했지만, 전체적으로 볼 때 문예종사자들은 항일전쟁의 승리에 대한 확신을 잃지 않았다. ……이 시기 국통구의 문예운동은 여전히 지속적이고도 견고한 통일전선을 유지하면서, 반동파에 대한 불굴의 투쟁을 진행했다. 소설·시가·희극 등 부문에서 모두 반동통치를 폭로하고 인민들의 혁명정서를 고취하는 작품들이 나타났다. 예를 들면 친남사변이후 《굴원》의 연출은 열렬한 호응을 받았고, 당시 현저한 정치적 작용을 일으켰다.

제3시기는 1944년 하반기부터 일본 파시스트가 상계(湘桂) 등성을 침공한 때부터 항전승리 전해까지이다. 이 시기 국민당 반동파가 이미 공개적으로 적과 왕래하며, 경제적 위기가 날이 갈수록 심해지고, 문예계에 대한 압박도 날로 가중되었다. 그러나 이 시기 성도·곤명·계림·중경 등에서 학생운동이 발생하여 국민당 내에서의 민주운동이 국민당 반동파의 심한 압박을 뚫고 고양되기 시작했다. 문예운동도 즉각 이 시기의 민주운동에 참가했다. 많은 민주적인 집회가 문예강습회나 문예좌담회 같은 방식으로 거행되었다. 많은 군중운동 속에서 군중들은 스스로 활보(活報)나 만화(漫畫) 등 고무성이 강한 작품을 창작하여 커다란 성과를 거두었다. …… 작품상에서는 희극 이외에도 짧으면서도 세련되고 예리한 정치풍자시와 잡문(雜文)이 성행했고, 특히 만화 전람은 반동파의 암흑통치를 폭로하는 투쟁무기가 되었다.

제4시기는 항전종료 이후부터 인민해방전쟁까지로 이 시기에 특별히 제기할 만한 가치가 있는 것은 영화예술이다. 영화예술계 동인의 노력으로 비록 국민당이 겹겹으로 봉쇄하고 있었지만, 우수한 작품을 제작할 수 있었다…….

문천행(文天行)은 1985년에 출판된 ≪국통구 항전문예 운동 대사기(國統區抗戰文藝運動大事記)≫에서 항전문예 운동을 5단계로 분기했다.

1. 제1시기: 1931. 9~1937. 7
2. 제2시기: 1937. 7~1938. 10
3. 제3시기: 1938. 10~1941
4. 제4시기: 1941~1945. 9
5. 제5시기: 1945. 9~1946. 5

문천행은 항전문예 운동의 제1시기를 1931년 9월에서 1937년 7월까지로 분기했다. 그는 항전문예 운동이 1931년 일본군의 중국 동북지역에 대한 침공과 더불어 왕성해지기 시작했다고 여기고, 항전문예 운동의 상한선을 1931년 9월로 보았다. 이 시기에는 이전에 비해 뛰어난 작품이 많이 보이지는 않았고, 항전문예 운동도 그다지 활발하게 전개되지는 않았다. 그러나 문천행은 이 시기의 항전문예 운동이 7·7사변(七七事變) 이후 맹렬하게 전개되는 항전문예 운동에 좋은 기초를 놓았다고 평가했다.

문천행은 세2시기 국통구 항전문예 운동의 중심을 상해·광주·무한으로 보았지만, 그중에서도 무한에서의 성과가 컸다고 평가했다. 왜냐하면 상해와 광주는 8·23(八·二三) 이후 얼마 되지 않아 '고도(孤島)'가 되었기 때문이다. 이 시기에는 각종 형식의 구망연극대·선전대를 건립하고 많은 전국적인 문예조직들, 즉 중화전국희극계항적협회, 중화전국문예계항적협회, 중화전국가영계항적협회, 중화전국전영계항적협회, 중화전국미술계항적협회, 중화전국목각계항적협회 등이 건립되었다. 특히 문천행은 5·4 이래 신문학의 결점 중의 하나가 인민군중과의 관계에서 간격이 생긴 것이라고 보았는데, 그는 항전개시 후 이러한 간격이 점차로 좁혀졌다고 여겼다. 즉 북경·상해·광주 등 대도시가 함락되면서 많은 문예가들이 압박을 피하여 작은 도시나 농촌으로 들어가 자연스럽게 군중들과 융합했고, 그 속에서 문예통속화 운동을 전개하여 항전 초기의 보고문학·시가·희극·소설 등은 대부분이 통속화된 형식으로 출현했다고 보았다. 그러나 그는 이 시기 항전문예 운동 역시 문제점을 가지고 있었는데, 그중의 하나가 문예작품이 항전이라는 공식화되고 개념화된 경향을 나타내어 비교적 예술성이 높은 작품이 나오지 못했다고 평가했다.

제2시기와 비교할 때 제3시기는 다소 침체된 시기였다고 보았다. 이 시기 국통구 항전문예 운동의 근거지는 중경·계림·성도·곤명·귀양·영안(永安)·서안(西安) 등 도시였다. 이 시기 특징 중의 하나는 전국적인 문예조직들이 각지에서 분회(分會)를 설립한 것과 국내외의 유명한 작가에 대한 기념대회였다. 노신(魯迅)의 서거를 기념하는 집회가 매년 거행되었고, 1940년에는 대규모로 노신 탄생 60주년 기념회가 거행되었다. 이 밖에도 러시아의 유명한 작가들에 대한 기념회도 거행되었다. 이 시기 또 하나의 특징은 1939년 6월 왕례석(王禮錫)이 단장이 되고 송지적(宋之的)이 부단장이 되어 작가전지방문단(作家戰地訪問團)이 조직되어 중경으로부터 성도·서안·낙양(洛陽) 등지를 거쳐 중조산(中條山)과 진동남전선(晋東南前線)까지 시찰한 것이다. 그는 또 문예창작 면에서 볼 때 작가들이 점차 항전 초기의 열렬한 정서에서 벗어나 냉정한 사고와 관찰을 하기 시작했고 문예이론상으로는 민족형식과 작가 사상과 창작방법과의 관계가 중요 문제로 제기되었다고 분석했다.

제4시기의 특징을 문예창작 면에서 보면, 이 시기는 역사극의 창작이 현대문학사상 최고조에 달했다고 볼 수 있다. 이것은 곽말약의 창작 역사극 <굴원>에서 비롯되었다. <굴원> 이후 많은 작가들이 역사극을 창작했는데 전한(田漢)과 양한생(陽翰笙) 등의 역사극이 비교적 뛰어났다. 문예사상 면에서 보면 이 시기에 주로 강조한 것은 인민 본위이며 또 군중 속에 들어가고 군중을 반영하고 군중을 노래하는 것이었다. 그러나 이 시기의 문제점은 일부 문예가들이 후방의 한가운데만 국한되어 있어 인민 대중과 접촉하는 길이 막히고 출판사업도 질식하게 될 지경이었고, 문예를 항일전쟁의 일환으로 여기지 않고 오락의 수단으로 보아 풍화설월(風花雪月)의 기풍이 나타나, 문예를 단지 몇몇 사람이 차나 술을 마신 뒤의 소일거리로 여기게 되었다고 분석했다.

제5시기는 항일전쟁의 승리로 인해 민족 간의 모순은 약화되었지만, 새로 계급 간의 모순이 심화된 시기라고 보았다.

이상과 같은 문천행의 분기에서 주목할 만한 점은 항전문예 운동의 상한선을 1931년 9월의 9·18사변으로 보고 있다는 점이다. 즉 그는 1931년 9월 18일에 일본이 중국의 동북지역을 침략하자 동북지역을 중심으로 일어난 항일운동과 항일을 주제로 한 문학작품을 창작한 사실에 근거하여 1931년을 항전문예 운동의 상한선으로 삼고 있으며, 아울러 이 시기의 항전문예 운동이 중·일전쟁 이후의 항전문예 운동에 훌륭한 기초를 놓았다고 평가했다.

소광문(蘇光文)은 1984년에 출판된 ≪항전문학개관(抗戰文學槪觀)≫에서 항전문예 운동을 모두 4단계로 분기했다.

1. 제1단계: 1937. 7~1938. 12
2. 제2단계: 1939. 1~1943. 12
3. 제3단계: 1944. 1~1945. 10
4. 제4단계: 1945. 11~1946. 5

소광문은 제1단계를 1937년 7월 중·일전쟁 발발에서 1938년 12월 말까지로 보았다. 그는 이 시기 대다수의 문예종사자들이 전선·적후방·후방 향촌에까지 가서 항일구망 선전과 고무 작업에 종사하고, 새로운 문학 거점을 개척하여 무한을 중심으로 하는 항전문예 운동을 형성했으며, 또한 이 시기 보고문학의 대량 출현, 가두극과 낭송시의 형성, 시가·희극·소설의 커다란 진보 등은 이 시기 항전문예 운동의 특징이었다고 했다. 그러나 그는 이 시기 작가의 시야가 생활의 표층에만 맴돌고 있어서 부분적으로는 작품에 비현실주의 혹은 현실주의가 부족한 병폐가 나타났다고 지적했다.

소광문은 제2단계를 1939년 1월부터 1943년 12월 말까지로 설정하고 항전문예 운동이 확대되는 단계라고 보았다. 그는 무한과 광주가 함락되고, 1939년부터 1943년까지 세 차례나 반공을 고조시켜 파시스트 통치를 강화시켰기 때문에 항일과 민주투쟁이 이 단계의 중국 사회생활의 중심내용이 되었다고 분석했다. 이 시기 국통구 항전문예 운동의 중심은 중경이며, 작가들은 국통구의 암흑을 폭로하고 풍자하며 인민대중의 고통스런 생활을 묘사했다. 또한 다양한 소형 문학작품이 전 단계 항전문단의 주류였다면, 이 시기에는 장편작품들이 많이 나왔다고 볼 수 있다. 그러나 현실을 회피하고 소수 독자와 관중의 저급한 취미에 영합하려는 작품들이 등장하는 문제점이 있다고 했다.

제3단계는 1944년 1월부터 중화전국문예계항적협회가 명칭을 중화전국문예계협회로 바꾼 1945년 10월까지로 항전문예 운동이 확대되는 단계로 보았다. 그는 이 시기에 국통구의 암흑을 폭로하는 작품들이 창작되고, 중경·성도·곤명·귀양·계림 및 홍콩[香港] 등지의 진보적인 문예종사자들이 모택동의 문예사상과 결합되기 시작했다고 지적했다.

제4단계는 1945년 11월부터 1946년 5월까지로 항전문예 운동의 전면적인 완결단계이다. 문예종사자들은 항전승리 이후 전면적인 내전으로 접어드는 새로운 형세에 적응하고 새로운 임무를 짊어지기 위해 국통구 항전문예 운동에 대한 전면적인 종결을 진행한 단계로 보았다. 즉 곽말약의 <항전 8년 동안의 역사극(抗戰八年來之歷史劇)>, 모순의 <8년 동안 문예공작의 성과와 경향(八年來文藝工作的成果及傾向)>, 노사(老舍)의 <팔방풍우(八方風雨)>, 초협(肖協)의 <항전 희극의 길(抗戰戲劇的路子)>, 풍설봉(馮雪峰)의 <민주혁명의 문예운동을 논함(論民主革命的文藝運動)> 등 문장들이 모두 항전문예 운동의 발전과정과 특징에 대해서 전반적인 검토를 시도했다고 했다. 그는 특히 1946년 5월에 중국공산당대표단과 중공중앙남방국이 남경(南京)으로 이전하고 국민당 정부 역시 남경으로 환도함으로써 항전문예 운동이 마무리되었다고 주장했다.

이 외에도 황수기는 1988년에 출판된 ≪중국현대문학발전사≫에서 국통구에서의 항전문예운동을 환남사변을 경계로 크게 2단계로 분기했다.

1. 제1단계: 1937. 7~1941
2. 제2단계: 1941~1949

황수기는 항전 초기에는 항일단결을 표현하는 것이 문학의 주요 내용이었으며, 무한 함락 이후 국민당의 정책변환에 따라 문예전선의 형세도 변했고, 특히 환남사변 이후 문예계의 계급투쟁이 심해져서 문학작품에서 국민당 암흑통치를 폭로하는 것이 갈수록 많아졌다고 분석했다.

이상에서 살펴본 여러 학자들의 견해를 참고로 하여 필자는 국통구에서의 항전문예 운동에 대해 다음과 같이 시기구분해 보고자 한다.

1. 제1시기: 1937. 7~1938. 10
2. 제2시기: 1938. 10~1941. 1
3. 제3시기: 1941. 1~1945. 8

제1시기는 항전 개시일인 1937년 7월로부터 1938년 10월 무한함락 때까지로 볼 수 있다. 비록 문천행이 항전문예 운동의 상한선을 1931년 9월에 일본군이 중국 동북지역을 침공한 시기로 삼고 있으며, 모순 역시 "일본 제국주의 침략을 반대하는 작품을 쓴 것은 1·28사건(一·二八事件) 이후부터이며 이러한 작품의 제재는 주로 동북의용군과 1·28 송호전쟁이었다."라고 하여 이미 1937년 이전부터 부분적으로 항일문예 운동이 일어나고 있었다고 했다. 비록 1931년 9·18사변이나 1·28 송호전쟁으로 인해 항일문예가 출현했다고는 하지만 이 시기에는 주로 동북지역을 중심으로 일부 극히 제한된 지역에서 이루어졌고, 특별히 주목할 만한 작품 역시 창작되지 않은 형편이었다. 문예계에서 본격적으로 전면적인 항일구망의 문예운동으로 확대된 것은 1937년 7월 중·일전쟁 이후이기 때문에 1931년을 항전문예 운동의 상한선으로 삼는 다는 것은 다소 무리인 듯하다. 그러나 이 시기 동북지역에서의 항일문예 운동이 중국 항전문예 운동에 중요한 기초 역할을 했음은 부인할 수 없을 것이다.

제1시기 동안의 항전문예 운동은 무한을 중심으로 발전했다. 1937년 7월 7일 중·일전쟁의 발발과 동시에 좌련(左聯) 10년간의 문학을 청산하고 자신들의 시야를 항일전쟁으로 돌려 일치항전의 문학적 분위기를 조성했고, 같은 해 11월 상해가 함락된 후 상해·북평(北平)·천진(天津)·남경과 농북의 많은 문학가들이 무한으로 모여들이 무한은 일시에 국통구 항전문예 운동의 중심지가 되었다. 1938년 3월 27일 정식으로 중화전국문예계항적협회가 성립되었고 동시에 곽말약이 이끄는 정치부 제3청이 4월 1일 무한에서 성립되어 항전문예 운동을 이끌었다.

전쟁 초기 일본의 침략으로 인해 항일 감정이 발생하면서 대부분의 작가들은 열광적인 정서에 빠져들었고, 때문에 항일전선과 투쟁을 선전하기에 적합한 문학 형식인 딘편 내시는 소형의 통속화된 작품들이 성행하게 되고 연극대나 항선대가 농촌에 들어가 항일투쟁을 선동·고취했다. 이 시기 대다수의 문학작품들의 창작 목적은 그것으로 하여금 국민들을 선동하여 항일 투쟁에 잠가시키는 데 있었기 때문에 예술성에 있어서는 다소 그 가치가 떨어지는 경향을 나타내기도 했다.

또한 일부 작가들 사이에는 '투필종융(投筆從戎: 붓을 던지고 군인이 되다)'을 제창하며 전선주의(前線主義)를 주장하여 작가이 본질적인 사명인 문학창작을 버리고 직접 각 항일전선으로 뛰어들기도 했다. 그러나 항전현실생활의 생생한 체험은 작가들의 투필종융의 사고를 수정하게 만들었고, 그들로 하여금 항일투쟁에 임하는 자신들의 가장 큰 무기는 바로 한 자루의 칼이나 총이 아니라 자신들 본연의 임무인 문학이라는 것을 느끼게 했다. 또한 과거 자신들이 창작한 작품들이 인민대중의 수요에는 적합하지 않다는 것을 느끼게 되었고, 그로 인해 대다수의 작가들이 새로운 창작의 길을 모색하게 되었다. 이러한 항전현실에 대한 재인식은 작가들로 하여금 창작제재의 영역을 더욱 확대시키게 했다.

이 시기 문예창작 면에서는 그다지 뛰어난 작품이 창작되지 않았고, 작품의 주제도 거의 대부분이 항일의 함성이었다. 소설 방면에서는 요설은(姚雪垠)의 <반 수레도 안 되는 보릿짚(差半車麥稭)>·<우덕전과 붉은 무(牛全德與紅蘿蔔)>, 애무(艾蕪)의 <수난자(受難者)> 등이 있었고, 시가 방면에서는 곽말약의 ≪전성집(戰聲集)≫, 애청(艾靑)의 ≪태양을 향해(向太陽)≫, 전간(田間)의 ≪전투자에게(給戰鬪者)≫, 장극가(臧克家)의 ≪종군행(從軍行)≫, 포풍(蒲風)의 ≪항전삼부곡(抗戰三部曲)≫, 변지림(卞之琳)의 ≪위문편지 모음(慰勞信集)≫, 고란(高蘭)의 ≪낭송시집(朗誦詩集)≫ 등이 있으며, 희극 방면에서는 하연(夏衍) 등이 공동으로 창작한 <노구교를 보위하자(保衛蘆溝橋)>, 홍심(洪深)의 <비장군(飛將軍)>, 색극(塞克) 등이 공동으로 창작한 <돌격(突擊)> 등 극작이 있으며, 보고문학 방면에서는 장주(張周)의 <중화의 아들딸(中華兒女)>, 전도(田濤)의 <황하의 북쪽 언덕(黃河北岸)>, 증극(曾克)의 <탕음 전선에서(在湯陰

火線)>, 요설은의 <전지서간(戰地書簡)>, 이휘영(李輝英)의 <군민사이(軍民之間)>, 조백(曹白)의 <호흡(呼吸)> 등이 있었다.

제2시기는 1938년 10월 무한 함락부터 1941년 1월 환남사변까지이다. 1939년 무한과 광주가 잇달아 함락되면서 국통구에서의 문예활동은 중경을 중심으로 계림·곤명·금화(金華)·성도·곡강(曲江)·영안·서안·상해 및 홍콩 등 지역이 모두 중요한 문예거점이 되어 많은 작가들이 이들 지역에서 분산하여 활동했다.

이 시기 작가들은 전선주의의 경향에서 벗어나기 시작하여 이전 시기의 흥분했던 감정이 섬차 가라앉고 냉정해지면서 당시 항전사회와 현실에 대한 심도 있는 관찰을 시작했고, 그로 인해 1939년 하반기부터 1940년 말 사이 항전문예 운동은 새로운 단계로 접어들었다. 즉 이전 단계의 양적인 팽창에서 벗어나 질적인 향상을 가져오게 되었다. 단순히 전선에서의 전투를 작품의 제재로 삼았던 이전 단계의 경향에서 탈피하기 시작했고, 묘사의 대상도 항전현실 속에서 태어나고 성장한 새로운 인물이나 항전시대로 인해 성격이 개조된 구인물을 부각시켰다고 할 수 있다.

이 시기 항전문예 운동은 종적으로 심화되어 각지에서 문예잡지가 출판되었을 뿐만 아니라 문예조직 면에서도 향상을 가져왔다. 이 시기 성두·휴콩·곤명·곡강·세림·귀앙·넌안(延安)·진동남(晋東南) 등지에 이미 문협분회(文協分會)가 성립되어 5·4 이래 문예계에서 가장 광범위한 통일전선 조직을 구축했고, 광주·장사(長沙)·연안·홍콩·상해 등지에서는 문예통신원 조직을 건립했다. 이 시기 특히 중요한 활동 가운데 하나는 1939년 하반기 중화전국문예계항적협회가 조직한 작가전지방문단의 활동이다. 그들은 중경으로부터 출발하여 각 전선을 방문하며 전방과 유격지대에서의 문예운동을 촉진시켰다.

항전 초기 농촌과 군대, 전선에서 활동하던 많은 연극대가 이 시기에 이르러 대부분 중경·곤명·성도 등 몇몇 대도시에 집결하여 직업적인 극단을 조직했는데 중화극예사(中華劇藝社)가 그중 가장 뛰어난 활동을 했다. 전방의 몇몇 연극대가 전 시기에 성행하던 활보(活報)·가두극·독막극(獨幕劇)을 공연하는 것을 제외하고는 대도시의 대다수 직업 극단에서는 다막극(多幕劇)을 공연했고 외국에서 가져온 극본이 국통구에서 유행하기도 했다. 또한 <추자(秋子)>·<묘가월(苗家月)> 등 대 가극이 창작되어 공연되고 <낙원행진곡(樂園進行曲)>과 같은 아동극이 나타나기도 했다.

제3시기는 1941년 1월 환남사변부터 1945년 8월 항전 승리까지이다. 이 기간 국민당 정부는 항일에서 반공으로 정책의 전환을 하게 되고, 그로 인해 국통구 내에서의 각종 항일활동과 문예창작은 많은 제약을 받게 되었다. 특히 1941년 1월 환남사변 발생 후 국민당이 문예 전제주의를 강화하자 중경에서의 항일문예 운동은 국민당에 의해서 통제를 받게 되었고, 하연의 <일년간(一年間)>, 정령(丁玲)의 <발사되지 않은 총탄(一顆未出膛的槍彈)>, 소군(蕭軍)의 <8월의 시골마을(八月的鄕村)>, 변지림의 ≪위문편지 모음≫ 등 수많은 문예작품들이 금서가 되기도 했다.

1941년 11월 계림에서는 문예생활사(文藝生活社)에 의해서 '1941년 문예운동의 검토'라는 주제로 좌담회가 거행되었고, 거기에서 사마문삼(司馬文森)은 당시 문예운동이 저조한 이유를 첫째, 작가가 창작을 할 때 제재를 너무 많이 받아 현실적인 어려움을 느꼈고 둘째, 문화의 중심이 이전하여 대다수의 문예종사자들이 원래 있던 문화 거점을 떠났으며 셋째, 교통이 곤란하여 서적·잡지의 유통에 영향을 받았고 넷째, 물가가 폭등하여 작가의 생활이 보장받지 못하여 번번이 직업을 바꾸고 다섯째, 문예이론과 비평이 결핍되어 작가가 방향을 상실했고 여섯째, 정치 정세의 영향을 받았고 일곱째, 작가의 생활이 점차로 현실과 동떨어졌고 여덟째, 속물주의가 문예운동 속에서 대두되었기 때문이라고 지적했다.

이론비평 면에서는 완전히 침체된 상태로 빠졌고, 문예창작 면에서도 고민하고 방황하는 정서가 항전 초기의 낙관주의적인 경향을 뒤덮었다.

소설 창작과 번역 작업이 이 시기 주요 기풍이었다. 장편 창작으로는 전도의 <조류(潮)>, 웅불서(熊佛西)의 <철묘(鐵苗)>, 요설은의 ≪융마련(戎馬戀)≫, 서영(徐盈)의 <사과산(苹果山)>, 구양산(歐陽山)의 <전쟁의 성과(戰果)>, 오조상(吳組緗)의 <압취로(鴨嘴澇)>, 사정(沙汀)의 <도금기(淘金記)>, 근이(靳以)의 <전날밤(前夕)>, 파금(巴金)의 <불(火)>, 우봉(于逢)의 <동료들(伙伴們)>, 이휘영(李輝英)의 <송화강(松花江)>, 누시(艾蕪)의 <화장(火葬)>, 보순의 <단풍이 진달래같이 붉다(霜葉紅似二月花)> 등이 있었다. 번역 작품으로는 톨스토이의 <전쟁과 평화(戰爭與平和)>를 비롯하여 투르게네프·발자크 등의 작품들이 대량으로 번역되었다.

이 시기 중경에서는 희극운동이 활발하게 진행되어, 1942년 12월에 중국예술극사(中國藝術劇社)가 성립되었는데, 그들은 주로 태평양전쟁 발발 이후 홍콩과 상해로부터 철수하여 중경으로 들어온 희극과 영화 종사자들로 구성되었다. 주요 인물로는 우령(于伶)·금산(金山)·송지적(宋之的)·사도혜민(司徒慧敏) 등이 있었고, <파시스트 세균(法西斯細菌)>·<장야행(長夜行)>·<조국이 부른다(祖國在呼喚)>·<북경인(北京人)>·<집(家)>·<금옥만당(金玉滿堂)>·<안혼곡(安魂曲)>·<부활(復活)>·<정기가(正氣歌)>·<호부(虎符)>·<공작담(孔雀胆)> 등 약 30여 개의 극본이 공연되었다. 특히 역사극에서 제재를 취한 것이 많은데 직접적으로 항전현실을 묘사한 것은 불과 삼분의 일도 되지 않는다.

아울러 이 시기에는 황색문학(黃色文學)이 유행되기 시작하고, 속물주의가 나타나기 시작했다. 그래서 일부 작가들은 자신의 작품에 의식적으로든지 무의식적으로든지 간에 색정적인 묘사를 하거나 강조하는 경향을 나타내기도 했다.

또 이 시기에 주목할 만한 점은 1942년 5월에 모택동이 제시한 문예강화가 1943년 10월이 되어서야 비로소 중경의 ≪신화일보(新華日報)≫에 소개되었다는 점이다. 연안에서 그랬던 것처럼 문예강화가 실제 발표되었던 것보다 17개월이나 늦게 발표되었다. 당시 국통구의 작가들은 모택동에 대해 별로 아는 바가 없었고, 그 이론 자체의 기본 관점을 이해하는 자도 적었는데, 이는 바로 당시 국통구의 작가들에게 대한 모택동의 영향력이 그다지 크지 않았음을 보여주고 있다. 모순은 1949년 북경에서 개최된 중화전국문예공작자대표대회의 보고에서 다음과 같이 말했다.

국민당이 지배했던 지역의 문예계에서는 문예강화에 대한 깊은 연구가 부족했다. 특히 문예강화의 정신에 따라 구체적으로 반성과 검토를 가하는 점이 부족했다. 해방구와 국민당이 지배하는 지역은 상황이 다르다는 이유와 더불어, 이 문헌을 가벼이 여기고 원칙상 에서만 동의하는 것으로 끝났던 것이다.

이와 같은 사실은 모택동의 문예강화가 국통구에서는 그다지 커다란 영향력을 가지지 못했으며, 국통구에서는 그들 나름대로의 독자적인 노선을 가지고 문학창작에 임했음을 암시한다. 또한 당시 국민당이 엄격한 통제 아래 국통구에서의 작가들이 받을 수밖에 없었던 문학창삭 실천상의 한계점을 반영하기도 했다. 때문에 국통구에서의 항전문예 운동에 대한 시기구분에 있어서도 문예강화는 별다른 역할을 하지 못했다고 볼 수 있다.

또한 1942년 5월 공산당이 연안에서 정풍운동의 일환으로 문예좌담회를 개최하고 공산당 문예정책의 기본이 되는 문예강화를 발표하자 국민당에서는 장도번(張道藩)이 <우리가 필요한 문예정책(我們所需要的文藝政策)>을 발표하여 공산당의 문예강화에 대응했고, 장도번의 문예정책이 발표되자 우익 문단으로부터 많은 지지를 얻게 되었고 1943년 9월 국민당은 제5차 11중전대회(中全大會)에서 문화운동 강령을 통과시키고 이후 중앙문화운동회(中央文化運動會)의 주관으로 민족주의 문예운동을 전개시켜 송전 때까지 계속되었다. 때문에 이 시기 국통구에서는 민족주의 문예운동이 우익 문인들을 중심으로 전개되었고, 항전문예 운동에 대한 주노권은 국통구에서 해방구 쪽으로 옮겨지게 되었다고 볼 수 있다.

2. 해방구에 대한 시기구분과 특징

일반적으로 해방구라 함은 홍군(紅軍)이 대장정(大長征) 완료 후 도착한 섬북(陝北) 연안지역에서 시작되어 중화인민공화국 수립 이전까지 공산당의 통치지역을 의미하며, 해방구 문학은 바로 해방구에서 행해진 문학예술 활동을 일컫는 말이다. 은백(殷白)은 <중국 해방구 문학서계・총서(中國解放區文學書系・總序)>에서 중국 해방구 문학에 대해서 다음과 같이 개괄했다.

중국 해방구 문학의 탄생과 성장은 그것을 잉태하고 양육한 모체인 중국 해방구의 존재・발전과 분리할 수 없다. 중국 해방구는 신중국의 서광이 가장 먼저 일어난 곳, 즉 1927년 중국 혁명이 작은 불꽃을 점화한 소비에트 근거지로부터 시작하여 1949년 천안문(天安門)에 최초로 오성홍기(五星紅旗)를 올린 때까지, 서쪽으로는 섬감녕(陝甘寧)에서 시작하여 동쪽으로 요로(遼魯)의 바닷가까지 이르고 북쪽으로는 장성(長城) 안팎을 잇고 남으로는 해남(海南)까지 이르러 중국의 절반을 가로지른다. 처음 10년 동안의 진퇴를 통하여 홍군은 20만 5천리 장정을 하여 연안과 전면적으로 항일전쟁을 새로 시작할 기점에 도달했다. ……항일전쟁 승리를 전후하여 전국은 이미 연안을 중심으로 하여 섬감녕・진수(晉綏)・진찰기(晉察冀)・태행(太行)・태악(太岳)・기노예(冀魯豫)・산동(山東)・예서(豫西)・예악환(豫鄂皖)・상악공(湘鄂贛)・소북(蘇北)・소중(蘇中)・절동(浙東)・소절(蘇浙)・환강(皖江)・회남(淮南)・회북(淮北)・동강(東江)・경애(瓊崖) 등 크고 작은 19개의 근거지를 건립했다. 해방전쟁 중에는 화북(華北)・동북・서북・화중(華中)・화동

(華東)의 5대 구역이 하나의 중국 해방구를 형성했고, 아울러 계속 승리하고 발전하여 전체 중국을 해방하기에 이르렀다. ……중국 해방구는 중국공산당의 영도하에 '세 개의 커다란 산[三座大山]', 즉 제국주의, 봉건주의, 관료 자본주의의 통치를 뒤엎었고, 신민주주의의 사회제도를 건립하고, 중국 역사상 일찍이 없었던 인민 군중이 권력을 가지는 새로운 시대, 새로운 세계, 새로운 생활을 열었다. 중국 해방구 문학의 본질적인 의의는 바로 이 새로운 시대, 새로운 세계, 새로운 사람의 문학을 반영한 데 있다.

이상에서 본 바와 같이 해방구의 문예운동은 각 항일근거지의 형성과 더불어 본격화되었기 때문에 여기에서는 해방구의 몇몇 근거지를 중심으로 기술하고자 한다.

사가부(沙可夫)는 <진찰기 신문예운동 발전의 길(晋察冀新文藝運動發展的道路)>에서 진찰기(晋察冀)에서의 항전문예 운동을 3단계로 구분했다.

1. 제1단계: 1937년~1939년(3년간)
2. 제2단계: 1940년~1941년
3. 제3단계: 1942년~

사가부는 제1단계인 1937년부터 1939년까지를 진찰기 신문예운동이 싹트고 발전하기 시작한 시기라고 했다. 이 시기의 특징은 향촌군중 문예운동의 적극적인 발동과 문예대중화 공작의 추진이며, 극단이 보급되기 시작했고, 희극음악 활동이 진행되어 앙가무(秧歌舞)·지방희(地方戱)·활극(活劇) 늘 새로운 형식들이 선을 보였다 그는 제2단계인 1940년부터 1941년까지를 진찰기 문예운동이 조직화되기 시작한 시기로 보았다. <결혼(婚事)>·<소나기(雷雨)>·<일출(日出)>·<부활(復活)>·<지독한 소나기(大雷雨)>·<총을 가진 사람(帶槍的人)> 등 유명한 희극이 상연되었는데, 순수문학 예술 특히 희극에 대한 열기가 고조되었다고 했다.

마지막 제3단계는 1942년 모택동의 문예강화 이후 시기로서 문학이 현실생활과 벗어나던 전 단계의 경향에서 다시 방향을 전환하여 문예를 항일전쟁의 투쟁무기로 삼아 통속적이고 짧으면서도 세련되고 예리한 작품을 창작하여 당시 진찰기의 환경에 적합한 예술작품들이 군중 속에서 상연되었다고 분석했다.

장능청(張凌靑)은 <산동 문예공작 개황(山東文藝工作槪況)>에서 산동에서의 항전문예 운동을 다음과 같이 분기했다.

1. 1938년~1942년: 항전문예 시기
2. 1942년~: 공·농·병을 향하여 이후
   가. 제1단계: 1943년~1945년
   나. 제2단계: 1946년~1948년

장능청은 1938년부터 1942년까지 산동에서의 항전문예 운동은 군중을 선동하는 것을 주요한 임무로 삼았다고 했다. 그래서 극단이 부대를 따라다니면서 활극(活劇)이나 활보(活報) 및 민간에서 사용하던 형식을 개조한 소주가극(小周歌劇)·잡요극(雜要劇)·방자희(梆子戲)·경희(京戲) 등 희극 형식이 가장 유행했다. 아울러 문예 간행물들도 속속 출판되었다. 이 시기의 문예활동은 황폐한 산악과 농촌, 작은 도시와 군대의 병영에서 광범위한 선전 활동을 전개했다.

그는 1942년 이후의 시기를 다시 두 단계로 나누었다. 제1단계는 1943년부터 1945년까지로 모택동의 문예강화가 문예의 새로운 방향을 제시하고, 문예종사자에 대한 정풍운동을 전개했으며, 문학작품도 공·농·병의 생활과 투쟁을 묘사하는 데 주력했다. 제2단계는 1946년부터 1948년까지로 일본이 항복한 이후 연안에 있던 많은 문학작품 및 간부들이 산동으로 들어왔으며, 일부 군중과 멀어진 작품들이 창작되기도 하는 경향을 보였다고 평가했다.

엄봉(嚴鋒)은 <소북 항일근거지 — 해방구 문학 개황(蘇北抗日根據地 — 解放區文學槪況)>에서 소북(蘇北)에서의 항전문예 운동을 3단계로 나누었다.

1. 제1단계: 1940년~1942년
2. 제2단계: 1943년~1945년
3. 제3단계: 1946년~1949년

제1단계인 이 시기는 소북 항일근거지가 성립된 1940년부터 1942년까지이다. 노신예술학원(魯迅藝術學院) 소북분원(蘇北分院)이 1941년 4월에 성립되어 항전문예 운동의 초보적인 발전이 시작되었으며 벽시[墻頭詩]가 성행했다고 지적했다.

제2단계인 1943년부터 1945년까지는 모택동의 문예강화가 1942년 말에 소북 해방구에 전파되어 작가들이 문예의 대중화 문제에 전력을 기울이게 된다. 그래서 공·농·병 군중의 문예창작 활동이 보편적으로 이루어지게 되고 벽시·쾌판시(快板詩)·총자루시[槍杆詩]와 각종의 설창문학(說唱文學)이 각지의 신문·벽보·칠판 벽보[黑板報]에 게재되기 시작했다.

희극 방면에서는 소북 지방의 연극인 회극(淮劇)이 군중들 사이에서 유행했고 동시에 화극(話劇)·가극(歌劇)·광장극(廣場劇)·앙가극(秧歌劇) 등도 문예강화의 정신 아래 많은 발전을 가져왔다고 보았다. 또한 혁명투쟁 의지를 고취하기 위하여 부녕(阜寧)·염성(鹽城)·회안(淮安)·연수(漣水) 등지의 현(縣)에 있던 현지(縣志)나 사서(史書)에서 광범위하게 자료를 수집하여 ≪염부민족 영웅전(鹽阜民族英雄傳)≫ 4권을 편찬하기도 했다.

제3단계는 1946년 3월 화중분국(華中分局)과 소환(蘇皖) 변구 정부의 주관하에 청강(淸江)에서 열린 화중선전대회(華中宣傳大會)로부터 시작되었고, 소북 해방구의 문학 역시 그에 따라 새로운 단계로 진입했다고 분석했다. 항일전쟁 승리 후 인쇄조건의 개선으로 인해 각종 신문들이 발간되었고, 문예서적의 출판도 전 단계에 비하여 호전되었다. 특히 이 시기는 기실성문학(紀實性文學)의 발전을 가져왔다. 즉 항전기간 중 국민당 정부가 저지른 만행이나 음모 및 국통구에서의 암흑상을 폭로하는 기실문학 작품이 주류를 이루었다.

또한 소북 해방구 인민들의 투쟁을 반영한 작품도 한 주류를 이루었다. 소설 방면에서는 단편소설이 발전하고 아동소설이 창작되기도 했다. 시가 방면에서는 벽시[墻頭詩]를 창작할 때 현실생활에서 제재를 취하고 일반인들이 사용하는 쉬운 언어를 사용하여 향토적인 색채를 짙게 띠었고, 정치서정시가 시작(詩作)의 주된 경향이었다고 했다.

굴육수(屈毓秀)는 ≪산서 항전문학사(山西抗戰文學史)≫에서 산서(山西)지역에서의 항전문예 운동을 3단계로 나누었다.

1. 1937년 7월~1939년 12월: 항전문학의 흥기
2. 1939년 12월~1942년: 항전문학의 발전
3. 1942년~1945년 8월: 항전문학의 번영과 수확

제1단계는 1937년 7월부터 1939년 12월까지이다. 산서 인민들의 고조된 애국정열과 항일투쟁 및 민족통일전선 정책이 이 시기 작품 속에 반영되었다. 그중에서 보고문학이 가장 뛰어난 성과를 얻었는데, 주립파(周立波)의 <진찰기 인상기(晋察冀印象記)>와 <전지일기(戰地日記)>가 가장 먼저 팔로군(八路軍)이 전선에서 투쟁하는 모습을 표현했다. 이 외에도 서군(舒群)의 <서부전선 수행기(西線隨征記)>, 변지림의 <태행산 일대에서의 제772연대(第七七二團在太行山 一帶)>, 사성(沙汀)의 <수군산기(隨軍散記)>, 하기방(何其芳)의 <일본인의 비극(日本人的悲劇)>, 유백우(劉白羽)의 <팔로군의 일곱 장교(八路軍七將領)>, 천허(天虛)의 <포로 두 명(兩個俘虜)> 등이 모두 신신에서의 생활을 소재로 한 대표적인 작품이었다

시가 방면에서는 대중들이 쉽게 접할 수 있도록 언어를 쉽고 명쾌하게 한 가두시(街頭詩)가 성행했다. 그들은 모두 감정이 고조되고 격렬히여 강렬한 선농과 고무 역량이 있었다. 풍부(風夫)의 <7

월(七月)〉·〈내가 고함치다(我喊叫)〉, 천람(天藍)의 〈대장이 말을 타고 가다(隊長騎馬去)〉, 낙방(駱方)의 〈영무지행(寧武之行)〉 등이 모두 대표적인 작품이었다.

소설 방면에서는 1935년에 이미 전경복(田景福)이 항일투쟁을 반영한 〈건물 지붕의 한 친구(一個樓頂上的朋友)〉를 발표했고, 항전 발발 후 오해여(吳奚如)의 장편소설 〈분하에서(汾河上)〉, 수청(穗靑)의 중편소설 〈고삐 풀린 말(脫韁的馬)〉·〈기차역에서(在火車站)〉, 단편소설로는 위백(魏伯)의 〈다다하(多多河)〉, 소홍(蕭紅)의 〈황하(黃河)〉, 역군(力群)의 〈야생의 처녀 이야기(野姑娘的故事)〉가 대표적인 작품이었다.

이 시기 희극은 활보극·가두극·독막화극(獨幕話劇) 등 소형화·통속화된 희극 형태들이 성행했는데, 이런 형식들은 전쟁현실을 반영하기에 쉬웠기 때문이다. 〈죽음 속에서 살기 위해 달아나다(死里逃生)〉·〈재회(重逢)〉 등이 대표적인 작품이었다.

제2단계는 1939년 무한과 광주가 함락되고 국민당이 '3광정책(三光政策)'으로 반공정책을 강화하면서 항일전쟁은 대치 단계로 접어들었다. 아울러 항전문예 운동 역시 현실과 군중들에게서 이탈하는 경향을 보여 항전 초기 유행했던 보고문학이 줄어들었고, 희극에서도 활보극·가두극이 점차 인기를 잃어갔다. 시가 방면에서는 시가 낭송 활동이 전개되었고, 소설은 전 단계에 비하여 작품의 제재가 더욱 확대되고 질적인 면과 양적인 면에서 모두 발전했다고 했다.

제3단계의 문예운동은 1942년 모택동의 문예강화가 문예를 공·농·병을 위하여 복무해야 한다는 지침을 제시했기 때문에 문예강화의 내용에 충실한 작품을 창작하는 데 주력했다. 때문에 문학작품은 정치적 경향을 띠게 되면서 1942년 이후 산서 항전문예 운동은 문예강화의 지침에 따라 복무하게 된다. 이 시기 문학창작은 소설에서 가장 두드러졌는데 조수리(趙樹理)의 <소이흑 결혼(小二黑結婚)>, 서융(西戎)과 마봉(馬烽)이 함께 창작한 <여량 영웅전(呂梁英雄傳)> 등이 있었다. 희극 방면에서는 앙가극(秧歌劇) 운동이 일어나고, 보고문학은 군중 무장투쟁을 반영한 작품들이 주류를 이루었다.

이상에서 본 바와 같이 해방구에서의 항전문예 운동의 시기구분 문제는 각 항일근거지미다 분기가 다름을 알 수 있는데, 그 이유는 각 항일근거지가 성립된 시기가 서로 다르고 처한 환경이 지역적으로 차이가 있었기 때문이다. 그러나 일반적으로 전체 항일근거지의 문학을 시기구분한다면 1942년 5월 모택동의 문예강화를 기준으로 전후의 두 시기로 나눌 수 있다.

1. 전기: 1937. 7~1942. 5
2. 후기: 1942. 5~1945. 8

즉, 전기는 중·일전쟁 발발 이후 각 항일근거지가 성립된 해로부터 시작하여 1942년까지로 볼 수 있다. 1935년 10월 홍군(紅軍)은 섬북(陝北)에 도착하여 섬감녕(陝甘寧)변구 혁명근거지를 건립했다. 1937년 7·7사변 후 홍군을 팔로군과 신사군(新四軍)으로 개편하여 즉시 항일전선에 투입했고, 적후방의 진찰기·진수·진기노예(晉冀魯豫)·산동·화중 등에 항일근거지를 건립하여 혁명문화 공작을 시작했다.

항전 발발 후 많은 문예종사자들이 연안과 각 적후방 근거지에 모여들었고, 그들은 농촌과 부대에 들어가기 시작했다. 그래서 적후방 근거지에서의 문예운동은 공산당과 정부의 지도하에 새로운 면모를 나타내기 시작했다.

1936년 11월 섬북 보안(保安)에 중국문예협회(中國文藝協會, 나중에 중화전국문예계항적협회섬북보안변구분회로 바뀜)가 성립되었고, 협회에서는 정령을 주석으로 선출하여 각종 문예 간행물을 출판했다.

1938년 초 섬감녕변구 문화계구망협회(文化界救亡協會)가 연안에서 성립되었고, 책임자는 애사기(艾思奇)와 가중평(柯仲平)이 선출되었다. 그해 9월에 문예 간행물인 ≪문예돌격(文藝突擊)≫이 변구 중에서 가장 먼저 출판되었다. 계속하여 문협(文協)은 ≪산맥문학(山脈文學)≫(나중에 ≪산맥시가(山脈詩歌)≫로 바뀜)의 출판을 준비했다. 문협과 팔로군의 지원 아래 항전문예공작단, 서북전지복무단, 전가사(戰歌社), 실험극단(實驗劇團), 전투극사(戰鬪劇社), 민중극사(民衆劇社), 봉화극단(烽火劇團) 등이 조직되었다.

경제적으로 어려운 상황 속에서 ≪문예전선(文藝戰線)≫·≪연안문예(延安文藝)≫·≪서북문예(西北文藝)≫·≪정진(挺進)≫·≪대중문예(大衆文藝)≫ 등 간행물이 출판되었고, 1940년 문협은 연안에서 제1차 대표대회를 소집했다. 거기에서 모택동은 <신민주주의론(新民主主義論)>을 발표하여 마르크스주의와 중국 혁명의 구체적인 실천방안을 결합하여 혁명문화 발전에 대한 정치와 경제 및 문화강령을 제시했다.

이러한 상황 속에서 문예활동은 희극 방면에서 가장 활약이 컸다. 즉 1938년 화북에서는 농촌 희극운동이 싹텄고, 1940년에 이미 군중성 규모를 갖추게 되었다. 통계에 따르면 1942년 기중(冀中)지역에만 이미 1,700여 개의 농촌극단이 있었고, 북악(北岳)지구에는 1,400여 개의 극단과 앙가대가 있었다. 그들이 공연한 작품의 내용과 형식은 당시 전투환경과 급변하는 현실의 수요를 따라야 했기 때문에 가두극·활보극·독막극 등이 항일전쟁 초기에 대량으로 나타났다. 이러한 극들은 대부분이 짧고 통속적인 표현형식과 지방극의 형식을 이용했다. 그중 하연의 <너의 채찍을 내려놓아라(放下你的鞭子)>와 <삼강호(三江好)> 등이 광범위하게 공연되었다. 그러나 무한 함락 후 항일전쟁이 장기화되면서 적지 않은 장막극들이 나타나게 된다. 그중 하연의 <일년간(一年間)>·<심방(心防)>·<파시스트 세균(法西斯細菌)>, 우령(于伶)의 <상해의 밤(夜上海)>·<장야행(長夜行)>, 송지적의 <안개 낀 중경(霧重慶)>, 조우(曹禺)의 <탈바꿈(蛻變)>, 진백진(陳白塵)의 <마굴(魔窟)>, 정서림(丁西林)의 <3원(三塊錢國幣)> 그리고 오조광(吳祖光)의 <봉황성(鳳凰城)>·<비바람 부는 밤에 돌아온 사람(風雨夜歸人)> 등이 뛰어난 작품이었다. 1940년대에는 특히 역사극이 성행했으며 곽말약의 <굴원>이 가장 뛰어났다.

항전 초기 항일 민주근거지에서의 시가운동은 가누시, 즉 벽보시 쓰기 운동을 중심으로 이루어졌는데, 이는 감정을 가장 신속하고 직접적으로 토로하는 단시(短詩) 형식이 저합했기 때문이다. 그중 낭송시와 벽보시는 이름 그대로 시를 써서 거리나 담벼락에 붙였으며 때로는 전단으로 만들어 뿌리기도 했다. 이와 같은 벽보시 운동은 주로 항일 민주근거지에서 성행했다. 연안에 있던 시인들은 1938년 8월 7일을 '벽보시 운동의 날'로 정했는데 이날에는 연안의 거리와 골목의 담벼락마다 벽보시가 나붙기도 했다. 전투적인 실제생활에서 창작되고 전파된 벽보시는 그 감정이 치열하고 언어가 명쾌하고 통속적이며 소박한 것이 그 특징인데, 전간의 <양식(糧食)>, 소자남(邵子南)의 <문화와 민중(文化與民衆)>, 만정(曼晴)의 <가두(街頭)> 등이 대표적인 단시집(短詩集)이었다.

이 시기에는 신시(新詩) 창작도 활발했는데, 곽말약의 <전성집(戰聲集)>, 장극가의 <고목의 꽃(古樹的花)>, 가중평의 <변구의 자위군(邊區的自衛軍)> · <평한철도 노동자가 부대를 파괴하다(平漢鐵道工人破壞大隊)>, 주광잠(光未然)의 <황하대합창(黃河大合唱)> 등이 뛰어난 작품이었다.

소설창작 역시 항전 초기에는 단편소설이 주류를 이루었다. 대표적인 작품으로는 구동평(丘東平)의 <한 중대장의 조우(一個連長的遭遇)> · <우덕전과 붉은 무(牛全德與紅蘿蔔)>, 소건(簫乾)의 <유수강의 죽음(劉粹剛之死)> 등이 있는데 모두 항전 초기의 격앙된 항일 감정을 반영했다. 그러나 무한 함락 이후 항일전쟁이 장기화되면서 작가들의 시야와 생활체험이 풍부해짐에 따라 현실을 보다 폭넓고 심각하게 반영한 중편소설과 장편소설이 나왔다.

보고문학 역시 항전 초기에 많이 성행했다. 보고문학은 그 형식 자체가 민첩하며 전투성이 강한 특징을 가지고 있기 때문에 많은 작가들은 격식에 구애받지 않고 그때마다 변하는 현실과 전선에서

의 상황을 반영했다. 이 시기 신문과 잡지에서는 대대적으로 보고문
학을 제창하여 많이 실었고, 또한 ≪문예통신(文藝通信)≫·≪전투
의 소회(戰鬪的素繪)≫·≪상해에서의 하루(上海一日)≫·≪5월의
연안(五月的延安)≫ 등 보고문학집이 출판되기도 했다. 이 외에도
일부 문예종사자들은 민간문예 형식에 관심을 가지게 되었고, 일부
음악인들은 섭북·진서북(晉西北)의 민가(民歌)를 수집하기도 했다.

항전문예 운동 후기는 1942년 5월 모택동이 제시한 문예강화에서
비롯된다. 국통구가 문예강화의 영향을 적게 받은 상황과는 대조적
으로 해방구에서는 모택동이 제시한 문예강화의 내용이 철저하게
지켜지고 실천되었나. 왜냐하면 해방구는 공산당과 모택동의 직접적
인 통치와 영향하에 있었기 때문에 작가들이 독자적으로 문예창작
에 임한다는 것은 거의 무리였을 것이기 때문이다. 문예강화에서는
마르크스·레닌주의의 원리를 운용하여 중국 문예운동의 근본문제
를 해결하려고 했고, 당시 문예종사자의 사상과 예술상에 존재하는
잘못된 경향을 비판하면서 문예는 '공·농·병을 위해 복무해야 한
다.'는 문예방향 및 이론을 규정하여 중국 문예운동에 대한 공산당
의 기본방침을 제시했다. 이러한 문예강화의 내용은 이후 중국 현대
비평의 기준이 되었고, 문예종사자들도 문예강화의 내용에 맞는 작
품을 창작하려고 노력했기 때문에 '공·농·병을 위해 복무한다.'는
문예경향은 해방구에서의 유일한 정통 문예사조가 되었고, 그에 따
라 이 시기 해방구의 문예 창작에는 새로운 변화들이 일어났다고
볼 수 있다.

첫째는 새로운 주제를 발굴하고 해방구의 새로운 생활을 심도 있

게 반영했으며 당시의 현실 투쟁과 밀접하게 결합되었다. 이 시기 해방구 문학의 주된 주제는 항일전쟁, 인민해방전쟁, 인민군대, 농촌토지투쟁, 각종 봉건적 투쟁, 공·농업 생산과 관련된 주제가 대부분을 차지했다.

둘째는 새로운 인물 형성을 부각하기에 힘썼다. <이유재 판화(李有才板話)>에 나타나는 양(陽) 동무와 이유재(李有才), <백모녀(白毛女)>에서의 희아(喜兒)와 대춘(大春), <왕귀와 이향향(王貴與李香香)>에서의 왕귀(王貴)와 이향향(李香香) 등은 모두 공·농·병의 전형적인 형상이다. 이와 같이 항전문예 운동 후기에는 공·농·병 대중이 문학작품에서 주인공으로 등장했다.

셋째는 예술형식과 언어의 사용에서 변화가 일어났다. <이유재판화>는 쾌판(快板)과 서술 그리고 묘사를 유기적으로 결합했고, <신아녀영웅전(新兒女英雄傳)> 등은 장회체(章回體) 소설의 형식을 사용했으며, <백모녀>는 앙가극의 기초 위에서 경극(京劇)과 화극의 형식을 사용했고, <왕귀와 이향향>은 섬북 민요인 <신천유(信天游)>의 선율과 비흥(比興)의 수법을 사용했다.

넷째는 공·농·병 대중의 창작이 활발했다.

이와 같은 변화에 따라 시가 방면에서 시인들은 공산당의 문예노선에 따라 공·농·병 대중의 투쟁과 생활 속에 깊숙이 들어갔고, 특히 장편 서사시의 창작에서 뛰어난 성과를 거두었다. 이계(李季)의 <왕귀와 이향향>, 전간(田間)의 <수레꾼이야기(赶車傳)>, 위외(魏巍)의 <여명 풍경(黎明風景)> 등이 대표적인 작품이었다. 이 시기는 벽보시도 유행했는데, 서명(徐明)의 <어수집(魚水集)>, 진룡

(陳隴)의 <청사장(靑紗帳)> 등이 대표적인 작품이었다.

소설 방면에서는 조수리의 <소이흑의 결혼> · <이유재판화> · <이 가장의 변천(李家莊的變遷)>, 주립파(周立波)의 <사나운 바람과 모진 비(暴風聚雨)>, 정령의 <태양은 상건하를 비춘다(太陽照在桑乾河上)>, 유청(柳青)의 <파종기(種穀記)>, 초명(草明)의 <원동력(原動力)>, 마봉과 서용의 <여량영웅전>, 원정(袁靜)과 공궐(孔厥)의 <신아녀영웅전(新兒女英雄傳)>, 손리(孫犁)의 <하화정(荷花淀)>, 강탁(康濯)의 <나의 두 집주인(我的兩家房東)>, 유백우(劉白羽)의 <앞에는 불빛(火光在前)> 능이 대표적인 작품이었다.

희극 방면에서는 신가극과 연극이 성행했고 전통극의 개혁도 함께 진행되었다. 1943년 초 앙가극이 성행하다가 풍부한 내용과 복잡한 사건을 다루는 새로운 앙가극이 나타났고, 이 앙가극의 기초 위에 대형 가극인 <백모녀>가 나타나게 되었다. 아울러 이 시기에 창작된 연극으로는 <좀 멀리 내다보라(把眼光放遠點)> · <동지, 그대는 길을 잘못 걸었습니다(同志, 你走錯了路!)> 등이 있었다.

Ⅳ. 결 론

이상에서 살펴본 바와 같이 중국 항전문예 운동에 대한 시기구분은 크게 국통구와 해방구의 두 지역으로 나누어 생각해볼 수 있다. 왜냐하면 중국은 항일전쟁시기 국민당과 공산당, 즉 우익과 좌익 정부의 통치하에서 항전문예 운동이 서로 다른 상황에서 진행되었기 때문이다. 그래서 국통구와 해방구에서의 항전문예 운동에 대한 여러 학자들의 견해를 검토하여 시기구분 문제에 대해 다음과 같은 결론을 얻을 수 있었다.

첫째, 중국 항전문예 운동의 상한선과 하한선에 있어서 중국의 학자들은 항전문예 운동의 상한선을 1937년 7월 중·일전쟁으로, 하한선을 1949년 중화인민공화국 정부 수립으로 보고 있다. 반면에 대만과 한국의 일부 학자들은 항전문예 운동의 상한선을 1937년 중·일전쟁으로, 하한선을 1945년 8월 일본의 항복으로 보고 있음을 알 수 있다.

이와 같이 하한선에서 차이를 보이고 있는 것은 중국에서는 항전문예의 개념을 신민주주의를 위해 투쟁하는 신민주주의 문학으로 보고, 항일전쟁과 국내해방전쟁(인민해방전쟁) 기간에 이루어진 문예운동이 결국은 인민 정부의 수립이라는 종착지로 향해 진행된다는 정치적 입장에서 본 반면에, 대만과 한국에서는 항전문예의 개념을 항일전쟁 시기에 항일투쟁을 제재로 하는 작품으로 보았기 때문에, 1945년 종전과 더불어 항전문예 운동이 마무리되었다는 입장을 견지하고 있기 때문인 것으로 보인다.

둘째, 국통구에서의 항전문예 운동은 세 단계로 나누어 발전했다고 볼 수 있다. 즉 제1단계는 1937년 7월에서 1938년 10월까지인데, 항일전쟁의 발발과 더불어 작가들의 감정이 격앙되어 주로 항일투쟁에 대한 선동과 고무 작업에 필요한 단편 작품들이 창작되었다. 제2단계는 1938년 10월에서 1941년 1월까지인데, 제1단계의 격앙된 감정이 냉정해지면서 국통구의 암흑 통치를 풍자하고 폭로하는 장편 작품들이 창작의 주된 경향을 이루었다. 제3단계는 1941년 1월에서 1945년 8월까지인데, 전쟁이 장기화되면서 국통구에서의 문예활동은 많은 제약을 받게 되고, 그로 인해 고민하고 방황하는 정서가 주로 반영되었다.

셋째, 해방구에서의 항전문예 운동은 문예강화를 경계로 크게 두 단계로 나눌 수 있다. 즉 제1단계는 1937년 7월에서 1942년 5월까지인데, 국통구에서의 문예와 비슷한 경향을 나타내었다. 즉 항일 감정이 고조되고 그로 인해 항일투쟁을 고취하기에 적합한 단편·소형 작품들이 창작되고 쉽고 통속화된 내용들이 주류를 이루었다. 제2단계는 1942년 5월에서 1945년 8월까지로 모택동의 문예강화 이후 문예가 급속히 정치적 견해와 결합되기 시작했고, 문예가 정치를 위해 봉사하는 도구로 바뀌는 경향을 나타냈다.

10. 일본 문학사조가 중국 현대작가에 끼친 영향[1)]

곽말약(郭沫若)은 "중국 현대 문단은 대부분 일본에서 공부한 유학생들에 의해 건립되었다."라고 선언했다. 그의 설명에 따르면 중요한 문학 단체의 주요 작가가 모두 일본 유학생이기 때문이다. 이들 외에도 유럽과 미국에서 공부하고 돌아온 작가나 국내에서 새롭게 떠오른 신예들이 있지만, 그들의 노력과 업적은 이들 일본 유학생 출신 작가들에게 미치지 못하거나 또는 그들의 영향력 아래 놓여 있었다. 바로 그러한 까닭에 곽말약은 중국의 신문학은 일본의 세례를 깊이 받았다고 결론내린 것이다. 당시 통계자료가 그의 논점을 증명하고 있듯이 1920년대에서 1930년대에 활동한 대다수의 영향력 있는 중국 작가들은 모두 일본 유학생이었다.

　　중·일전쟁(中日戰爭, 1894~1895)에서의 수치스런 패배로 말미암아 중국은 일찍이 자신들의 충실한 문화상의 제자라고 여기던 일본이 이미 선진국으로 변모했음을 깨달았다. 그래서 중국은 1896년부터 유학생을 일본에 파견하여 공부하게 했다. 이러한 결심은 중국이 일본의 선례를 따름으로써 현대화를 이룩할 수 있다는 희망에 근거한 그다지 유쾌하지 못한 필요성에서 비롯되었다. 시간의 추이에 따라, 특히 러·일전쟁(俄日戰爭, 1904~1905) 이후 일본이 메이지 유신(明治維新, 1868)을 통해 거두기 시작한 현대화 사업상에서의 탁월한 성공은 많은 중국인들에게 깊은 인상을 남겨주었다. 심지어 일부는 일본과 언어와 종족상의 일치성을 주장하며, 일본의 성공적인 영광을 그들 자신이 얻은 것처럼 여기기도 했다. 중국이 실패를

---

1) Ching-mao Cheng의 *The Impact of Japanese Literary Trends on Modern Chinese Writers* 번역.

거듭할 때, 오히려 일본이 커다란 성공을 거두게 된 원인을 찾기 위해 중앙정부나 지방정부의 장학금을 받거나 혹은 자비로 수많은 중국 유학생들이 일본에 도착했다. 이렇게 하여 1906년에서 1907년까지, 2년 동안에 일본에 온 중국 유학생은 이미 1만 명을 능가했다.

중국인의 배움에 대한 열성에 대해 일본인들도 열의를 가지고 그들을 가르쳤다. 그러나 일본에 온 중국 유학생의 절대다수가 많은 일본인들을 당혹스럽게 만들었고, 또한 암암리에 자신들을 가르치는 그들의 노력과 그들이 하고자 하는 일들에 손상을 끼치게 했다. 한 유명한 문화비평가는 1920년 11월에 출판된 《태양(太陽)》 잡지에서 "서양문화를 훔친 일본인은 스스로를 대단하게 여겼고, 중·일 전쟁과 의화단사건(義和團事件, 1900) 이후 기고만장하여 오늘날 자신을 중국인들의 선생으로 행세했다."라고 꼬집었다. 그가 말한 서방문화는 바로 중국인들이 일본으로부터 가장 배우고자 했던 것으로서 그 외에는 별로 배울 것이 없었다. 대다수 중국인에게 있어서 서방문화는 군사전략·기계·의학·정치·경제·교육과 같이 그들의 국가에서 사용될 수 있는 실용적인 학문이나 공예기술 이상은 없었다. 그래서 후에 신문학운동 중의 유명한 인물들을 포함한 거의 대다수의 중국 유학생들이 배운 것도 이러한 실용적인 학과였을 따름이다. 물론 이러한 선택은 자신에 의한 것이기도 하지만 정부의 지시에 따른 경우도 있었다.

그러면 훗날 왜 그렇게 많은 중국 유학생들이 문학으로 전향했는가? 노신(魯迅), 주작인(周作人), 욱달부(郁達夫), 곽말약 같은 많은 중국 현대작가들은 그들이 일본의 대학에서 제각각의 전공을 공부하고 있을 때, 이미 문학활동에 몰입했다. 여기에서 노신이 자서전에서 쓴 진술을 인용하여 예사롭지 않은 현상을 해석한다.

> 동경(東京)의 예비학교를 졸업하면서 이미 나는 의학을 하기로 결심했다. 그 원인 가운데 하나는 신의학이 일본의 유신에 커다란 도움을 주었다는 사실을 분명히 인식했기 때문이다. 그래서 센다이 의학전문학교(仙台醫學專門學校)에 입학하여 2년을 공부했다. 그때는 마침 러·일전쟁 중이었는데 우연히 한 중국인이 스파이로 몰려 살해되는 영화를 보게 되었다. 때문에 중국에서는 우선적으로 신문예를 제창해야 한다고 깨닫게 되었다.

뉴스의 슬라이드를 본 뒤 노신은 우매한 국가에서 살고 있는 국민들이란 비록 체격이 제아무리 건장해도 기껏해야 무의미한 처형재료나 그 구경꾼이 될 뿐이어서, 이러한 상황에서 의학은 그리 급한 일이 아니라고 생각하게 되었다. 그래서 중국에서 가장 필요한 것은 국민들의 정신을 개조하는 데 있고, '정신을 개조하는 데는……문예'라고 결론 내렸다. 노신의 일생 중 의학에서 문학으로 전향한 이 유명한 일화는 본래의 전공을 포기하고 문학에 종사했던 많은 중국 학생들의 경험을 대표하고 있다. 왜냐하면 그들이 가장 관심을 가지는 것은 바로 국민들의 '정신적인 개조'였기 때문이다.

문학이 '정신을 개조'할 수 있다는 관점은 중국에서는 그리 신기한 것이 아니다. 중국의 전통, 특히 공자(孔子)의 가르침은 문학을 도덕 교화의 주요한 전달도구로 여겼고, 관리와 지식인들에게 있어서 그들이 국가를 위해 일을 할 때에도 자신의 책임을 남에게 전가할 수 없는 책임소재가 되었다. 이러한 측면에서 조비(曹丕)가 ≪전론·논문(典論·論文)≫에서 말한 "무릇 문장이란 나라를 다스리는 위대한 사업이요, 영원히 썩지 않는 성대한 일이다."라는 명언이 이를 입증해준다. 현대 중국의 지식인들은 일본과 서방국가에서 문학이 사회와 정치의 개혁을 촉진시키는 역할을 하고 있음을 목격했다. 그래서 그들은 문학의 중요성을 강조한 중국 고대의 관점을 회복하고, 또 이를 강조했다. 그들이 주목한 초점은 중국에서 가장 중시되던 시와 산문이라는 두 가지 정통문학 양식에 있었던 것이 아니라, 소설을 제창하는 데 새로운 문학적 흥미를 지니고 있었다. 사실 폭넓은 독자를 가지고 있음에도 불구하고 소설은 오랫동안 빈산사회에서 천대받아 왔다.

이러한 개혁의 책임을 맡은 첫 번째 인물이 양계초(梁啓超)이다. 소설에 대한 그의 견해는 일본 명치시대의 문학사조에서 영향을 받고 있다. 양계초는 유신운동이 실패한 1898년부터 1912년에 중화민국(中華民國)이 건립되기까지 일본에서 망명했고, 1919년 5·4운동(五四運動)이 발생하기 전까지 약 20년 동안 지식인들의 사고에 커다란 영향을 끼쳤다. 일본으로 망명하기 전에 그는 황준헌(黃遵憲)의 영향을 받고 있던 ≪시무보(時務報)≫를 편집했고, 황준헌의 ≪일본국지(日本國志)≫(1890)는 일본인에 대한 중국인의 태도와 관계를 바꾸는 데 가장 중요한 역할을 했다. 일찍이 양계초가 ≪시무보≫를 편집할 때, "일본의 번법은 노래와 소설에 큰 영향을 받았다. 대개 아이들을 즐겁게 하고 어리석은 국민들을 계몽시킬 수 있는 것으로는 이보다 좋은 수단이 없다."라는 사실을 깨달았다. 그래서

1898년 그는 일본에 망명을 하고 있으면서도 계속 ≪청의보(淸議報)≫의 편집에 착수했고, 1902년에는 또 ≪신민총보(新民叢報)≫와 ≪신소설(新小說)≫ 등을 편집하면서 중국의 계몽운동을 계속했다. 양계초는 일본에 도착한 지 두 달도 되지 않아 ≪청의보≫ 창간호(1898년 10월)에서 다음과 같이 말했다.

　　정치소설이라는 장르는 서구에서 기원했다. ……옛날 유럽 국가가 변혁을 일으킨 초기에, 그 나라의 석학들이나 덕망이 높아 추앙받던 사람들은 종종 자신들이 겪어온 과정이나, 마음속에 품었던 정치 이론을 소설에 담았다. 그래서 학교를 휴학한 사람들이 학교를 쉬는 사이에 이 소설을 손으로 쓰고 입으로 전달하여, 병사들·상인들·노동자·마부·부녀자·어린아이들까지 이를 쓰고 말하고 하여, 왕왕 한 권의 책이 나오면 전국의 의론이 이것으로 인해 변하곤 했다. 미국·영국·독일·프랑스·오스트리아·이탈리아·일본 등 각국의 정계가 날마다 발전할 수 있었던 데에는 정치소설의 공이 가장 크다. 영국의 어느 저명한 학자는 "소설은 국민의 혼이다."라고까지 말했다.

　그래서 양계초는 ≪청의보≫에 외국의 정치소설을 번역할 계획, 즉 금일 중국의 시국과 관련된 글을 게재할 것을 상세히 설명했고, 그렇게 해야 애국지사들이나 서민들이 읽는다고 했다.
　자신의 말이 빈말이 아님을 입증하기 위해 양계초는 도오까이 산시(東海散士, 1852∼1922)의 정치소설 ≪가인기우(佳人奇遇)≫를 ≪청의보≫ 창간호부터 35기까지 연재했다. 비록 그가 일본어를 처음 배우기 시작했지만, 그의 번역본은 일본사람들로부터 "원작보다도 뛰어나다."라는 칭찬을 받기도 했다. 계속해서 양계초는 일본의 유명한 정치소설가인 야노 류우게이(矢野龍溪, 1850~1931)의 유명한 정치소설, 즉 고대 그리스의 테베인들이 침략해 들어오는 스파르타 세력에 용감하고 성공적으로 저항하는 투쟁을 제재로 한 ≪경국미담(經國美談)≫을 번역하여 게재했다. 하지만 그는 번역에만 만족하지 않고 직접 몇 편의 소설과 희극을 썼는데, 그 가운데 가장 잘 알려진 작품이 ≪신중국 미래기(新中國未來記)≫(1902)이다. 이 작품은 스에히로 테츠코(末廣鐵腸)의 ≪23년 뒤의 미래기(二十三年未來記)≫ 같은 일본의 '미래기'에서 영감을 얻은 것이었다.

양계초는 소설에 깊이 빠져 있었다. 특히 징치소실은 그가 1902년에 ≪신소설(新小說)≫을 출판하도록 촉진했다. 4년 동안 일본에 체류하면서 일본의 문단을 가까이에서 지켜보고 또 어느 정도 일본어 문장을 읽을 수 있는 능력을 구비하게 되자, 양계초는 ≪신소설≫의 창간호에서 소설은 모든 문학 가운데 최고의 형식이라고 선언하면서 소설계의 혁명을 부르짖었다. 만약 중국이 대중교육을 개혁하고, 도덕을 새롭게 하고, 종교를 새롭게 하고, 정치를 새롭게 하고, 풍속을 새롭게 하고, 학문과 예술을 새롭게 하고, 인심을 새롭게 하고, 인격을 새롭게 하려면 반드시 소설을 새롭게 해야 한다. 왜냐하면 소설은 인성을 지배하는 불가사의한 힘을 가지고 있기 때문이다.

양계초가 비록 10여 년 동안 외국에서 망명생활을 했음에도 불구하고, 그의 영향력은 대도시뿐만 아니라 먼 지방의 시골마을에까지도 널리 퍼졌다. 또한 중국에서 정치와 문화 분야를 이끌어갈 지도자들도 모두 그 영향을 감격적으로 받아들였고, 양계초가 그들에게 가져다준 지적 자극에 대해 감사했다. 그들은 바로 양계초가 해외에서 발행하여 몰래 중국으로 반입한 간행물들을 통해 커다란 자극을 받고 있었다.

현대 중국의 발전에 기여한 양계초의 공헌은 매우 컸다. 전현동(錢玄同)은 양계초를 신문학 창조의 일인자라고 추켜세웠고, "일본글의 문법을 수입하여, 새로운 명사나 속어를 글에 인용하여 희곡과 소설을 의론적인 글과 동등하게 다룬다."라고 말한 그의 비범한 안목을 칭찬했다. 주작인도 전현동이 양계초가 중·일문학의 관계에서 이룬 공헌을 칭찬한 의견에 공감을 표시했다.

　　근래 일본과 비교해 중국 소설의 발전을 말한다면 둘 사이에는 유사한 점과 다른 점이 있음을 알게 된다. ……예전에 중국에서는 소설 창작이 하찮은 작업으로 사람들에게 무시를 당해 왔다. 19세기의 마지막 해였던 경자년(庚子年) 이후 ≪청의보≫와 ≪신민(新民)≫ 등 신문이 발행되고, 양계초가 <소설과 정치와의 관계(小說與群治之關係)>에 관하여 제기하기 시작하고, 그 뒤를 이어 ≪신소설≫을 발간했는데, 이러한 일대 개혁운동은 메이지 시대 초에 발생한 상황과 매우 흡사했다.

어떤 사람은 양계초가 중국 현대소설의 형성 속에서 차지하는 지위를 중국 현대문학사에 관해 처음으로 관심을 보인 일본학자 마쓰다 쇼(增田涉)와 연결시킨다. 그는 "문학혁명을 소설계혁명의 1917년판으로 말하는 것은 조금도 지나치지 않다."라고까지 극찬했다.

확실히 양계초는 이러한 칭찬을 받을 만하다. 신문가와 교육가 그리고 개혁가로서의 양계초가 현대 중국에 대한 공헌 및 후세에 끼친 영향은 일본 메이지 시대에 '문명의 개화'를 제창한 걸출한 후꾸자와 유기찌(福澤諭吉, 1834~1901)에 필적할 만하다. 그러나 양계초는 후꾸자와 유기찌와 달리 정치소설의 공리성을 중시했다는 데 차이점이 있었다. ≪청의보≫ 제69기 사설란에서는 이 간행물에 연재된 ≪경국미담≫이나 ≪가인기우≫ 같은 종류의 소설을 중국 정치소설의 선구자라고 불렀다. 또 혹자는 ≪신소설≫이야말로 중국 소설잡지의 선구자라고 말했다. 1902년 일본의 요코하마(橫濱)에서 발간된 이 잡지는 주목할 만한 수많은 작품들을 발표했을 뿐만 아니라, 그 뒤 ≪수상소설(繡象小說)≫(1903)이나 ≪소설림(小說林)≫(1907)처럼 중국에서 창간되는 잡지들의 전형적인 예가 되어, ≪신소설≫이 건립하고자 했던 공통의 목표를 향해 노력하여 정치 사회소설이나 노신이 이름 붙인 견책소설(譴責小說)들을 대량으로 연재했다. 이러한 점은 사람들로 하여금 일본 도꾸가와(江戶) 시대 말과 메이지 시대 초의 '선을 권하고 악을 벌하던 소설'과 유사한 모습을 연상시킨다.

일본에서 정치소설이 가장 활발했던 시대는 1880년에서 1890년 사이다. 당시 정치소설은 메이지 시대 초기에 나타난 일종의 자유·민권운동의 표현으로 간주되었다. 왜냐하면 일본 조야의 수많은 지식인들이 소설 속에 그들의 사회·정치 관념을 표현하여 국민을 계도하고 정부의 태두와 정책에 영향을 미치는 수단으로 활용했기 때문이다. 다음으로 정치소설의 흥성은 메이지유신 이래 서구문학 작품을 대량으로 번역하고 번안한 결과이다. 이 시기에 가장 유행한 서구 작가로는 토마스 무어(Sir Thomas More), 셰익스피어(Shakespeare), 벌워 린튼(Edward George Bulwer-Lytton), 뒤마(Alexandre Dumas), 빅토르 위고(Victor Hugo), 쥘 베른(Julews Verne) 및 러시아의 허무주의자들이 있다. 엄밀하게 말하자면 그들 가운데 소수만이 정치소설가지만, 그들의 작품들은 오히려 본래의 서명 대신에 다소 정치적인 기미가 섞인 서명으로 번역되었다. 셰익스피어의 ≪줄리어스 시이저(Julius Caesar)≫라는 작품은 ≪케자르의 기이한 이야기: 자유의 긴 칼이 남긴 날카로움(該撒奇談: 自由大刀餘波銳鋒)≫이란 제목으로, 뒤마의 ≪한 내과 의사의 회상(The Memoirs of a Physician)≫은 ≪프랑스혁명의 기원: 서구에 부는 피바람(佛國革命起源: 西洋血潮小風暴)≫이란 제목으로 번역되었다.

1898년에 양계초가 일본에 도착했을 때, 일본에서의 정치소설은 이미 그 절정기에서 10년이 흐른 뒤였다. 젊은 세대에서는 이미 새로 도입한 각종 문학이론과 양식을 시험하고 있었고, 일본 소설의 이론적 건립자라고 불리는 쓰보우치 쇼요(坪內逍遙, 1859~1935)가 1885년에 그의 영향력 있는 저작 ≪소설의 본질(小說神髓)≫을 출판하여, 그전에 유행하던 정치소설을 어느 정도 압도하고 있었다. 그는 공리주의(功利主義)적인 견해를 배격하고 문학의 자율성과 사실주의(寫實主義)를 제창했다. 2년 뒤에 일본 최초의 서구 사실주의 형식을 따른 소설인 후타바테이 시메이(二葉亭四迷, 1864~1909)의 작품 ≪떠도는 구름(浮雲)≫이 발표되었다. 그 뒤를 이어 수많은 서구의 문학사상과 기교 그리고 낭만주의(浪漫主義)·신낭만주의(新浪漫主義)·자연주의(自然主義)·상징주의(象徵主義) 등의 사조들이 일본 문단에 소개되어 일본의 문학실천을 점령했고, 또한 이런저런 과정을 통해 20년을 거치는 동안 일본 현대문학의 형성에 커다란 도움을 주었다.

그러나 양계초는 일본문학의 이러한 새로운 발전과정에 대해 거의 무지했던 것으로 보인다. 정확하게 말하자면 그는 평생 동안 일본문학에 관심을 가졌으나, 그 관심의 대상이 정치소설에 한정되었다. 이러한 점은 이해하기가 그리 어렵지 않다. 왜냐하면 양계초의 소설에 대한 견해는 주로 공리성이라고 하는 전에 집중하고 있었기 때문이다. 더욱 중요한 사실은 그가 구어체로 쓴 일본어 문장을 읽을 수가 없다는 데 있었다. 당시 일본에서는 이미 구어체가 가장 유행하던 문학 전달방식이었기 때문이다. 반면에 대다수의 정치소설은 소위 한문 직역체로 쓴 것이었다. 왜냐하면 어떤 정치소설이든지 간에 그 본문에서는 한자가 80퍼센트 이상을 차지했고, 그것은 고대의 한어, 즉 문언을 습관적으로 일본어 속에서 표현했기 때문이다. 따라서 이러한 종류의 자료를 읽을 필요가 있는 중국인이라면 시간을 낭비할 필요 없이 단지 모든 한자만 찾아서 중국어 문법에 따라 순서만 재배열시키면 비록 완전하지는 않지만 그래도 중국 고대 한어로 이루어진 글을 이해할 수 있었다. 그러나 일본어는 고도의 변화를 가진 언어로서 단지 한자만 가지고서는 그 모든 어미와 접두사 그리고 접속사를 번역해낼 수는 없다. 현재와 마찬가지로 당시의 많은 중국인들은 종종 일본 문법의 복잡성을 완전하게 파악할 수 없었으며, 그로 인해 직역체의 한문 자료들을 중국어로 번역할 때 많은 오류를 범하기도 했다. 양계초는 바로 일본 작품을 읽으면서 많은 오역을 범한 인물 가운데 하나이기도 하다. 설령 그렇다고 할지라도, 그는 한 번도 쉬지 않고 "진실로 중국문학에 정통하다면 일 년간의 노력만으로도 그 책을 읽는 데는 장애가 없다."라고 말했다.

주작인은 쓰보우치 쇼요의 ≪문학의 본질≫과 후타바테이 시메이의 ≪떠도는 구름≫이 출현한 이래 일본문학의 새로운 발전을 체계적으로 소개한 인물이다. 그가 1918년 4월에 강연한 현대 일본소설의 발전에 대한 내용이 그해 7월에 간행된 ≪신청년(新靑年)≫ 제1권에 발표되었기 때문이다. 그의 이 강연은 중국 신문학운동의 초창기에 발표되었기에 그 의미가 더욱 크다. 시기적으로 볼 때 이 강연은 호적(胡適)의 <문학개량추의(文學改良芻議)>와 진독수(陳獨秀)의 <문학혁명론(文學革命論)>이 발표된 지 일 년 뒤에 이루어졌고, 중국 현대소설의 획기적 작품인 노신의 <광인일기(狂人日記)>보다는 한 달이나 앞서 있다.

주작인은 그의 글에서 "일본의 문화는 대체로 창조적 모방이다."라고 했는데, 이 말은 바로 '일본문화는 중국의 자식이다.'라는 중국의 기존 관점을 대체했다. 그는 강연에서 ≪겐지의 이야기(源氏物語)≫부터 메이지 시대의 정치소설까지를 간략하게 회고한 뒤 ≪떠도는 구름≫을 시작으로 한 '신소설'을 개괄하고, ≪떠도는 구름≫이야말로 사실주의와 '인생예술파' 작품이라고 불렀다. 그런 뒤에 그는 풍부한 논술을 사용하여 학파·유파·형식·이론 등 측면에서 일본소설의 추세를 파악했다. 이것을 연대기적 순서대로 기술하면 먼저 '예술을 위한 예술'의 원리를 주장한 연우사(硯友社)가 있고, 다음으로 서구의 낭만주의를 모방한 문학계(文學界)라는 단체가 있으며, 또 관념소설, 비극소설, 사회소설이 있는데, 이 소설들의 공통적인 관심은 개인과 가정, 사회의 도덕적 갈등 및 그 해결 방법에 있었다. 또한 자연주의는 사실주의의 또 다른 발전이었다. 이 사조는 러·일전쟁이 끝난 뒤 졸라와 모파상과 같은 프랑스 자연주의 작가들에게서 영향을 받았는데, 나쓰메 소오세끼(夏目漱石, 1867~1916)를 선두로 모리 오오가이(森鷗外, 1862~1922)가 속한 여유파(餘裕派)가 포함되어 있어서, 비록 조직적인 단체는 아니지만 인생에 대한 여유 있는 관조를 문학에 대한 최고 가치로 여기던 작가들로 결성되었다. 마지막으로 신주관주의(neo-subjectivism)는 일종의 반(反)자연주의 운동으로서 두 가지 독특한 경향을 지니고 있었다. 그 하나는 향락주의로서 나가이 가후우(永井荷風, 1879~1959)처럼 자연파에서 퇴폐파로 변질된 작가들이 주장했고, 또 하나는 처음에 일군의 젊은 이상주의자들이 제창한 이상주의(理想主義)로서 그들의 사상의식은 서구의 민주주의(民主主義)·진화론(進化論)·사회주의(社會主義)·자유주의(自由主義) 그리고 톨스토이의 인도주의(人道主義)를 혼합한 것이었다.

주작인의 강연은 그 당시까지 일본소설의 모든 면을 고찰하여, 일본 문학작품과 연구저작에 대한 그의 깊은 소양을 반영했는데, 당시 중국 청년들에게 있어서는 확실히 예사롭지 않은 성과였다. 비록 그가 의심 없이 2차적인 일본 자료를 사용했지만, 그의 논점은 상당히 식견이 있고 적절했다. 이런 강연을 통해서 그가 의도한 목적은 현재 일본에서 발생하고 있는 변화를 중국인들에게 일러주는 것이고, 더욱 중요한 것은 일본에서 성공한 사례들 가운데서 중국이 어떤 점을 배울 수 있는가를 보여주는 것이었다. 비록 두 나라가 독특한 문화와 사회적 배경으로 인해 불가피한 차이가 존재하는 것을 인정하지만, 그럼에도 불구하고 그는 그들이 현대화로 발전해나가려는 목적과 방향이 일본과 유사함을 다시 한 번 강조했다. 그러고 나서 그는 일본이 왜 그렇게 많은 성공을 거두게 되었는지, 반면에 중국은 왜 이렇게 성과가 미미한지 질문했다. 여기에 대해 그 자신은 "중국인들은 모방을 하려고도 하지 않고, 모방을 할 수도 없었기 때문이다."라고 보았다. 그가 한 강연의 결론은 다음과 같다.

> 우리가 진정으로 이 환부를 치료할 생각이 있다면, 먼저 스스로 역사상의 인습과 사상에서 벗어나 진심으로 먼저 다른 사람을 모방해야 한다. 그 뒤 모방의 과정에서 독창적인 문학을 창조해야 하는데, 일본이 바로 그 한 예이다. 앞에서 이미 지적했듯이 중국 현대소설이 처한 상황은 메이지 17, 8년과 유사하다. 그러므로 이제 우리가 취해야 할 가장 확실하고 적절한 작업은 번역과 외국작품의 연구를 제창하는 일이다. ……결론적으로 중국이 신소설을 발전시키기를 원한다면 처음부터 다시 출발해야 한다. 지금 가장 필요한 책이 결핍되었는데, 그것은 바로 소설이 무엇인지를 설명하는 ≪소설의 본질≫이라는 책이다.

주작인은 훗날 일본의 전통문화에 심취한 친일파 작가가 되었다. 그러나 그가 중국인은 일본의 선례를 따라야 한다고 한 주장에 있어서는 양계초와 큰 차이가 없다. 다만 유일한 차이점이라면 양계초가 문학의 사회적 기능에 관심을 가진 반면에, 주작인은 문학의 내재적 가치에 더 관심을 가진 것뿐이다. 바꿔 말하면 그는 중국이 일본의 선례를 충실하게 모방하여, 중국도 수많은 독창적인 작품을 탄생시켜 20세기의 신문학을 창조할 수 있기를 희망했던 것이다.

20세기의 신문학을 창조하려는 희망은 확실히 중국 문학혁명의 공통적인 목적이자 임무였다. 비록 통상적으로 1917년을 신문학운동의 시초로 보고 있지만, 진독수가 말한 것처럼 "문학혁명의 기운이 하루 만에 배태된 것은 아니다." 역사적으로 말하자면 그 기원은 '소설계혁명'으로 소급되며, 더 빠르게는 19세기 만의 '시계혁명(詩界革命)'으로까지 소급할 수 있다. 어쨌든 미국에 있던 호적이나 일본에 있던 노신과 주작인 등 많은 지식인들이 이미 훗날의 문학혁명을 위한 마지막 준비를 완료했던 것이다. 1917년 호적이 유명한 '팔불주의(八不主義)'를 발표하여 문학개량에 대한 의견을 제시하고, 진독수가 더욱 급진적인 '삼대주의(三大主義)'로써 문학혁명을 불러일으켜 정식으로 신문학운동이 전개되기 시작했다. 특히 1919년의 5·4운동은 신문학운동이 더욱 심화되는 원동력을 얻게 했다. 그래서 이 운동은 일종의 더욱 광범위한 문화지식상에서 혁명의 일부분이 되어, 현대 중국의 사회 정치적 변혁을 촉진시켰다.

문학혁명의 폭발로 ≪신청년≫만으로는 신예작가들의 글을 다 실을 수가 없었다. 그래서 각종 목적과 방향을 가지고 새로 성립된 문학단체들이 더 많은 간행물을 발행하거나 신문의 부간들을 인수하여 관리하기 시작했다. 당시 가장 영향력 있고 널리 알려진 문학단체로는 문학연구회(文學研究會)·창조사(創造社)·어사사(語絲社)·신월사(新月社)가 있었다. 낭조 문학혁명은 구전통에 대한 파괴를 상화했고 또 부분적으로 성공을 거두었다. 이어서 호적은 <건설적인 문학혁명론(建設的文學革命論)>을 제시하는 동시에 신시집인 ≪상시집(嘗試集)≫ ─ 역사적으로는 중요하지만, 질적인 면에서는 그다지 높지 않다 ─ 을 출판하여 '국어의 문학이 있어야만, 문학의 국어가 있다.'는 사실을 분명히 했다. 몇 년 뒤에 서지마(徐志摩)와 신월파의 동인들은 일종의 신체시를 창조했다. 그러나 신문학을 건설하는 데 있어서의 가장 커다란 공헌은 문학연구회와 창조사에 참여한 작가와 비평가로서 이들은 모두 일본에서 귀국한 유학생들이었다.

이처럼 일본에서 교육을 받은 많은 작가들이 신문학운동 중에서 중요한 역할을 차지하자 왜 일본의 문학사조가 중국에 영향을 끼치게 되었는지 그리고 어떤 경로를 통해 어느 정도까지 이르렀는지 등에 대한 여러 가지 문제들이 발생하기 시작했다.

이 문제에 대답하기 전에 일본문학에 대한 중국인의 관점을 인식하는 것이 필요하다. 그들의 태도는 양계초가 "동방의 학문은 서방에서 오지 않은 것이 하나도 없다."라는 데서 변화가 그리 많지 않았다. 대다수 중국 작가들의 경향도 일본문학은 서방의 모방품에 불과하다는 틀에서 벗어나지 않았다. 그들은 일본문학의 독창성을 배격하거나 평론할 수 없었기 때문이다. 앞에서 언급한 대로 주작인은 오히려 일본문화를 '창조적 모방'이라고 보았는데, 이는 안목이 높은 견해이기는 하지만, 단지 주작인 개인의 견해일 따름이지 어떠한 태도의 변화도 없었던 일반 중국인들을 대표할 수는 없었다. 그러면 왜 중국 학생들은 계속 일본으로 그렇게 달려갔는가? 앞에서 말한 대로 문학을 공부하기 위해 일본에 간 학생은 거의 없었다. 일본에서 문학에 대한 변화가 발생하여 흥미를 가지게 된 사람들은 늘 서방문학과 그 영향을 받은 일본문학에 주목해 왔다. 일본이 현대화상에서 획득한 뛰어난 성과 가운데서도 문학은 그들에게 심각한 인상을 심어주었다. 그들은 일본이 서방을 향해 무엇을 어떻게 배웠는지, 또 서방문학을 배우는 지름길로서의 성공한 일본의 경험을 알고 싶어 했다.

이러한 이유로 해서 서방의 문학작품이나 이론과 관련된 많은 일본 저작들이 번역되어 중국에 소개되었는데, 모두 일본어로 번역된 서구의 작품을 다시 중국어로 번역하거나 혹은 영문으로 된 것을 직접 번역한 경우가 많았다. 비록 일부 일본의 장편·단편소설이 번역되었지만, 일본적인 특성으로 인해 선택된 것이 아니라, 그 책들이 서방문학의 이론적인 영향을 받아 일본인이 창작한 본보기를 제공했기 때문에 선택되어, 같은 방식으로 해결하려는 중국인들의 사고를 불러일으켰다. 문학혁명의 첫 10년 동안 가장 기본적인 강조점은 문학이론을 소개하는 데 있었다. 따라서 중국 문단에서는 서방문학의 용어들이 범람하게 되었다. 이하림(李何林)은 그러한 추세를 다음과 같이 소개했다.

20년이라는 짧은 기간에 한편으로는 2, 3백여 년 동안의 서구 문예시조의 영향을 받고, 다른 한편으로는 국내외의 정치·경제·사회·문화적인 변화로 말미암아, 중국의 문예사상은 많건 적건 간에 18세기 이후 서구 각국의 각종 문예사조의 내용, 즉 낭만주의·자연주의·사실주의·데카당스·심미주의·상징주의·표현주의……신사실주의 등을 모두 반영하고 있었다. 그러나 서구에선 이

러한 사상이나 유파를 발전시키는 데 2, 3백년의 세월을 보냈으나,
우리는 그것을 단지 '20년'으로 축소하여 그것을 반영하려고 한다.
그러므로 각종 문예사조의 한계가 비교적 선명하고 생명력이 긴 서
구와는 달리, 중국에서의 각종 '주의'나 '유파'는 그 발생의 순서나
존재의 지속이 불규칙적이어서 혹은 동시에 존재하기도 하고 혹은
나타나자마자 사라져버리기도 했다.

이와 같이 각종의 개인이나 문학단체가 서구의 문학사상을 소개
하는 데 작업을 담당했다. 그러나 이러한 작업에 종사한 절대다수가
일본에서 교육을 받은 유학생 출신이어서, 작업은 일본인들이 연구
한 서구 문예이론과 문학사 저작을 통해 진행되었다.

사실상 일본 현대소설에 대한 주작인의 글이 발표되면서, 외국의
문예작품과 사상을 도입하고자 하는 기운이 형성되었다. 그 주요 대
상은 서구문학이었다. 그러나 일본 유학생들이 대량으로 이 작업을
시작하자 서방의 영향을 받은 일본문학은 서방의 원서를 이해하는
편리한 교량 역할을 하거나 비교를 진행하는 하나의 거점이 되었다.
주요 작가를 보유한 두 개의 문학단체는 문학연구회와 창조사였다.
전자가 번역의 기획성을 강조한 반면에 후자는 각종 서방문학의 이
론과 운동을 소개하는 데 중점을 두었다. 그 결과 일본에서 많은 문
학용어들이 여과과정을 거치지 않고 중국에 유입되어 기존의 용어
들을 대체했기 때문에 이들 용어에 대한 해석과 이해가 불분명하여
많은 혼란을 빚기도 했다. 그래서 노신은 창조사 회원들이 외국의
용어를 남용하는 것에 대해 풍자적인 어투로 다음과 같이 평론했다.

우리는 어떤 사람들이 이런저런 주의(主義)를 제창하는 것을 듣는다. 예를 들면 성방오(成仿吾)는 표현주의(表現主義)를 장황하게 떠들고, 고장홍(高長虹)은 스스로 미래파(未來派)로 자처한다. 그렇지만 어떤 주의를 가지고 쓴 작품을 본 적이 없다. 그들은 자만심에 가득 차서 간판을 내걸고 가게의 문을 열었지만 곧 파산에 직면하고 만다. 그래서 서구 문예사조는 중국에서 시작되지 못했고, 시작되었다 하더라도 곧 사라질 것이기에 조금도 놀랄 필요가 없다.

노신의 이 말은 그가 마치 서구의 문학이론이나 '주의'를 도입하는 데 반대하는 섯저럼 보이게 한다. 그러나 정확하게 말하자넌 그는 나른 사람들의 빈말에 대해 혐오 섞인 반박을 표시했을 뿐이다. 그는 서구적인 표준으로 거만하게 다른 사람들의 번역이나 창작에 대해 함부로 지적하면서도, 정작 자신의 작품은 거의 없는 사람들을 혐오했다. 사실 그는 가장 진지한 번역가 가운데 한 명이었다. 그는 평생 동안 중국의 독자 대중들이 외국의 문학사조와 작품에 익숙해지도록 애썼고, 그중 가장 노력한 부분이 일본인의 작품이었다.

1920년대 서방문학 이론의 소개는 중국으로 하여금 일본의 선례를 충실하게 따르게 했다. 조금 먼저 일본에 수입되었던 서방의 문학이론들이 중국의 문예라는 무대 위에 출현했다. 그러나 이론상에서 그 결과는 매우 달랐다. 사실상 두 나라가 이론적인 탐구나 건설상에서는 모두 같은 길을 섰고, 주작인이 중국적인 ≪소설의 본질≫을 쓸 것을 극력 주장했지만, 중국에서는 비교적 중요하고 심오한 뜻을 가진 창작을 탄생시키지 못했다. 어떤 사람은 중국인은 실제적인 것을 중시하는 민족이어서 추상적 이론에 대힌 사고를 실천하는 데 많은 시간과 정력을 낭비했다고 말한다. 비록 그러한 논쟁이 모종의 진리를 담고 있다고 하더라도, 진짜 이유는 다른 곳에 있었다. 모순(茅盾)은 문학연구회의 주요 기관지인 ≪소설월보(小說月報)≫를 편집하면서 중국에서 가장 필요로 하는 문학이 어떤 것인지의 문제에 대해 늘 토론하곤 했다. "진정한 문학은 시대를 반영하는 문학이다." 그는 "나는 사회생활을 표현하는 문학, 즉 인류와 관련이 있는 문학이 진정한 문학이라고 생각한다. 압박받고 있는 국가에서는 당연히 이러한 사회적 배경에 치중해야 한다."라고 말했다. 이러한 관점을 견지한 사람은 모순 한 사람뿐이 아니었다. 창조사 구성원을 포함한 거의 모든 중국 현대작가들의 공통적인 관점이었다. 일본 유학생들에 의해 성립된 창조사가 낭만주의와 '예술을 위한 예술'이라는 경향으로 문학연구회의 사실주의와 '인생을 위한 예술'과 서로 대립한 것은 이미 주지하는 사실이다. 그러나 이러한 구분은 비교적 일반적인 착상일 뿐, 사람들에게 오해의 소지가 있어 실질성이 결핍되었다. 창조사의 주요 이론가인 성방오는 한 편의 초기 글에서 '시대에 대한 사명'이 세 가지 '신문학 사명' 가운데 하나라고 지적했다. 그는 계속해서 "우리 시대는 이미 허위와 죄악 그리고 추악함으로 가득 찼다. 생명은 이미 더러운 공기 속에서 질식당했다! 이러한 현상을 파괴하는 것이 문학가의 천직이다!"라고 말했다. 이 관점은 한 정치가도 동일한 결론을 내린 적이 있다. 노신은 그것을 자신의 글 속에서 "최대의 사회 변혁의 시대에 문학가는 방관자가 될 수 없다!"라고 인용하고 있다. 바로 이러한 관념을 품고 있었기 때문에 노신이 자신의 문학생애를 시작했을 때, 상류사회에서 즐겨 감상하던 서구 혹은 영미 작가의 작품을 번역하기보다는 오히려 러시아와 폴란드 및 발칸반도 등 동구 각국의 압박받고 있는 민족 작가들의 작품 번역에 종사한 것은 전혀 이상한 일이 아니다. 훗날 창조사의 일원이 된 노신은 "나는 병태적인 사회 속의 인물들에게서 제재를 취했는데, 이는 병으로 인한 아픔을 지적하여 치료를 하도록 주의를 주는 데 그 뜻이 있었다."라고 말해, 자신이 인생을 개량하기 위해 계몽주의(啓蒙主義) 사상을 품고 있었음을 인정했다.

사회와 시대에 대한 강렬한 책임감은 중국 현대문학의 일반적인 방향을 좌우한 가장 중요한 요소 가운데 하나이다. 그리고 그 책임감은 문학의 발전을 일본과는 전혀 다른 방향으로 이끌었다. 중국의 작가들이 10년 늦게 신문학을 창조하고 있을 때, 일본은 이미 서방의 각종 문예이론에 대한 소개 작업을 완성하고, 서구의 표본에 대해 주작인이 말한 바 있는 창조적 모방을 진행하고 있었다. 일본에 비해 30년 늦게서야 중국 작가들은 경쟁적으로 서방의 문학이론을 향해 배우고 그들 자신의 작품을 창작하기 시작했다. 초기에는 흡사 적지 않은 중국 작가들이 이미 일본에서 수십 년 동안 유행했던 모든 서방문학이론을 흡수하려고 시도하려는 듯했다. 그러나 실제로는 그러한 노력들이 너무 짧았으며, 심지어는 중간에 흐지부지되어 결말을 고했다. 동시대의 일본 사람들이 그렇게 전심전력한 것과는 달리 중국 작가들은 청교도 식의 추구로 서방의 이론을 응용하여 '서양의 신발에 맞추기 위해 일본의 발을 깎는' 고통스런 실험에 종사했다. 중국인들은 사춋 이론을 단순히 끌어들여왔을 뿐이기 때문에 그것을 전파시키지도 못하고, 또 방치하여 잊어버리지도 못했다.

여기에 일련의 문학논쟁이 있었다. 그러나 그 논쟁은 모종의 이론이 지닌 문학적 가치에 대한 것이 아니라, 사회·정치적 작용에 대한 장점과 단점에 집중되었다. 이는 주로 시대와 환경에 기인한 것이다. 이에 대해서 다께다 다이준(武田泰淳)은 "문학혁명에 헌신한 중국 작가들은 요원한 서방문학을 향하기에 앞서 아큐(阿Q) 식의 생존조건으로 말미암아 이미 무수한 수모와 치욕적인 감각을 삼켜야 했다."라고 지적했다. 일본 작가들은 다행히 경제적, 기술적인 발전을 누리며 생활하고, 아울러 인근 아시아 국가들의 희생을 바탕으로 한 군사적 승리를 누려 왔다. 반면에 중국 작가들은 계속된 민족적 재난과 굴욕을 맛보면서 이러한 고통이 외국 제국주의에 의한 것이 아니라, 그들 국민과 사회적 배경으로 인한 것이라고 느꼈다.

일본 작가들이 문학 연구의 의의에 대해 추상적인 태도로 개성과 자아의 해방을 추구하고 견지하며 완성시킬 때, 동시대의 중국 작가들은 '대아(大我: 국가와 민족)'의 운명이 위협받고 있는 현실적인 고통에 처하여 그들의 국민들을 각성시키고 조국을 구하기 위한 투쟁을 전개하고 있었다. 이로 인해 중국 작가들이 탐구해야 할 기본적인 문제는 '문학이란 무엇인가?'가 아니라, '문학은 어떠한 용도가 있는가?'였기에, 문학혁명 이전 단계의 정치소설이나 폭로소설은 이러한 문학 관념의 범주를 초월하지 못했다. 일체를 억누르는 이러한 사회·민족적 사명으로 말미암아 중국 작가들은 민족이 어려움을 당할 때마다, 항일전쟁 중 그들이 '순수' 문인에 대한 의미를 지극히 축소하여 고려했던 것처럼 일치단결하여 비문학적 활동에 종사해야 했다.

　서방문학이론의 영향이 일본이라는 교량을 통하거나 혹은 직접적으로 서방이라는 원천으로부터 소개된 것이건 간에, 기본적으로는 문학의 공리성이라는 중국인들의 관점을 변화시키지 못했다. 그러나 중국 작가들은 의식적이건 무의식적이건 소설을 쓸 때에는 일본의 '창조적 모방'이라는 선례를 따라야 한다는 주작인의 견해를 받아들이고 있었다. 그러면 일본 소설 속에 있는 '창조적 모방'이란 무슨 뜻인가?

　서방의 문학이론에 심취되어 부지런히 서방의 원형을 모방한 일본 작가들은 확실히 사람들에게 깊은 인상을 심어준 뛰어난 현대문학을 성공적으로 창조했다. 일본 당대의 문학 비평가이자 역사가인 오쿠노 다케오(奧野健男)는 제2차세계대전 이전의 일본문학을 아래와 같이 평론했다.

　　일본의 작가들은 메이지 시대로부터 서구의 문학을 받아들인 뒤 개념과 현실 사이의 모순을 극복하기 위해 고통스런 노력을 전개했다. 만약 문학이 일본의 경험에 의해 창조된 것이라면 그리고 여전히 현대화된 사회를 필요로 한다면 그 얻은 결과는 필연적으로 활력이 부족하고 현실과 동떨어진 문학일 것이다. 다른 측면에서 말하자면 일단 일본의 실제를 완전하게 투시하려고 시도한다면 그것은 더 이상 현대문학이 아니다. 이것이 바로 일본 작가들이 낙후된 사회 속에서 직면한 피할 수 없는 필연적인 운명이다. 그 결과 일본은 모순들이 하나씩 드러났고 왜곡된 작품들이 생겨났다. 예를 들면 다야마 가타이(田山花袋)와 시마자끼 도오송(島崎藤村), 도쿠나 슈세

이(德田秋聲) 등 비과학적이며 비사실적인 낭만적 자연주의, 모리 오오가이(森鷗外)와 나쓰메 소세끼(夏目漱石) 등 고립적이고 자아 폐쇄적이며 봉건주의적인 현대적 자아주의(自我主意: Egoism), 백화파(白樺派)의 세밀하고 진실한 이상주의 및 일군의 도망친 노예들이 창조한 사소설(私小說), 개인적이고 모방적인 마르크스주의문학, 구식 관념에 신식 기교를 갖춘 현대문학 등이 있다.

이 말은 일본의 비평가가 서방 혹은 일본화된 서방 관점의 일반적인 경향을 말한 것이다. 서방 사상과 용어에 대한 심취, 추상화시키고 세분화하는 습관 및 사회의 낙후성에 대한 관심이 바로 현대 일본문학이 그렇게 많은 모순과 갈등을 가지게 된 주요 원인이다. 이러한 측면에서 다행인지 불행인지 간에 중국인들은 우유부단하게 서방의 문학 사상을 받아들인 관계로 이와 유사한 혼란은 피하게 되었다.

현대 일본의 모든 문예운동에서 가장 중요한 것은 의심할 여지없이 자연주의이다. 당대의 문예가인 나카무라 미쓰오(中村光夫)는 문학가들이 받아들인 일반적인 관점을 반영하면서 "현대 일본소설사상 자연주의는 가장 중요한 지주이다. 자연주의는 메이지(明治, 1863~1912) 문학의 종점이자 다이쇼(大正, 1912~1926) 시대 이후 일본문학의 기초이다."라고 지적했다. 일본의 자연주의는 무엇이며, 그것은 왜 오쿠노 다케오(奧野健男)에 의해 비과학적이고 비현실적인 낭만적 자연주의라고 불리게 되었는가?

주작인은 일본의 자연주의가 처음부터 프랑스의 영향을 받았다고 보았다. 1900년경에 에밀 졸라는 일본의 문학청년들 가운데서 매우 유행했고, 그들은 압도적으로 우세한 지위를 차지하는 낭만주의 단체를 형성했다. 졸라의 방대한 장편소설과 영어로 번역된 ≪실험소설(Le roman experimental)≫이 폭넓게 읽혀지고 충실하게 추종되었다. 나가이 가후우는 역사적인 의의는 있지만 미학상에서는 성공을 거두지 못한 졸라 식의 과학 실험소설인 ≪지옥의 꽃(地獄之花)≫ 후기에서 ≪실험소설≫의 한 단락을 회고하면서 "인간은 자연적인 본성상 수성(獸性)을 지니고 있다. 이것은 의심할 여지가 없다. ……나는 우리가 조상과 환경으로부터 물려받은 정욕·폭력·잔인과 같은 어두운 면의 진실 전체를 조금도 주저 없이 묘사하고 싶다."라고 밝혔다. 나가이 가후우의 정열과 진지함에도 불구하고 그와 추종자들은 일본인이 말하는 졸라주의의 과학적 객관성을 조금도 파악할 수 없었다. 그래서 그들은 플로베르·모파상·꽁쿠르(Gouncourt) 형제와 같이 비교적 소화하기 쉽고 유동적인 또 다른 유형의 자연주의자로 눈길을 돌렸다. 그 결과 그들은 점차적으로 자연주의 운동으로부터 멀어지게 되었다.

한 가지 흥미 있는 사실은 구세대의 낭만주의자들이 젊은 졸라주의자들이 남기고 간 미완성의 작업에 새로운 관심을 나타내기 시작했다는 점이다. 그들은 일본의 자연주의에 대해 새로운 요소와 다른 방향을 부여했다. 사신늘이 쓴 작품의 질과 양을 높이고 현대화하는 노력 속에서 일본의 작가들은 그들이 할 수 있는 한 빠른 시간 내에 유럽의 주요한 문학조류들을 배우게 되었다. 거의 그들 전체가 하나씩 서구의 문학세계를 따라잡기 시작했다. 종전의 낭만주의자들이 여전히 자연주의운동을 이끌어갔고, 졸라 식의 과학적인 이론을 낙후한 일본 사회에서는 쓸모없이 사라져버렸다. 그래서 '자연주의'라는 용어는 '자연'이라고 하는 글자의 의미에 일종의 미묘한, 가능한 한 느끼기 어려운 것이라는 의미로 대체되었다. 즉 자연주의란 객관적인 실재로부터 유리된 인류의 내적 성찰과 주관적 표현을 원칙으로 삼는다는 새로운 의미의 차원이 덧붙여졌다. 현실에 대한 이러한 주관적 환상 속에는 일본 낭만주의 작가 특유의 고백과 서정적 표현이 포함되어 있어서, 결과적으로 이처럼 독특한 형식의 일본 자연주의를 형성했다.

이것은 루소 식의 무절제한 자아폭로, 열렬한 서정 풍격, 우연성의 자아연민, '근대적 자아(현대개성)'라고 불리는 감상성의 탐구를 그 특성으로 삼고 있다. 이때부터 '사소설(私小說)'이라는 고유명사가 있게 되었다.

'사소설'은 일본 현대작가들의 극단적으로 개인적이고 자아만족이라는 협소한 세계 속에서 탄생했다. 바로 애드윈 맥클래인(Edwin Mcclellan)이 지적한 바대로 '일본 문학사의 괴물'이다. 왜냐하면 사실주의와 함께 발전하면서 이 극단적으로 주관적인 성분의 사소설이 함께 존재했기 때문이다. 이러한 조류는 1906년 시마자끼 도오송(島崎藤村, 1872~1943)이 출판한 ≪파계(破戒)≫와 그다음 해에 다야마 가다이(田山花袋, 1871~1943)가 출판한 ≪이불(棉被)≫을 시작으로 삼는다. 설령 그들이 일찍부터 낭만주의자라고 불렸을지라도, 이러한 작품의 출현은 이 두 작가를 진정한 자연주의자, 현대 일본문학사상 한 시대에 선을 긋는 작가로 떠받들게 했다. 그러나 결과적으로 사실주의와 자연주의가 환기시킨 진실성의 원칙, 객관적 관찰, 인간 조건의 표현은 실현을 거두지 못했다. 초기 정치소설이 치중한 사회 정치의식은 애매한 '현대 개성'을 추구하는 가운데 완전히 사라져버렸고, 자서전체 풍격의 사소설이 일본문학의 주류를 형성했다. 비록 사소설이 자연주의자, 엄격하게 말해서 낭만적 자연주의자에 의해 시작되었지만, 일본 특유의 이 문학 양식은 다가오는 세대에서 성행하기 시작했다.

일반적으로 말해서 일본 자연주의의 절정기는 러·일전쟁 후의 10년간이라고 인정되고 있는데, 이때는 바로 일본에 유하 중인 중국 유학생들의 절정기이기도 하다. 따라서 이 운동이 중국 학생들에게 끼친 영향은 일본에 끼친 것보다 훨씬 컸다. 실제로 문학혁명이 시작된 이후 중국 문단에서는 일본의 자연주의 이론서적과 작품의 번역본들이 나타나기 시작했다. 1921년에 시마무라 호게쓰(島村抱月)의 논문인 <문예상의 자연주의>(1908)가 진망도(陳望道)에 의해 중국어로 번역되었다. 그 밖에도 사륙일(謝六逸)·이석잠(李石岑)·왕복천(汪馥泉) 등이 모두 일본에서 들여온 자연주의에 대한 글을 번역한 적이 있다. 심지어 노신도 가따야마 고오손(片山孤村, 1878~1933)의 자연주의 이론과 기법에 관한 연구 글을 번역하기도 했다. 이 외에도 다야마 가다이의 《이불》, 시마자끼 도오송의 《신생(新生)》 및 기타 단편소설들도 모두 중국어 번역본이 었다.

이러한 번역본과 소개가 대부분 문학연구회 회원들의 손에서 나왔기 때문에, 이들 작가들은 종종 일본 자연주의의 영향을 받았다는 비난을 받았고, 그 가운데 노신이 대표적인 표적 가운데 하나가 되었다. 성빙오는 《외침(吶喊)》을 평론한 자신의 글에서 <광인일

기>와 몇 편의 단편소설들을 '자연주의자들의 극단적인 주장을 담은 기록(Document)'이라고 경멸한 바 있다.

　작가(노신)는 나보다도 먼저 일본에서 공부했다. 그가 일본에 체류하는 동안 문학계에는 자연주의가 큰 세력을 떨치고 있었다. 당시 작가가 자연주의의 영향을 받은 것은 틀림없는 것처럼 보인다. 작가가 이제 우리나라의 문학혁명의 과정 속에서 빈틈으로 가득 차 있는 일련의 자연주의 작품을 창작한 것은 당연한 결과이다.

성방오의 이러한 비현실적인 주장은 곧 사려 깊은 일본 학자들 — 이것은 그들에게 있어서 하나의 커다란 실망이다 — 에 의해 성립될 수 없음이 증명되었다. 노신과의 일본 생활을 회고하면서 주작인은 성방오가 그런 의심을 하게 된 가능성도 있었다고 말했다. 왜냐하면 주작인이 "예재(豫才)는……시마자끼 도오송과 다른 사람들의 작품에 결코 주의를 기울이지 않았다. 다만 그가 다야마 가다이의 ≪이불≫과 사토 고로쿠(佐藤紅綠, 1874~1949)의 ≪오리(鴨)≫를 언뜻 본 적은 있으나 아무런 관심도 나타내지 않았다."라고 말한 적이 있기 때문이다. 비록 그가 시마자끼 도오송을 알고, 또 시마자끼 도오송에 대한 글을 한 편 쓴 적이 있을지라도 이는 바로 주작인 자신에게도 적용된다. 실제로 문학연구회도 사실주의 혹은 자연주의 소설을 애호하고 제창했다. 모순은 이 점을 간파하여 "중국 현대 소설계는 응당 자연주의 운동에서 일어났다."라고 선언하기도 했다. 그러나 그의 자연주의는 일본판보다는 프랑스의 원본에 좀 더 비중을 두고 있었다. 이렇게 볼 때 문학연구회가 일본 자연주의 혹은 그것이 반영되어 탄생한 사소설의 영향을 전혀 받지 않았다고는 할 수 없지만, 그 영향은 지극히 미미하다고 말할 수 있다. 이러한 의미에서 창조사의 또 다른 창시자인 정백기(鄭伯奇)가 "문학연구회의 사실주의는 처음부터 끝까지 러시아의 인도주의에 접근하여 자연주의가 발전하지 못했다."라고 말한 견해는 타당하다고 볼 수 있다.

아이러니컬하게도 그들은 그것이 어떤 종류의 자연주의 — 서방 혹은 일본 — 이든지 간에 그에 대한 공개적인 비평대도를 지니고 있음에도 불구하고, 창조사의 창작 속에서는 오히려 일본 자연주의 사소설의 영향이 발견된다. 창조사의 최초 구성원들은 일본에서 공부할 때 이미 문학단체를 만들려는 생각을 가지고 있었고, 마침내 1922년에 실현을 보게 된다. 그러나 그것은 문학연구회의 필연적인 경쟁자로서가 아니라, 문학연구회의 대체자의 자격으로서였다. 이렇게 하여 중국의 낭만주의 운동이 시작되었다. 창조사의 구성원들이 일본에서 공부한 시기는 문학연구회에 참가했던 사람들에 비해 대략 10년 정도 늦었기 때문에, 그들은 일본 현대문학의 절정기를 목격할 수 있었다. 이 점에 근거하여 말한다면 창조사 구성원들은 수십 년 동안 진행된 일본의 각종 문예사조에 대해 매우 정확하게 알고 있었다. 이 몇십 년은 바로 일본문학사에서 민권과 자유사상, 이상주의와 인도주의 그리고 각종 서방 사조의 영향을 받은 신·구사상이 교체되던 시기였다. 그럼에도 불구하고 일체의 새로운 발전 속에서 자연주의와 자서전체의 사소설은 날로 확고하게 확대되는 소류를 형성했다.

창조사는 초기 단계에 "우리들의 자아를 창조한다."라고 부르짖으며, 루소(Rousseau)·괴테(Goeyhe)·하이네(Heine)·바이런(Byron)·셸리(Shelley)·키이츠(Kests)·휘트먼(Whitman)·위고(Hugo)·스피노자(Spinozal)·베르그송(Bergson)·니체(Nietzsche)·롤랑(Rolland) 및 서구의 상징파·표현파·미래파와 같이 이미 일본에서 유행했던 이들 작가들에게서 영감을 구하고자 했다. 그러나 창조사 구성원들은 자신들의 작품을 사소설과 연관시키는 점에 대해서는 오히려 언급을 회피했다. 일반적으로 그들의 산문 문학, 특히 소설은 대량의 자서전성, 강렬한 개인성을 구비하고 있으며, 언제나 격정과 서정 그리고 찰나적인 우울로 포장하여 사람들로 하여금 사소설의 공통적인 특징을 연상시키게 한다. 곽말약의 <양치기의 슬픈 이야기(牧羊哀話)>(1925), 섭령봉(葉靈鳳)의 <여와씨의 사악한 후손들(女媧氏之遺孼)>(1925), 왕이인(王以仁)의 <유랑(流浪)>(1924)이 바로 그 예이다.

그러나 가장 대표적인 예는 욱달부(郁達夫)의 <타락(沉淪)>(1921)이다. 이 단편소설은 일본에서 고독과 정신적 고통으로 괴로워하던 한 중국 학생이 한밤중에 자위행위를 통해 순간적인 위로를 얻지만 결국 바다 속에 빠져 죽게 된다는 내용이다. 이는 하지청(夏志淸)이 지적한 대로 제3인칭 묘사를 사용했지만, <타락>은 실제로는 한 권의 노골적인 자서전 소설이다. 하지청은 이 작품에 대해 다음과 같이 평론했다.

욱달부의 소설은 무산계급 양식과 관련된 몇 편을 제외하고는 거의가 루소 식의 고백으로 구성되어 있다. 그는 자신의 어떤 작품 속에서 모든 문학작품은 단지 작가의 자서전에 불과하다는 말을 한 적이 있다. 그러나 그는 위대한 작가가 언제나 자신의 개인적인 경험을 주제화시키는 미묘한 변화를 강조하는 데 실패했다. 그 자신의 창작 실천이 그의 상상은 완전히 실제생활, 다시 말해서 그 개인의 협소한 세계 속의 감각과 정욕으로부터 나와 사람을 미로로 끌어당긴다는 사실을 증명하고 있다.

하지청이 위의 글에서 분명하게 세시한 관련 상황에 대해 욱달부는 자신의 회고성 글에서 그것을 스스로 인정하고 있다.

"나는 문학작품은 모두 작가의 자서전이다."라는 말이 매우 정확하다고 느낀다. 객관적인 태도, 객관적인 진술, 당신이 어떻게 객관적이든 지간에 순전히 객관적인 태도와 묘사가 가능하다면, 예술가의 재능과 영혼은 아무런 쓸모가 없을 것이며, 예술가의 존재 이유도 사라져버릴 것이다.

욱달부의 이 말은 일본 사소설 작가들의 작품이 너무 주관적이며, 개인적이고 지나치게 외부세계와 동떨어진다는 지적을 받을 때, 그들이 통상적으로 견지하던 변론적인 논소를 그대로 드러내고 있다. 가장 중요한 것은 욱달부가 '자서전'이라고 하는 명사(일본글에서는 '자전체'라고 사용하고 있는데, 일본의 자연주의 작가들이 쓴 극단적인 자서전 성질의 '사소설'을 언급할 때 시용하던 명사이다)를 사용하여 자신을 표방하고 있다는 점이다.

<타락>은 일반적으로 중국 현대문학에서 퇴폐적 문학의 시작으로 간주되고 있다. 외국에서 차용한 많은 다른 관념들처럼 '퇴폐'라는 용어는 소극적인 정신, 도덕상의 타락, 적극성이 상실된 가치로 인해 오해와 견책을 받아왔다. 퇴폐라는 성질 때문에 <타락>은 주인공이 여자를 몰래 훔쳐보는 행위나 자학적인 행동이 외설적으로 폭로됨으로써 독자들에게 미칠 악영향을 우려하는 일부 위선적인 도덕가들로부터 비난을 받았다. <타락>을 둘러싼 이러한 논쟁 속에서 욱달부는 "일본에서 살아보지 못한 사람들은 이 작품이 갖는 진정한 가치를 결코 이해하지 못할 것이며, 문학과 예술을 다루는 데 진지하지 못한 사람들은 이 작품의 가치를 평가할 수 없다."라고 말했다. 그가 이러한 태도를 표명한 이유는 분명치 않다. 다만 작가인 자신처럼 일본에서 살아보지 않은 사람은 <타락>의 주인공이 경험한 변태심리나 절망, 심리적 고통의 무게를 결코 이해하지 못할 것이라는 의미를 포함하고 있을 것이다. 다른 한편으로는 당시 일본의 문학조류에 대해 무지하고, 또 이 작품이 지닌 진정한 가치를 인식하지 못하던 당시 비평가들에게 욱달부가 불만을 느끼고 일본의 '사소설'을 사용하여 자신을 변호한 것이라고도 생각해볼 수 있다. 어쨌든 욱달부가 일본인에게서 심각한 영향을 받았던 것만은 의심의 여지가 없다.

설사 욱달부가 불리한 비판을 받았으나 창조사 내에서는 여전히 그를 동정하는 사람과 열렬히 추종하던 사람들이 있었다. 일부 젊은 신예작가들은 자신들이 그에게서 받은 교훈을 감격적으로 인정하기도 했다. 왕이인도 자신이 작품을 쓰기 시작할 때 욱달부의 영향을

받았다고 인정했다. 한편으로는 육달부의 영향을 받고, 다른 한편으로는 번역된 일본 현대소설 등의 영향을 받아, 1920년대 중반에는 '사소설' 식의 소설이 크게 유행했으며, 특히 상해(上海)지역에서 많이 유행했다. 이처럼 갑작스럽게 발생한 새로운 현상은 일부 기성작가들의 반대를 받게 되었다. 문학연구회와 어사사의 대다수 작가들을 대표하여, 모순은 중국문학 중에 유행하고 있는 감상주의, 자기 연민과 사회의식의 희박성을 비판했고, 이는 대부분이 서구의 퇴폐파와 유미주의 그리고 개인주의에 대한 오해에서 기인되었고 인식했다. 그는 중국은 현재 감상주의의 시대에 처해 있다는 견해에 동의하면서도, "예술에는 감상적 문학이 차지할 자리가 없다. 만약 우리가 영원히 감상주의의 울타리 속으로 떨어진다면 신문학의 앞날이 정말 걱정된다."라고 주장했다.

곽말약도 우려를 표시했다. 그는 자신과 육달부가 포함된 문학단체가 이러한 새로운 조류를 이끌었다는 사실을 무시하면서 잘못을 교묘하게 일본문학의 영향으로 돌렸다. 그는 경멸하는 어투로 가장 자극적인 단어를 사용하여 현대 일본문학에 대해 다음과 같이 논술했다.

> 지극히 협소한 개인생활의 묘사, 극히 미미한 서생 문자의 유희, 심지어 화류계를 드나드는 풍류 삼매경……일본 자산계급 문란의 병균이 모두 중국으로 흘러들어 왔다.

곽말약은 일본인이 실패한 또 다른 원인을 '시대정신의 부재'라고 지적했다. 이처럼 그는 자신의 동료 작가들에게 "한편으로는 나쁜 사람들의 영향을 잊어버리고, 한편으로는 자신의 생활을 개조하여 사회인이 되도록 노력하라!"라고 호소했다. 이 말은 1928년에 쓰였지만, 불과 몇 년 만에 곽말약과 그의 동료들은 이미 낭만파에서 혁명파로 그들의 입장을 바꾸게 되었다. 일본문학의 성과와 그것이 불쾌하게도 중국인들에게 광범위하게 전파된 데 대한 곽말약의 극단적인 부정적 태도는 일본의 자연주의적인 '사소설'이 일군의 중국 작가들에게 끼친 영향을 암시해주고 있다.

어쨌든 욱달부의 <타락>은 어떤 방식으로든 일본 사소설의 영향을 받았고, 동시에 이 작품은 중국 현대문학의 특징도 분명히 포함하고 있었다. 일본의 사소설이 자신을 협소한 세계에 의지하거나 혹은 '천당의 추방자'라는 나가이 가후우의 표현을 빌린 것과는 달리, 욱달부나 <타락>의 주인공에게 있어서 '타아(他我)', 즉 그의 자아의 다른 면은 그로 하여금 어떠한 정신적 피난처나 일종의 상아탑도 제공할 수 없다. 주작인은 진정으로 <타락>에 담긴 심오한 의미를 감상할 수 있는 몇 안 되는 인물 가운데 하나이다. 그는 의심할 여지없이 엄숙한 태도로 성적 심리를 적용한 최초의 중국 작가였다. 주작인은 알베르트 모델(Albert Mordell)의 ≪문학상의 색정 주제 (The Erotic Motive in Literature)≫라는 책에서 사용한 관점에 근거하여 "<타락>은 하나의 예술작품이다. 그러나 초보자의 문학이다."라고 지적했다. 비록 외설적인 부분이 있지만 부도덕한 성질의 것은 아니다. 왜냐하면 모든 자연파 소설과 퇴폐파 저작이 모두 이러한 주제를 공통적으로 가지고 있기 때문이다. 주작인은 다음과 같이 말했다.

이 소설에 묘사된 것은 청년의 현대적 고민이라고 말하는 것이 보다 정확하다. 생존 의지와 현실 사이의 충돌이 모든 고민의 원천이다. 인간은 현실에 만족하지 못하면서도 공허 속으로 도피하지도 못하여, 오로지 이 견고한 현실 속에서 얻을 수 없는 쾌락과 행복만을 추구한다. 이것이 바로 현대인의 비애와 전기(傳奇) 시대의 비애가 가지는 차이다.

이 말은 <타락>의 주인공이 경험하는 지극히 커다란 고통의 소재뿐만 아니라, 욱달부와 대부분의 중국 작가들이 느끼고 있는 고통까지도 언외의 뜻으로 지적하고 있다.

<타락>의 주인공이 느끼는 좌절과 절망은 그 자신의 시대와 조국에 대해서 느끼는 좌절과 절망감으로 볼 수 있다. 해외에 거주하면서 경험하는 종족 멸시라는 생활 현실은 젊은 주인공으로 하여금 수시로 국내적으로는 국가의 내부적인 분열과 국외적으로는 제국주의의 압박에 시달리는 시대로 인한 고통을 느끼게 했다. 따라서 그는 일본 학생들뿐만 아니라 주위 동포 학생들로부터도 멀어져갔고, 다시 고국으로 돌아가는 것에도 아무런 관심이 없다. 그의 상상 속에서 조국은 멀기만 하고 분명치 않은 하나의 추상적인 개념일 뿐이었다. 그는 다만 "중국아, 중국아, 너는 어찌하여 강대해지지 않느냐!"라고 탄식할 수밖에 없었다. 그러나 당시 중국은 그와 마찬가지로 연약하고 무기력할 뿐이다. 그는 완전히 절망 속으로 빠져들게 되고, 열등감은 복수의 형태를 취한다. 즉 일본사람을 향해 복수하고, 자신의 동포들을 향해 복수하며, 마지막에는 타국의 바다에 뛰어들이 자신에 대해 복수한다. 자살을 선택하는 순간 주인공은 "조

국이여! 조국이여! 나의 죽음은 바로 네 탓이다! 서둘러 부강해져라! 강건해져라! 너의 품에는 고통 속에서 헤매는 사람들이 많이 있다."라고 절망에 차서 절규한다. 이 마지막 절규는 노신의 <광인일기>에서 "아이들을 구하라!"고 외치는 광인(狂人)의 외침을 연상시켜 준다. 비록 문학이 발전하는 과정에서의 유사성과 선명한 영향 작용이 있을지라도, 이는 문학상에서 주의나 견해가 다른 절대다수의 중국 현대작가들이 갖고 있던 궁극적 관심사를 드러내고 있다. 이것이 바로 중국 현대소설과 동시대 일본 현대소설의 다른 점이다.

이러한 의미에서 일본 복장을 한 서방의 비너스가 중국의 현대작가들의 마음속에서 영원히 안주할 수 있는 곳을 찾기란 어려웠을 것이다. 비록 그들이 그녀를 초청하여 영감을 제공하기 위해 노력했을지라도. 주작인은 <타락>을 평가하면서 '현대적 고민'이라는 표현을 사용하여 중국 지식인의 정신적인 상태를 묘사했다. 이것은 바로 구리야가와 하쿠손(廚川白村, 1880~1923)이 왜 그렇게 중국 작가들을 끌어당겼는지를 최대한도로 설명해준다. 한때는 유행했지만 죽은 뒤에는 희미했던 구리야가와 하쿠손은 독창적인 사상가도 위대한 작가도 아니었다. 심지어 일본에서 출판된 많은 현대 일본작가 선집에조차도 그의 이름이 나타나지 않는다. 그러나 당시 대학의 영문학 교수이자 산문 작가로서 구리야가와 하쿠손은 서양 사상의 성공적인 전달자였다. 그는 자신의 이론 서적인 ≪고민의 상징(苦悶の象徵)≫(1921)에서 주관적인 논점을 토대로 "생명력의 억압을 통해 생겨난 고민과 좌절이야말로 문예의 근저이며, 그 표현법은 바로 광의의 상징주의다."라고 여겼다. 이 말은 바로 서양문학 전통에 대

한 해박한 지식을 창조적으로 종합한 것이라고 할 수 있다. 그의 산문집 ≪상아탑을 나와서(出了象牙之塔)≫(1920)와 ≪사거리를 향하여(走向十字街頭)≫(1925) 같은 책은 바로 당시 일본이 직면했던 문학과 문화상에서의 문제들로부터 사회 철학적인 문제들에 이르는 일련의 주제에 대한 그 개인의 지적인 기록이다. 이러한 저작들은 모두 중국에서 적어도 한 권 정도의 번역본은 있었고, 또 그것들은 중국에서 폭넓게 유행했다.

'고민(苦悶)'(이 글자는 일본어에서는 고민·고통·고뇌의 뜻을 가지고 있다)은 중국 현대의 저작 속에서 자주 만나게 되는 단어 가운데 하나로서, 현대 중국인들의 보편적인 내면적 특성을 표현하고 있다. 구리야가와 하쿠손의 ≪고민의 상징≫이라는 이 제목은 틀림없이 자신들이 처한 시대의 국가적·개인적 불행 속에서 자신들의 고민·고통·고뇌로부터 벗어나려던 중국인을 강하게 끌어당겼을 것이다. 그들이 스스로에게 지식인으로서 또한 사회인으로서 가장 필요한 것이 무엇이냐고 질문했을 때, 구리야가와 하쿠손의 다른 두 저작인 ≪상아탑을 나와서≫와 ≪사거리를 향하여≫는 그들이 해결책을 찾는 데 도움을 주었을 것이다. 중국의 현대작가들은 바로 자신들이 원한다고 할지라도 상아탑 속에서의 편안한 삶을 누릴 수는 없었다. 그들은 자신이 이미 역사의 전환기에 처해 있었기 때문에, 그들 자신과 사회를 위해 앞으로 나아가야 할 올바른 방향이 무엇인지 찾아내도록 시도해야만 했다.

노신은 ≪고민의 상징≫과 ≪상아탑을 나와서≫를 번역했다. 그는 ≪상아탑을 나와서≫ 후기에서 중국이라는 시기리에 시시 혼란스런 관찰자로서 느끼는 자신의 고민을 써 내려갔다. 그는 자신의 독자들에게 마치 구리야가와 하쿠손이 그렇게 냉정하게 자신의 국민과 국가를 비판했던 것처럼, 그들이 짊어진 역사적인 부담을 벗어던지라고 강력하게 요구했다.

저자가 지적한 바 있는 무관심·적당·타협·위선·옹졸·거만·보수(保守) 등 세태가 그야말로 중국을 말하고 있는 것이 아닌지 의심이 된다. 특히 모든 일에 무성의하고 우유부단하며, 만사를 영혼으로부터 육체의 방향으로 처리하고, 유령 같은 생활을 하고 있다. ……저자는 이미 이것이 심각한 병이며, 진단을 한 뒤 처방을 받아야 한다고 여긴다. 왜냐하면 동일한 병에 전염되어 있는 중국의 젊은 남녀들에게 정보와 처방을 제공할 수 있기 때문이다. 만일 키니네가 일본인의 말라리아를 치료할 수 있다면, 이 약은 중국인들도 치료할 수 있을 것이다.

본래 의과대학 학생이었던 노신은 여기에서 자신의 견해를 의학적인 비유를 들어 구체화시키고 있다. 여기에는 만일 일본이 개혁할 수 있다면 중국도 개혁할 수 있다는 청 말의 개혁자들이 품었던 낙관적인 논조가 노신과 많은 동시대인을 움직이고 있었다. 노신은 구리야가와 하쿠손에 의해 고무되었음이 분명하다. 좀 더 정확하게 말하자면 그는 구리야가와 하쿠손으로부터 재차 영향을 받아 1924년에 ≪망원(莽原)≫이라는 잡지를 발행했다. 당시 그는 ≪상아탑을 나와서≫를 번역하고 나서 구사회의 가면을 벗어던지기 위해 문화비평과 사회비평의 분위기를 조성할 것을 희망했다.

노신은 일본의 저작이나 일본이 번역한 서방 저작을 번역하는 데
도 두드러진 지위를 차지하고 있었기 때문에, 천진(天津)의 ≪익세
보(益世報)≫에 의해 '영원히 일본사람을 추종하는 작가'라고 조롱
당하기도 했다. 이 조소 섞인 글은 1935년에 발표되었는데, 그때 마
침 노신은 일본어로 쓰인 러시아 현대소설과 마르크스주의 문학이
론 서적을 번역하고 있었다. "러시아와 중국은 매우 가까운 거리에
있는데, 왜 일본사람의 손을 거쳐 배워야만 하는가?"라고 지적한 장
노미(張露薇)는 "우리는 일본사람들 중에서 진정으로 러시아문학의
새로운 정신을 이해한 사람을 발견하지 못했다. 왜 군이 천박한 일
본의 지식인들에게서 우리의 양식을 찾으려고 하는가? 이는 정말로
수치스러운 일이다."라고 반문했다. 이러한 반(反)노신 정서는 그
자신만의 독자적인 것은 아니었다. 그것은 1925년의 5·30사건(五
卅事件), 1931년의 동북사변(東北事變), 1935년의 화북사건(華北事
件) 등과 같이 일본에 의해 끊임없이 진행된 침략행위에 의해 발생
한 보편적인 반일(反日)정서의 표현이다. 민족의 위기에 대한 이러한
반향은 서로 다른 유파의 많은 작가들을 신속하게 변화시켜 힘을 모
아 일본에 대항하여 나라를 구하자고 하는 측면으로 나타났다.

이러한 상황 아래에서는 노신이 제창한 '문명비평과 사회비평'은
중국문학계에서 용인될 수 없는 것처럼 보였다. 창조사의 구성원들
도 1920년대 후반에 마르크스주의 프롤레타리아 문학을 제창하고
나섰고, 그들의 극적인 변화는 혁명문학 측면으로 향했다. 동시에
다른 단체의 작가들, 특히 노신과 그의 동료들도 혁명을 향해 나아
가기 시작했다. 이는 바로 1930년에 좌익작가연맹(左翼作家聯盟)이

성립되는 기초가 되었다. 일본의 침략이 날로 심해지자, 절대다수의 중국의 작가들은 서로 간의 차이를 잊은 채, 중화전국문예계항적협회(中華全國文藝界抗敵協會)에 참가하여 '항전문예'라는 공동의 목표를 찾았다.

같은 시기에 일본의 문예계에서도 중국에서와 같은 상황이 발생했다. 비록 '혁명'과 같은 용어의 사용이 억제되고 있었지만, 마르크스주의 이론을 중심으로 하는 일본의 '프로문학'은 본질적으로 중국의 혁명문학 혹은 프로문학과 비슷하다. 1920년대에 신감각파의 구성원들은 극적으로 프롤레타리아 계급을 위한 사업으로 전향했음을 선언했고, 1928년에는 전국 규모의 '전 일본 프롤레타리아 예술연맹(NAPE)'이라는 좌익작가 기구가 결성되었지만, 일본의 좌익작가들은 정치나 대중교육 면에서 중국의 좌익작가들만큼은 영향력을 발휘하지 못했다. 정부의 억압으로 인해서 많은 좌익작가들은 자신의 문학적 위상을 다시 한 번 바꾸어야 했으며, 대일본문학연구회(大日本文學硏究會, 1938년)·일본문학보국회(日本文學報國會, 1942년)·대동아문학자대회(大東亞文學者大會, 1942년) 등과 같은 다양한 문학조직에 가입하여 일본의 군사침략 세력에 협력해야 했다.

양국 간의 이러한 급격한 상황 발전으로 인해 일본과 중국 사이의 문학 관계도 단절되게 되었다. 그러나 양국 사이에 전면전이 발생하기 전까지만 해도 프롤레타리아 혁명문학을 제창하던 중국 작가들은 여전히 일본에서 출판된 마르크스 연구서나 번역서들에 의지했다. 노신을 제외하고 가장 유명한 사람은 곽말약인데, 그가 일본 최초이자 가장 영향력이 컸던 공산주의 지식인의 대변인 가운데 하나였던 가와가미 하지메(河上肇)를 통해 마르크스주의를 소개받았음은 잘 알려져 있다. 마찬가지로 성방오나 욱달부처럼 일본에서 유학한 학생들도 모두 문학과 정치 활동의 과정에서 일본 자료의 도움을 받았다. 그러나 두 나라가 전면전에 빠지면서 일체의 문화 관계가 중단되고 말았다. 이로써 반세기 동안 중국 현대문학에 미친 일본의 영향이 끝나게 되었다.

이러한 일반적인 회고는 주로 일본이 서구의 영향을 전달하는 교량으로서 중국 현대문학의 발전에 적지 않게 공헌했음을 분명하게 밝히고 있다. 이는 문학이론 방면에서는 더욱 현저하다. 또 일본의 자연주의 소설, 특히 자서전 식의 사소설은 비록 길지는 않지만 1920년대 초기 중국에서 퇴폐소설이 만들어지는 데 도움을 주었다. 창조사와 관련된 퇴폐작가 외에 문학경향이 끊임없이 발전한 노신은 일찍이 일본에서 가장 중요한 두 작가인 나쓰메 소오세끼와 모리 오오가이의 영향을 받았다. 이 점에 대해서 주작인은 "노신이 훗날 쓴 소설이 비록 나쓰메 소오세끼와 작풍이 다르지만 경쾌한 풍자적 필치는 사실 나쓰메 소오세끼의 영향을 받았다."라고 지적하고 있다. 이러한 가정은 노신에 의해 견지되고 있는 문학 사업상의 '여유'로운 태도(나쓰메 소오세끼는 개인 풍격의 여유파 작가이다)에 의해 보충되고 있으며, 게다가 그는 모리 오오가이의 자전소설인 ≪유희(游戱)≫를 번역한 적이 있다. 비록 그렇다고 할지라도 노신과 그가 영향을 끼친 작가들에게 있어서 여유주의에 대한 그들의 흥미는 다만 희망에 불과했을 뿐, 손에 잡을 수 없는 사치품일 따름이었다.

어떤 시기를 막론하고 중국에서 유일하게 일본의 영향을 깊이 받은 작가는 주작인이다. 그가 처음부터 끝까지 일본문화에 빌붙었기 때문에 일본이 중국을 점령했을 때도 일본사람들에 의해 친구로 불렸고, 반면에 중국사람들에게는 '친일파'로 낙인찍히게 되었다. 그러나 그의 관심은 주로 하이쿠(俳句)·에도(江戸)소설·교겐(狂言) 및 수필문학 같은 현대 이전의 일본문학에 있었다. 일본의 진정한 친구로서의 주작인은 일본의 전통문화와 풍습에 관한 글을 많이 써서 자신의 진심을 드러냈지만, 두 나라 상호 간의 이해를 촉진시키는 노력에는 실패했다.

결론적으로 일본의 노신에 대한 전형적인 의미를 지닌 견해를 인용하여 증명하는 것이 적당할 것이다. 왜냐하면 그것은 일본이 중국에 끼친 영향에 대한 견해의 일반적인 입장이기 때문이다. 그는 일본문학에 대해 무관심했다. 일본문학에 대한 그의 흥미(광의적으로 말하자면)는 외국문학에 대한 소개자로서의 기능에 있었다. 좀 더 심하게 말한다면 그는 다만 일본문학의 공리적인 가치만을 인정했을 뿐이다.

11. 서구문학이 중국 현대문학에 끼친 영향[2]

서구문학은 청말(淸末) 중국에 소개된 이후부터 1937년 중·일전쟁(中日戰爭)이 발발하기까지 중국의 새로운 지식층 사이에서 매우 높은 인기를 누려왔다. 서구문학에 대한 이러한 열정은 피상적이거나 수동적인 것이 아니어서, 1920, 30년대에 사람들은 문학작품을 연구하는 데 힘을 기울였을 뿐만 아니라, 아울러 문예이론과 비평을 연구하는 데도 주의를 기울였다. 1920, 30년대의 경우, 문학이론과 비평은 문학작품들 못지않은 열의를 가지고 연구되었다. 그러나 거의 1920년 말에 이르면서 서구의 영향이 다소 약해져, 대략 1926에서 1934년 사이에는 번역작업에 대한 수요가 현저하게 감소되었다. 이것은 우선 1920년대 초에 서구 문화를 지나치게 강조함으로 인해 사람들로 하여금 실망감을 불러일으키게 했을 뿐만 아니라, 수준이 낮은 번역 작품을 그냥 받아들일 사람도 없었기 때문이다. 둘째, 중국인들의 눈으로 볼 때, 소비에트 문학과 마르크스 문학에 대한 비평의 대두는 비교적 오래된 서구의 전통문화의 가치를 낮게 평가했다. 즉 자유로운 서구 문화에 대한 공개적이거나 함축적인 비판은 1925년에 발생한 5·30사건(五卅事件)과 서구가 북벌전쟁(北伐戰爭, 1926∼1927)을 반대함으로써 일기 시작한 반(反)외세의 정서 속에서 환영을 받았다. 만약 이러한 요인들이 서구문학의 영향이 몰락하는 것을 유도했다면, 같은 분석방법으로 서구문학이 그 영향력을 회복하게 된 원인을 해석할 수도 있을 것이다. 대략 1930년대 초의 중국 작가들은 자신들의 작품이 기교 면에서 아직 원숙하지

---

2) Bonnie S. McDougall의 *The Impact of Western Literary Trends* 번역.

못하고, 광대한 독자들의 요구를 만족시킬 수 없다는 사실을 인식하게 되면서, 사실주의(寫實主義)와 자연주의(自然主義) 작품을 독자들에게 제공하기 위하여 서구의 현대문학을 도입할 필요가 있었고, 또 작품의 질을 높이기 위해서도 서구의 고전명작을 번역하여 연구할 필요가 있었다. 동시에 국제 공산주의와 코민테른 그리고 중국 정부와 서구 열강 사이의 견고한 관계로 말미암아 국제주의(國際主義)는 새로운 힘을 얻었고, 마침내 중국인들에게 풍부한 흡인력을 가진 서구 문학작품들이 출현하게 되었다. 그래서 원래 서구문학에 대해 냉담했던 사람들도 다시 그에 대한 열기를 띠기 시작했다.

1930년대에 다시 출현한 이러한 관심은 중·일전쟁(中日戰爭)의 발발로 다시 제약을 받게 되고, 이후 계속된 전란은 서구문학에 대한 중국인들의 관심을 더욱 멀어지게 했다. 당시 사람들은 군중 행동이 서구문학의 영향 아래 놓인 개인적 우월감보다 더욱 중요하다는 사실을 인식하게 되면서, 작가들은 광대한 독자들의 성향과 수요에 근거하여 자신들의 임무를 다시금 확인하게 되었다. 그래서 1920년대와 1930년대 초의 일반적인 작가들은 모두 서구의 문학작품 속에서 묘사된 인물을 기초로 인생과 사회에 대한 그들의 태도를 결정했다. 거기에서 작가들은 자신들을 창조자의 형상으로 삼았고, 사회에 있어서의 작가의 역할도 지나치게 미화하고 과장하여 하나의 커다란 변화가 발생했다.

중국 작가들이 서구의 미학에 처음 접촉했을 때, 이론연구의 중점은 중국의 고전미학에서처럼 바로 예술작품에서 예술가 자신에게로 바뀌고 있었다. 문예부흥(Renaissance) 이후 예술가는 널리 알려진 인물이나, 하나의 창조자로서 다시 나타나게 되고, 18세기 말에 이르러서는 사회 속에서 하나의 독립된 개인으로 출현했다. 때문에 서구문학이 중국에 영향을 끼쳤다는 표지 가운데 하나는 바로 직업적인 작가에 대한 존중이었다. 비록 창작이 학자 단체나 정부 기구에 속하지 않아, 중국에서는 하나의 독립된 직업으로 존재했으나, 공교(孔敎)의 정통관념 중에서는 여전히 합법적인 자리를 차지하지 못하고 있었다. 1898년이 되어서야 양계초(梁啓超)가 정치가의 자질은 시나 산문이 아니라 소설을 창작하는 데서 드러난다고 공개적으로 주장하기 시작했다. 그러나 그는 엄숙하고 제대로 교육을 받은 사람이 공직에서 물러나서 정치성 소설을 쓸 수 있는 점을 전혀 고려하지 않았다. 1907년이 되자 노신(魯迅)은 시인이 예언자가 되어 국민들을 이끌고 정치개혁을 진행하여 사회의 정의를 추구해야 한다고 생각했다. 즉 작가는 관료체재 속에서 자신의 사상을 표현하는 것이 아니라, 사회 속에 처해 있어야 하는데 이것이 바로 고대의 중국 시인인 두보(杜甫, 712~770)가 추앙을 받는 까닭이라고 여겼다.

노신은 문학의 힘을 통해 대중들에게 직접적으로 호소한 셸리(Shelly), 푸시킨(Pushkin), 베토피(PetÖfi) 같은 서구 시인들을 예로 들었다. 그는 또 카알라일(Carlyle)이나 니체(Nietzsche), 브란데스(Brandes)와 같은 철학가들의 이론을 인용하여, 중국 작가들과 그들의 정부에 영향을 끼쳤던 사회적 무관심과 부패를 추방하고자 했다. 아마도 전통적인 이상은 안정된 사회에서 적합하여, 그러한 사회에서는 출사하여 벼슬을 하거나 재야에 은거하는 것이 모두 대단히 떳떳할지 모른다. 그러나 노신이 처한 상황은 달랐다. 그는 성실한 애국자들에게 문학이야말로 국가와 국민들에게 보답하는 가장 훌륭한 방법이라고 역설함으로써 젊은 지식인들 사이에서 이상적인 혁명이 일어나도록 격려했다.

중화민국(中華民國)이 건립된 이후에도 사회는 여전히 끊임없이 분화되고 있었다. 이러한 상황하에서 야심을 가진 많은 젊은 지식인들은 사회에서 각종 출판물이 신속하게 늘어나는 것을 보면서 사뭇 고무되어 직업적인 창작에 종사하게 된다. 그들에게 있어서 만약 이러한 생활이 보장되지 못한다면, 글을 가르치거나 어느 군벌의 막하에서 일하는 것처럼, 그들이 선택할 수 있는 다른 주요한 직업도 더 나아 보이지는 않았다. 그러나 이미 창작을 직업으로 선택한 작가들은 자신이 사회 속에서 행해야 할 적당한 역할, 특히 변화하는 정치적 상황에 개입할 것인지 말 것인지를 탐색하고 연구해야만 했다.

대부분의 사회에서 작가는 적어도 비평가·개혁가·오락 제공자로서의 서로 배척할 수 없는 세 가지 역할을 맡아왔다. 이러한 전통적인 역할들은 중국인들이 모두 잘 알고 있는 바이다. 그러나 5·4시기의 작가들은 여기에 서구에서 받아들인 몇 가지를 덧붙이고 있는데, 가장 먼저 언급된 것 가운데 하나가 바로 예언가로서의 역할이다. 노신이 예언가에 대해 해석하면서 언급한 시인들은 모두 일종의 악마적 역량을 갖추고 있는데, 바로 이 역량이 그들로 하여금 미래를 통찰하고 국민들을 앞으로 인도할 수 있게 만들었다. 10년 뒤 곽말약(郭沫若)도 카알라일과 괴테(Goethe)의 논점을 이끌어내어, 시인과 예언가는 모두 우주 내부의 활동방식과 긴밀하게 협조하고 있기 때문에 자연이 가지고 있는 창조력을 지니고 있다고 밝혔다. 곽말약에 의하면 새로운 시대에서 시인이 지닌 사명은 바로 자연과 일체의 현상에 대한 자신의 실제적인 감각을 자유로이 전달하는 것이며, 또 자연이 만물을 창조하는 것처럼 자신의 시를 창조하는 것이다. 이 신성한 역할을 수행하기 위해서는 시인은 먼저 자연과 사회 속에 깊이 들어가 자신의 심미적 인식과 철학적인 판단력을 키울 준비를 해야만 한다. 자기 자신이 완전한 사람이 되어야 그의 시적인 재능도 날로 완전해지기 때문이다.

당시 곽말약은 독일 낭만주의(浪漫主義)의 영향 아래에서 사회에 대한 시인의 중요성과 의무를 강조하고 있었다. 1921년 중국에 돌아온 후, 그는 자신의 풍부하고 미묘한 이상이 파괴됨으로 인해 실망을 느끼기도 했지만, 시에 관한 그의 견해는 여전히 변화가 없었다. 1923년에 그는 표현주의(表現主義) 이론에 찬동하여, 예술과 인생이 불가분의 관계를 지니고 있음을 인식했다. 즉 그에게 있어서 예술은 표현이고, 표현은 바로 예술이었다.

창조는 변혁을 의미하고 있기 때문에, 창조적인 예술가는 본질적으로 혁명가이다. 다시 말해서 일체의 진정한 혁명운동은 곧 예술운동이고, 일체의 열성적인 행동가는 모두 순진한 예술가이며, 개혁에 뜻을 둔 일체의 열성적인 예술가는 모두 순진한 혁명가이다. 3년 뒤에 그는 또 다른 이론을 제시하여 사회 속에서의 시인의 역할을 증명했다. 즉 그는 중세기 유럽에서 유행하던 사람의 체액이 그 개성의 유형을 결정한다는 체액설(기질론, theory of humors)을 인용해 작가들을 대체로 우울한 유형으로 특징지었다. 즉 인간 세태의 변화에 대한 작가의 예민한 감수성은 그로 하여금 작품 속에서 사회의 변화를 예측할 수 있게 하여, 일종의 문학 기압계 역할을 했다. 따라서 순수한 무산계급 작가가 중국에 출현해야 한다고 한 그의 주장은 이 이론에 의해 특별한 흡인력을 가지게 되었고, 소자산계급 작가들에게는 시대가 필요로 하는 무산계급 문학을 창조하고 필요한 상상의 도약을 완성하기 위한 모종의 특수한 능력이 요구되었다.

작가의 기질에 대한 곽말약의 관점은 유물론(唯物論)과 비슷하여 마르크스주의에 대한 그의 관심과 병행하여 동시에 발전했다. 1920년대에는 작가의 사회적 역할문제에 있어서 두 개의 마르크스 사상 유파가 생겨났다. 한 유파는 작가를 단순히 모든 사람과 똑같은 노동자로 간주했고, 다른 유파는 작가를 혁명의 선봉 대열에서의 영웅인물 혹은 기수(旗手)로 간주했다. 1930년에 좌익작가연맹(左翼作家聯盟)이 성립될 때도 이러한 '기수론'을 사용했다. 그러나 그때 노신은 적어도 중국 작가가 인민들을 고무하고 장래를 예언하는 능력에 대한 원래의 믿음을 상실하고 있었다. 그는 이미 다른 유파로 전향하여, 작가를 인민의 봉사자로 간주하고 있었던 것이다. 그러나 1930년데 좌익운동 중에 사람들이 부여한 작가의 중요성에 대해서는 기본적으로 이의를 제기하는 사람이 없었다. 다만 1942년이 되면서부터 연안(延安)에서 모택동(毛澤東)이 작가를 '전쟁터가 없는 영웅'이라고 불마하기 시작했다.

중국인들은 개혁사보서의 작가 혹은 사회비평가로서의 작가라는 신분에 대해 잘 알고 있었기 때문에 이를 비교적 쉽게 받아들 수 있었다. 사실 문학에서의 사회비평은 중국 민속의 위대한 전통문화 가운데 일부분이었디. 이는 고대에서부터 비롯되어 당·송(唐宋) 시대에 더욱 강화되었다. 그러나 5·4 시대가 되자 개혁가들은 이러한 사회비평의 역할이 청조에서는 이미 쇠퇴하여 구도덕에 대한 변호 정도로 간주되고, '문이재도(文以載道)'의 구호 속에서 구체적으로 표현되기 시작했다. 그들은 비평의 역할을 회복하기 위해 문학은 사회의 반영이라고 주장하는 자연주의 이론 같은 서구의 새로운 이론들을 제시했다. 모순(茅盾)은 바로 이러한 이론을 처음으로 제창한 사람 가운데 하나이다. 그는 대체적으로 어떠한 문학작품이든지 간에 반영의 정도가 얼마나 정확한지는 차이가 있을지라도, 객관적으로는 모두 '사회의 반영'이라는 특징을 드러내고 있다고 여겼다. 그래서 그는 작가들에게 개인적인 경험을 통하거나 아니면 과학적인 연구에 의하든지 간에 자신이 처한 사회적 환경을 잘 알아야 하고, 반영이 정확하고 사회가 부패하고 썩었다면 작가는 자연적으로 사회비평가가 된다고 했다.

위에서 이야기한 관점의 기초는 바로 테느(Taine)의 역사해석 방법이다. 모순은 영·미의 대학 교재를 번역한 글을 통해서 일정한 민족·환경·시대라는 이 세 가지 요소가 작가의 개성에 끼치는 영향이 서로 동등하다는 이론을 접하게 되었다. 이러한 많은 교재들은 일종의 '프리즘' 이론을 내세워 개성의 중요성을 강조하면서 일부 문학작품에서 느낄 수 있는 쾌감이나 가치는 생활에 대한 작가 개인의 고찰로 인해 결정된다고 여겼다. 그러나 모순은 개성이 문학작품에 끼치는 영향은 제한적이기 때문에, 개성 자체는 주로 민족·환경·시대에 의해 결정된다고 여겼다. 그가 비록 일부 작품들 속에서 리얼리티(reality)를 반영하기보다는 초월하는 것처럼 보이게 하는 데 주목했지만, 그도 이에 대한 해석을 할 수 없었고, 아울러 작가 자신의 감각도 현실에 대한 일종의 왜곡이거나 신뢰할 수 없다는 가능성을 무시했다. 그럼에도 불구하고 그는 여전히 가치 있는 문학작품을 창작했다. 이 단순한 반영론은 젊은 작가들이 사회에 대한 그들의 비평을 공개적으로 전달하도록 격려했지만, 한편으로는 개인이 지닌 감수성의 발전을 가로막기도 했다. 또한 간접적으로는 공리주의자들의 잘못된 관념 — 이러한 관념은 중국 현대문학 중에서 상당히 보편적이다 — 을 조성하여, 한 작가의 목적의식에 근거하여 문학작품을 비판할 수 있다고 여기게 했다. 실제로 예술작품이라고 불리는 것들이 매우 높은 문학적 가치를 지니고 있던 반면에 분명한 정치의식을 지닌 작가들은 단지 선전물만 창작할 수 있었다. 1924년을 지나 1925년 이후부터 모순의 마르크스주의 문학관은 더욱 분명해져, 다른 마르크스주의 비평가로 하여금 좀 더 관용적으로 변하여 이제는 더 이상 지나치게 혹독하지 않도록 하기 위해서는 개성적인 요소를 더욱 강조할 필요가 있음을 느끼게 되었다.

만약 '반영론'이 작가는 다만 한 명의 단순한 '문학 노동자'라고 설명한다면, 그의 힘든 노동은 자연히 결과로 보상을 받게 된다. 그렇다면 이 이론을 다소 고쳐서 작가가 더욱 적극적인 방식으로 사회를 비평하기 위해 사회의 바깥에 서 있는 것을 허락한다면 또 어떻게 해석해야 하는가? 개혁자 또는 혁명가로서의 작가는 또 다른 종류의 근거가 필요하다. 이 근거는 이론분석을 통해 인식하는 것을 제외하고는 개인이 경험이나 실제 생활을 통한 체험으로 귀결된다. 예를 들면 파금(巴金)은 그로포드킨(Kropotkin)의 《청년에게 알림

(An Appeal to the Young)≫과 레오폴드 캄프(Kampf)의 ≪밤이
아직 끝나지 않았다(On the Eve)≫ 등 책을 읽은 뒤의 느낌과 자신
의 작품에 대한 독자들의 반응 속에서 문학이야말로 국민들의 생활
을 변화시킬 수 있는 힘을 가졌다고 굳게 믿었다. 파금의 이러한
관점은 서구문학을 근거로 삼고 있는데, 양계초 이전에는 이렇게 설
득력 있고 극적으로 문학의 역량을 발휘한 사람은 국내에 거의 없
었다. 곽말약도 프랑스와 러시아 혁명에 대한 작가들의 공헌을 인정
했다. 당시 이에 대한 가장 가까운 예는 바로 골즈워디(Galsworthy)
의 극본인 ≪법망(Justice)≫이 영국의 사회개혁에 끼친 영향이다.
1920년대 초기에 곽말약과 욱달부가 주장한 표현주의 문학관은 작
가들이 혁명가가 되도록 고무했고, 당시 독일문학에서도 이러한 예
가 존재하고 있었다. 그러나 사실은 표현주의 문학이 고도의 개인주
의적이고, 고전주의(古典主義)에서 유미주의(唯美主義)를 포괄하여
그 범위가 광범위하며, 또 형형색색의 예술관점은 공산주의에서 파
시즘에 이르기까지 정치적 이론까지도 용납하고 있어서 매우 불안
정했다. 때문에 곽말약은 1923년에 예술에 있어서의 선전은 예술가
의 내면적인 순결에 거슬리는 것이라고 비난했지만, 1926년에는 오
히려 북벌의 선전공작에 참가하기도 했다. 이와 반대로 욱달부는 대
략 5년 동안 좌익작가로 활동하다가 1930년대가 되면서 좌익작가연
맹에서 탈퇴하여 임어당(林語堂)의 진영에 합류했고, 동시에 다시
구체시를 쓰기 시작했다.

　학형파(學衡派)가 생각한 사회비평은 이와는 또 달랐다. 5·4시기
에는 중국의 모든 것을 공격하고, 우리의 민족문화를 업신여기며, 불

필요하거나 심지어는 유해한 사회생활과 관습의 변동을 선동하고, 조소적이고 경멸적인 태도로써 모든 종교·도덕·교육을 바라보며, 무지하고 고집스러우며 완고한 개인주의적인 경향을 지니며, 어떠한 규칙·제도·질서에도 배치되는 풍조가 유행했다. 따라서 이 학형파는 이러한 당시 풍조에 반대하기 위하여 조직되었다. 이를 위해 그들은 매튜 아놀드(Matthew Arnold)의 ≪문화와 무정부 상태(Culture and Anarchy)≫, 어빙 배비트(Irving Babbit)의 ≪루소와 낭만주의(Rousseau and Romanticism)≫와 ≪신라오쿤(The New Laokoon)≫과 같은 저서들로부터 도움을 구했다. 그리고 세상에서 가장 잘 알려지고 연구된 가장 우수한 것과 접촉하여 개인의 정신적인 승화를 유도하고 궁극적으로는 사회 구원의 목적에도 도달할 수 있다는 '감염론'이 이들 저서 속에서 찾은 그들의 이론적 근거였다. 이 과정에서 비평가는 의사와 마찬가지로 병에 처방을 하고 오염과 투쟁해야 했다. 아놀드 역시 ≪문화와 무정부 상태≫에서 '우리 마음에 새겨진 문화의 정화 효과'라는 신성한 비유를 사용했다. 그러나 초기의 5·4 작기들은 '징화'라고 하는 개념을 자주 언급하지는 않았다. 비록 당시 그들 가운데 많은 작가들이 아놀드의 말을 수시로 인용하고 있으나, 오히려 그들 가운데 아놀드의 작품을 직접 읽어본 사람은 거의 없었다. 학형파는 단지 문화·사회문제의 기본적인 보수적 가치만 받아들였다고 했다.

그런데 예술가도 오락자가 되어 사회를 위해 봉사할 수 있다는 사실을 인정하는 사람들은 그리 많지 않았다. '오락'이란 단어는 영어에서 저속한 의미를 지니고 있다. 그러나 일반적으로 사용될 때에는 비극(悲劇)과 희극(喜劇)이 모두 이 단어에 포함된다. 이와 상응하여 중국에서도 "우리가 슬플 때 문학은 우리를 위로하며, 우리가 즐거울 때 문학은 우리를 즐겁게 해준다."라는 말이 있다. 그러나 1920년대에는 이러한 견해가 문학의 기능을 정확하게 지적하는 데는 적합하지 않다고 여겨졌다. 다만 주작인(周作人)과 노사(老舍), 심종문(沈從文)과 같은 소수의 용감한 작가들만이 자신이 선택한 '오락자'로서의 역할을 주장했다. 당시에는 이론적인 비평이나 작가의 생애는 소개하지 않고, 다만 서구의 문학작품만을 게재하던 몇몇 잡지들이 있었는데, 그 가운데 하나가 어사파의 ≪어사(語絲)≫이다. 1930년대에 이르러 이 단체는 두 가지 경향으로 나누어졌다. 하나는 임어당(林語堂)이 주도한 잡지 ≪논어(論語)≫와 ≪인간세(人間世)≫를 중심으로 한 것인데, 이 두 잡지는 영국 식의 유머 스타일을 지니고 있었다. 다른 하나는 자신들의 오락이나 제한된 범위의 몇몇 친구들을 위해서 쓴 것이다. 주광잠(朱光潛)은 문학의 심리적 기능에 관한 이론에 근거하여 작가가 사회의 정당한 역할을 이행하기 위해서는 사회적 욕구를 무시할 수 있어야 한다고 주장했다. 왜냐하면 작가는 마땅히 자신과 인류정신의 고상한 활동을 결합해야지, 사회문제와 결합해서는 안 되기 때문에 응당 공평하고 초연해야 한다. 주광잠은 리차드(I·A·Richard)의 관점을 인용하여, 시의 기능은 단순히 슬픔을 위로하거나 생활의 오락을 증가시키는 것이 아니라, 사람들에게 새롭고 다양한 생의 경험들을 가져다주어, 그들로 하여금 그 속에서 일종의 생명력을 흡수할 수 있게 하고, 이로써 생활을 유지하고 생활의 의미를 확대시켜 주는 것이라고 주장했다.

그런 맥락에서 주광잠은 시인이란 슬픔 속에서도 기쁨을 발견하는, 다시 말해서 다른 사람들이 발견할 수 없는 것을 발견하는 특수한 재능을 가진 사람이라고 여겼다. 그렇지만 그는 크로체(Croce)와 마찬가지로 시인의 직관이 실제적으로 시를 창조하는 능력과 분리될 수 없다고 보았다. 그는 표현주의 '무운시인(無韻詩人)'의 병폐를 끄집어내어 작가는 마땅히 자신의 감각과 언어로 하여금 세련되고 아름답게 만들어야 한다고 강조했다. 작가 자신의 특별한 재능을 사용하기 위해서는 반드시 자신의 제재로부터 일정한 거리를 유지해야 하며, 그래야만 신선한 심미안(審美眼)으로 제재를 바라볼 수 있다. 이러한 관점에서 주광잠은 영국의 심리학자 에드워드 블로흐(Edward Bullough)가 제시한 '심미적 거리' 이론을 인용했다. 에드워드 블로흐의 의도는 문학으로 하여금 사실주의의 영향을 받지 않게 하기 위한 것이며, 주광잠이 사람들에게 남긴 인상은 문학으로 하여금 정치적인 활동의 요구, 특히 좌익작가들로부터의 요구에서 벗어나려고 한 것이다.

그 밖에 일부 작가들은 시인의 정낭한 임무는 미(美)를 창조하는 것이라고 주장함으로써 일생생활의 요구에서 벗어나고자 했다. 예를 들면 시인 하기방(何其芳)은 아르키메데스(Archimedes)를 자신의 특별한 임무를 수행하기 위한 모델로 삼았다. 당시 병사들이 그를 체포하려고 왔을 때 그의 유일한 관심거리는 완전한 원을 그리는 데 있었다. 1920년대에 보편적으로 유행하던 이론을 반대하는 과정에서 하기방은 엘리어트에게 있어서 시의 기능은 감성의 발설이나 개성의 표현이 아니라, 감정과 개성으로부터의 도피라는 사실을 발견했다. 그는 셸리와 마찬가지로 시인은 하나의 비파이며, 한 줄기 바람이 비파를 스칠 때 어디에선가 알 수 없는 곳에서 소리가 울려나는 것이라고 보았다. 그래서 때로는 셸리처럼 달콤한 목소리로 노래하여 자신의 고독을 해소하기도 했다. 그러나 그가 셸리나 엘리어트와 다른 점은 그가 추구한 목표가 '달콤한 음성'을 넘어서거나 또는 아예 그 자신을 망각하거나 벗어나지 못했다는 점이다. 이러한 특징은 그의 재능이 비파를 타는 데만 적합할 뿐이라는 사실을 의미한다. 그래서 귀에 거슬리는 군대의 트럼펫 소리를 요구하던 당시, 그는 자신의 비파를 내려놓고 희망 없는 절망 속으로 빠져들 수밖에 없었다. 상황에 따라 때로는 더욱 급박한 현실 도피가 발생하기도 했다. 바로 1934년에서 1935년 사이에 하기방의 시와 산문은 모두 환상을 주제로 하여, 발레리(Valéry)나 당·송(唐宋)의 유명한 작가들에게서 도움을 찾기도 했다. 그는 환상과 진실 사이의 혼란을 암시하면서, 설령 그것이 위험한 태도라는 것을 알면서도 언제나 진실을 회피하기를 희망했다. 그리고 끝내 그는 자신의 비파를 완전히 놓고 말았다.

중국 작가들은 그들의 정치적인 신념들이 어떠하든지 간에, 일반적으로 서구의 모델에 관심을 집중했을 뿐만 아니라, 그들의 사상 연원조차도 대량으로 교차되고 있었다. 예를 들어 문학연구회(文學研究會)는 주로 현대의 사실주의 문학에 관심을 가진 유명한 단체로서, 그들의 간행물 중에는 서구의 고전·중세·낭만주의 문학작품의 번역과 연구논문들을 포함하고 있었다. 보수적인 ≪학형(學衡)≫도 낭만주의와 사실주의를 비판한 배비트의 글을 즐겨 실었지만,

그들도 여전히 애드가 앨런 포(Edger Allan Poe)·셸리·위고 (Hugo)·폴 부르제(Paul Bourget) 그리고 낭만주의와 사실주의를 겸비한 아놀드 등과 같은 작가들을 소개했다. 그러므로 단순히 사 실주의 작가들을 좌익문학으로, 낭만주의 작가들을 우익문학으로 규정짓는 것은 무리이다. 처음에 창조사(創造社) 구성원들은 화려 한 낭만주의 작가였으나, 곧바로 좌익으로 전향했다. 그러나 1925 년의 5·30사건 이후 창조사의 정치적 경향이 서구의 개인주의 문 학과 19세기 말 20세기 초 퇴폐적인 예술가들의 발행되자, 프랑스 에서 교육을 받은 젊은 목목천(穆木天)과 왕독청(王獨淸)은 초기의 5·4 개혁자들이 채택했던 저속한 문학태도를 비웃는 한편 자신들 의 편지와 작품을 통해서 순수시와 상징주의시(象徵主義詩)인 <만 물의 조응(Correspondance)>을 중국 시에 끌어들였다. 심지어 뮈세 (Musset)와 비니(Vigny)까지도 베를렌느(Verlaine)와 랭보(Rimbaud) 와 함께 새로운 시대와 함께 연결되었다. 또 이 잡지는 예술에 있 어서 개인주의적인 죽음을 다룬 글을 게재했고, 아울러 말라르메 (Mallarmé)·칸닌스키(Kandinsky)·다다이즘·미래파 등을 모두 불공정한 사회의 억압 속에서 발전하기 시작한 극단적인 개인주의 의 예로 간주했다. 몇 편의 글은 바이런(Byron)의 정신을 구현하 기도 했는데, 그중 한 편은 양실추(梁實秋)가 고진주의(古典主義) 로 선양하기 전에 쓴 것이다. 10월혁명 이후 장광자(蔣光慈)는 러 시아문학에 대한 체계적인 소개를 진행하여, 혁명 활동을 하는 데 있어서의 예술의 중요성을 밝혔다. 동시에 그는 브록(Blok)·베드 니(Bedny)·에렌버그(Ehrenburg)·에세닌(Essenin)·세라피온 형제

(Serapion brothers) 와 같이 탐색과 실험정신이 풍부한 개인주의 작가들을 선택했다. 심지어는 곽말약조차 자신의 <혁명문학(革命文學)>에서 자신이 무산계급 예술을 위해 공개적으로 낭만주의를 포기하고 혁명의 선봉에 섰을 때에도 여전히 예술을 위해 한 자리를 남겨두었다. 그는 제국주의를 반대하고, 혁명문학의 역량을 강화시키도록 촉진하기 위해서 중국 작가들이 반드시 서구문학이 발전한 조류를 따라가야 하며, 이러한 조류는 이미 세계적인 범위가 되어 버렸다고 강조했다.

전체적으로 이 시기에 중국 작가들은 서구문학이 자신들의 고전적이고 민족적인 전통문학보다 뛰어나다고 여겼다. 외래문화에 대한 이러한 공통적인 인정은 쉽게 찾아볼 수 있는 것이 아니다. 더욱이 이러한 외래문학이 사회 자체의 결정적인 문제를 탐색하고 해결할 수 있는 방법으로 응용되었다는 사실은 주목할 만하다. 그러나 중국인들이 서구문학에 대해 커다란 열정을 지니고 있다고 해서, 그들이 일종의 불건전한 열등감에 빠진 것은 아니었다. 이는 19세기 말 구미에서는 문화현상을 생물현상과 마찬가지로 세계적으로 보편적인 것으로 간주하는 경향이 있었기 때문이다. 이러한 사상의 원동력은 다윈(Darwinian)의 진화론이다. 19세기 말 20세기 초 날로 편리해진 의사소통은 이 사상을 크게 고무시켰다. 바로 이때부터 인류학은 괄목할 만한 진전을 보게 되고, 완전히 문화 사이에 모종의 공통점이 존재하고 있음을 나타내기 시작했다. 동시에 융(Jung)의 '집단무의식' 개념은 신화와 전설에 대한 이론적인 연구를 촉진시켜, 세계 각국의 많은 민간 고사집을 발행하게 했다. 중국에서도 주작인과 다른 작가들이 신화 연구에 착수했고, 민간의 신화나 고사는 문학연구회와 창조사 잡지의 특징적인 요소가 되었다. 이처럼 역사학·인류학·심리학 영역에서 새로운 이론들이 발전했고, 이는 인류를 하나의 집단으로 여기는 것이 인류를 개개의 특수한 종족이나 민족으로 판단하는 것에 비해서 더 진보적이고 더 현명한 사고방법이라는 신념을 고무시키는 데 도움을 주었다. 이러한 신념은 바로 20세기 서구 지식인들의 보편적인 생각이었고, 중국에서도 이러한 생각이 나타나기 시작했다.

끊임없이 증가하는 '세계의식'의 또 다른 측면은 서구에서 일련의 서적과 전집들이 출판되어 독자들에게 세계문화 혹은 세계역사의 전체적인 윤곽을 제공하고 있다는 점이다. 이들 서적들은 지방대학의 도서관이나 이와 유사한 단체들이 20세기 영·미 대중교육의 필요에 적응하기 위해 위탁하여 편집한 것이다. 20세기 초가 되면서 비교문학이나 세계문학에 대한 연구는 이미 하나의 공인된 유파를 형성했다. 19세기 말부터 세계의 문학작품들이 영문으로 번역되었고, 이는 중국 작가들이 순조롭게 세계문학의 영역에 진입하고, 그들이 세계적인 위치를 차지하는 데 도움을 주었다. 1920년대에는 영어나 일본어를 통하여 거의 전 세계의 문학이 20세기의 중국문학에 영향을 끼쳤다. 지가들은 시구문학을 소개하면서 자신을 교육가이자 참가자 심지어는 개혁적인 창조사로 여기기까지 했다. 서구의 우주적 사고의 영향으로 말미암아 그들은 자신을 세계문화의 계승자로 간주하여 이러한 문화를 국내의 동포들에게 선파하고 아울러 세계문화를 발전시키는 데 공헌해야 한다고 여겼다. 이는 중국 작가들의 서구문학에 대한 반응이자, 서구의 사상이 그들에게 가한 제약의 결과이기도 했다.

중국인들이 받아들인 서구의 낭만주의와 사실주의 문학이론은 모두 세계주의(Internationalism)를 포함하고 있다. 낭만주의의 우주적 사고의 근원은 적어도 괴테(Goethe)의 범신론(汎神論)과 그의 비(非)게르만(German) 문화에 대한 열정에까지 거슬러 올라간다. 이러한 열정이 다른 낭만주의자들에게서는 바이런과 푸시킨의 시에서 볼 수 있는 것처럼 이국적인 기호에 대한 선호로 바뀌거나 혹은 번즈(Burns)·스코트(Scott)·알퐁스 도데(Daudet)·베토피·미키비치(Mickiewicz)처럼 가난한 지역에서 태어난 작가들의 작품에 대한 새로운 관심으로 바뀌었다. 이들에게 있어서 지방적인 색채는 이미 조잡한 색채를 벗고 참신한 문학적 가치를 획득했기 때문이다. 현실주의에서의 이러한 꾸준한 경향은 현실주의의 가장 중요한 역량 가운데 하나가 되었다. 왜냐하면 세계적으로 가난한 지역의 생활에 대한 진실한 묘사는 실속 없이 겉만 화려하던 기존의 묘사를 대체했기 때문이다. 낭만주의 작가나 현실주의 작가들은 때때로 그들이 열등한 사회의 화면을 제공하여 지식층의 시선을 분산시켜 버린다는 지적을 받기는 했지만, 그들의 작품은 자신들이 묘사한 인민들의 환영을 받았을 뿐만 아니라, 전 세계 독자들에게도 즐거움을 안겨 주었다. 중국 작가들은 그들이 사실주의를 신봉하든지 혹은 낭만주의를 신봉하든지 간에 현대의 서구문학에 나타난 민족적·세계적인 경향의 영향을 받았다.

세계주의에 대한 자부심, 새로 출현한 문학에 대한 열정, 서구 세계의 약소국가 문학에 대한 관심 및 문학 유파의 추세가 혼합되는 경향을 지닌 5·4문학의 특징은 모두 중국의 자체적인 필요에 의해 형성된 것인 동시에 어느 정도는 서구에서 유행하던 유사한 관점의 제약을 받은 것이다. 서구 세계가 중국문학에 영향을 끼치게 된 기초는 1920년대에 중국이 이미 세계상의 다른 국가들과 연계되면서 사회적 변혁이 끼친 영향을 받아들인 것이다. 물론 중국 사회의 일부만이 직접적으로 이러한 변화의 영향을 받았지만, 대부분의 젊은 지식인들도 끊임없이 흘러나오는 대량의 자료를 통해 이러한 변화를 관찰하고 받아들일 수 있었다.

신월사(新月社)는 1920년대 중기에서 1933년 사이에 모든 동시대의 서구문화에 대해 깊은 관심을 가진 단체 가운데 하나로서 중국과 서구의 문화 조류가 평행적으로 발전한 좋은 예이다. 간행물인 ≪신월월간(新月月刊)≫은 처음에 문일다(聞一多)·서지마(徐志摩)·요맹간(饒孟侃)에 의해 편집되었고, 창간된 다음 해 편집부가 확대되면서 정치·사회문제에 관심을 가진 사람들을 더 많이 흡수하게 되었다. 첫 단계에서는 정치·사회문제에 대한 글이 문학에 대한 글보다 분량이 많아서 새로운 잡지를 출판할 것을 계획했지만, 결국 원래의 형식을 그대로 유지하기로 했다. ≪신월월간≫의 일치된 주제는 개인적인 자유와 외를 존중하는 서구 사상을 유지하는 것이며, 중국은 다만 영국이나 미국처럼 서구식의 가치관을 사용해야만 생존해 나아갈 수 있다는 것이었다. 1929년에서 1930년 사이 정부가 서구식의 민주를 포기함에 따라, 호적(胡適)은 공개적으로 국민당 당국과 충돌했고, 1929년 9월호 ≪신월월간≫에 국민당이 이미 5·4정신을 배신했다고 공격했다.

≪신월월간≫은 문학적인 면에서 친서구적인 태도가 뚜렷했다. 예를 들어 그들의 서적에 대한 평론이 일반적으로 지방 출판물과 해외 출판물, 이 두 부분으로 나눈 것만 보아도 잘 알 수 있다. 지방 출판물 부분에서 게재한 것은 늘 중국인이 번역한 서구 혹은 일본의 서적이어서, 평론한 책들도 대부분 서구의 책들이었다. 그렇지만 전체적인 균형을 맞추기 위해서 그 가운데 어떤 책들은 중국과 관련된 내용이 있고, 또 어떤 것들은 유니스 타이첸(Eunice Tietjen)의 ≪동방의 시(Poetry of the Orient)≫(1928), 프리처드(F. H. Pritchard)의 ≪공자로부터 멩켄까지(from Confucius to Mencken)≫(1929)같이 중국문화에 대한 연구내용이며, 해외 출판물 부분에서는 특별히 최근 2년 동안 출판된 서적을 실었다. 서구문학에 대한 연구나 번역도 매기마다 두드러진 지위를 차지하여, 그 범위가 셰익스피어(Shakespeare)·마르그리트 드 나바르(Marguerite de Navarre)로부터 오 헨리(O. Henry)와 죠셉 콘라드(Joseph Conrad)에까지 이르렀다. 1931년이 되자, 서지마의 죽음과 문일다의 은퇴 그리고 좌익작가와 국민당의 공격으로 신월파(新月派)는 점점 고립되기 시작했다. 이들은 문학이야말로 세계와 인류의 본성에 관한 미묘한 철학과 심리적 직관을 표현하는 데 적합한 예술형식이라는, 서구에서조차도 날로 쇠퇴하던 문학사상을 견지했고, 사회의 바깥에 처해 있거나 혹은 사회 안에 있다고 하더라도 사회와의 접촉이 매우 적었다. 이러한 견해는 블레이크(Blake)·셸리·브라우닝(Browning)·해즐리트(Hazlitt)·데니슨(Tennyson)·하디(Hardy)·브리지드(Bridges)

등과 같은 낭만주의 작가나 빅토리아 시대의 대표적인 작가, 버지니아 울프(Virginia Woolf)·캐더린 맨스필드(Katherine Mansfield) 등과 같은 세련된 영국식 살롱 작가들로부터 유래되었고, 알랜 알렉산더 밀른(A. A. Milne)·제임스 매튜 바리(James Matthew Barrie)는 이러한 문학전통에 다소 뒤떨어지는 해석을 했다.

1920년대 심리문학은 아놀드 배네트(E. A. Bennett)와 웰즈(H. G. Wells)의 빈약한 사실주의를 대체하는 듯했다. 그러나 1935년에 버지니아 울프가 이 운동의 생명은 잠시였고, 준엄하고 냉혹한 사실주의는 무적의 역량을 드러냈다고 슬프게 말했다. 이러한 새 운동의 몰락은 그들의 선입관 속에서 그 원인을 찾아낼 수 있다. 우선 이들 작품 속에서 묘사된 것은 사회의 바깥에 처해 있거나 혹은 사회와의 접촉이 매우 적은 개인의 심리적인 문제들이었다. 현대사회의 고독에 대한 작가들의 인식은 매우 깊었지만, 그들의 작품에서는 이러한 고독감이 당시의 사회활동과 연결되지 못했다. 예를 들어 버지니아 울프가 많은 정치·교육활동에 참가했지만, 정작 그의 소설에서는 개인의 연애, 가정과 개성 문제가 사회의 동요와 관련된 일체의 내용을 덮어버렸다. 그녀 자신과 친구들처럼 소설 속의 주요 인물들도 가난했지만, 그들의 가난은 사회적인 추악이나 질병 및 여성들이 가정에서 받고 있는 노예적인 지위를 포괄하지는 못했다. 두 번째는 이 운동이 문체 형식 면에서 가진 편견이다. 비록 로렌스만이 유일하게 19세기 소설의 전통적인 형식에 대해 만족한 사람이었지만, 그들은 이 10년간이 기술적인 시험과 개혁을 진행한 시대라고 여겼다. 조지 오웰은 심리문학 중의 비관주의가 현행 징치에서 벗어나 문체

형식에 심취하게 된 특성을 형성하게 된 주요 원인이 1910년에서 1930년에 이르는 시기의 번영, 특히 이전에는 본 적이 없던 책임감 없는 유한 지식인들의 황금시대였던 1920년대였다고 지적했다. 마찬 가지로 이러한 지적은 대학에서의 안정된 수입과 가정의 재산이 많 았던, 1928년 이후의 신월사 작가들에게 적용할 수 있다.

1930년대 영국 문학은 오든(Auden) · 스펜서(Spender) · 데이 루이스(C. Day Lewis) · 루이스 맥니이스(Louis MacNeice) 같은 시인, 이셔우드(Isherwood) · 레이먼(Lehmann) 같은 소설가가 출현하면서 변화의 조짐을 드러내기 시작했다. 오웰의 관점에 따르면 "만약 1920년대 작가의 기조가 '생활의 비극'이라면, 새로운 작가들의 기조는 바로 '엄숙한 목적'이었다. 1934, 35년이 되면서 문학계에서는 조금이나마 좌익 경향을 가지고 있지 않은 사람은 이상하게 여겨졌고, 1935년에서 1939년 사이에는 40세 이하의 모든 작가들에게 있어서 공산당은 불가항력적인 흡인력을 가지고 있었다. 이러한 변화는 서구 공산주의 국가와 파시스트 국가와의 충돌과 관련을 지니고 있으며, 또 영 · 미의 노사 간 충돌과도 관련이 있었다. 우리는 코민테른이 진행하던 활동, 즉 사회적인 지위를 가지고 있는 의식 있는 작가들을 소집하고 조직하는 활동을 가볍게 여겨서는 안 된다. 그러나 실제적으로는 사회투쟁과 동요가 1930년대 정치문학이 발생하게 된 주요 원인이었다.

따라서 신월파의 몰락은 주로 그들이 시대상황에 맞지 않는 정치 신앙과 문학주장을 견지함으로 인해 발생한 필연적인 결과이지, 그들의 재능이 부족하거나 조직적인 면이 약해서가 아니었다. 신월파가 서구문학에 대해 견지한 태도는 칭찬할 만한 가치가 있다. 그들은 이미 초보자가 아니며, 세계의 조류를 관찰하는 책임을 유지하던 문학 종사자도 아니었다. 호적(胡適)이나 서지마처럼 외국에서 수년 간을 생활했던 작가들은 자신을 모든 세계의 문명, 특히 자신들이 공부하던 국가의 문명에 대한 천부적인 계승자라고 여겼다. 그들은 서구의 작가나 학자들의 친구로서, 중국인이라는 신분이 문학의 영역에서 유리한 조건인지 아니면 불리한 조건인지에 대해서는 고려하지 않았다. 예를 들어 중국은 전적으로 새로운 '세계문화'를 받아들여야 한다는 호적의 확신은 그가 전통소설에 대해 진행한 창조적인 연구에 방해가 되지 못했다. 문일다는 세 사람 가운데 민족성이 가장 풍부한 시인이지만, 오히려 자신의 일생을 서구 낭만주의의 영향을 받은 예술에 헌신했다. 서구사회에 대한 혐오와 서구화되는 중국 지식인들에 대한 염증은 그가 신봉하던 '예술을 위한 예술'이라는 주장을 더욱 강렬하게 만들었고, 이는 서구와 이러한 신앙을 위해 노력하던 시인들도 마찬가지였다. 그는 곽말약이 시에서 지나치게 서구의 비유를 사용했다고 비평했지만, 그 자신의 저작 속에서도 이국적인 정조는 중국적인 색채와 함께 혼합되고 있었다. 동시에 그는 여전히 중국과 서구의 원시자료를 수집하여, 시 형식에 관한 필수적인 이론을 확립했는데, 이것은 그의 전체 이론 가운데 매우 중요한 부분이었다. 《신월월간》이 창간된 지 얼마 되지 않아, 문일다는 문화상의 민족주의와 서구식 심미관 사이의 갈등을 겪는다. 그는 이 갈등이 매우 첨예하게 변하여 조화시킬 방법이 없게 되자, 근 10년 동안 시를 쓰지 못했고, 또한 이전의 활발했던 문학생활에서도 물러나야만 했다. 신월사 초기의 커다란 성과는 바로 중·서 문학을 조화시키는 능력에 있었지만, 그러나 결국 어쩔 수 없는 요인에 의해 활동을 멈추고 말았다.

1920년대 후반으로 접어들면서 서양문학, 특히 영국과 프랑스문학에 대한 중국인들의 탐색 열기가 점차 식기 시작했다. 1920년대 초부터 근근이 존재하면서 정치적인 중립이나 우익을 표방하던 단체들이 계속해서 간행물을 출판했다. ≪학형≫은 1933년까지 지속적으로 간행되었고, 편집진도 변동이 없었다. 이 잡지는 시종 플라톤(Plato)·배비트·셰익스피어의 작품들을 번역하여 발표했고, 때로는 프랑스와 영국의 낭만주의 작가들의 시나 문언시 그리고 신문학 운동의 단점을 지적하는 글도 발표했다. 정진탁(鄭振鐸)이 편집한 ≪소설월보(小說月報)≫는 청년 좌익작가들에 의해 현실을 도피하고 사회의 진실한 모습에서 벗어난 잡지라고 여겨졌지만, 그래도 1931년 말까지는 계속 출판되었다. 만일 1932년에 발생한 상해 폭격으로 인해 상무인서관(商務印書館)이 파괴되지만 않았더라도, 이 잡지는 좀 더 오랫동안 존재할 수 있었을 것이다. 정간될 때까지 ≪소설월보≫의 기본적인 내용은 여전히 복잡했다. 즉 이 잡지에는 고대 희랍과 로마, 근대 서구나 러시아 그리고 일본의 논문과 작품이 번역되어 소개되었다. 소련의 작가들도 구세대와 함께 이 잡지에 모습을 드러냈지만, 특별히 주도적인 지위를 차지하지는 못했다. 문학 뉴스 칼럼은 당시 소식통이던 조경심(趙景深)이 편집을 맡고 있어서, 대체로 유럽·러시아·미국·아시아·라틴 아메리카의 약소국가들에게 똑같은 지면을 할애했다. 그러나 외국문학을 소개하는 글이 점차로 줄어들게 되자, 파금·노사(老舍)·심종문과 같이 앞날이 유망한 신예작가들의 작품이 더 많은 지면을 차지하게 되었다.

이와 동시에 러시아의 힘이 날로 강해지자 소비에트 작가나 비평가들의 작품들도 중국 작가들에게 관심을 끌었다. 많은 사람들이 마르크스주의를 연구하고, 혁명 전의 러시아문학과 평론들을 번역하기 시작했다. 이러한 작품들은 통상적으로 영문판과 일본어판을 통해 번역되었다. 지금까지 정치적으로 어떠한 파별에도 속하지 않았던 노신이나 곽말약 같은 작가들도 중국인이 러시아인들의 문학경험에 대해 더욱 강렬한 흥미를 가지도록 촉진했고, 이미 마르크스주의자였던 보순도 자신의 글에서 러시아 비평가의 이론이 점점 많아지면서, 영국과 프랑스의 대가들의 이론을 실은 이전의 글들을 대체하고 있었다.

설령 일부 작가들에게 있어서 이런 변화는 이미 1924년부터 1927년 사이에 시작된 것이 분명하지만, 문학잡지에 있어서는 그 영향이 나중에야 발생했다. 모순(茅盾)과 곽말약을 포함한 많은 작가들이 북벌전쟁 때 힘들고 무거운 정치활동에 휩쓸려 들어간 것이 그 원인 가운데 하나였다. 또 다른 원인은 러시아어를 읽고 번역해낼 수 있는 역량을 갖춘 사람들이 거의 없었고, 좌익 문학이 충분한 발전을 가져오지 못한 상태에서 서구문학에 진입했기 때문이다. 그래서 4, 5년간의 정체 기간이 지속되었다. 예를 들면 ≪창조월간≫은 1928년까지 프랑스 낭만주의 시를 게재했고, 러시아의 작품들을 비교적 많이 발표하기 시작했을 때는 변덕스럽고 믹무사내이던 북경의 심사기관과 충돌이 발생하여 출판을 금지당하게 되었다. 노신은 러시아문학과 비평을 소개하면서 더욱 엄숙한 시험을 진행했다. 즉 그는 1926년부터 1930년 사이에 ≪망원(莽原)≫과 ≪미명(未名)≫이라는 두 종류의 잡지를 발행했고, ≪미명총서(未名叢書)≫도 편집했다. ≪미명총서≫에 소개된 사람이 모두 러시아 작가는 아니었지만, 그들 가운데는 고골리(Gogol)와 도스토예프스키(Dostoevsky), 안드레예프(Andreyev)뿐만 아니라, 조나단 스위프트(Jonathan Swift), 일본의 비평가 쿠리야가와 하쿠손(廚川白村), 네덜란드 작가 프레드릭 밴 에덴(Frederik van Eeden)이 포함되어 있었다. 그러나 나중에 노신이 고백한 것처럼, 당시의 독자나 출판 상인들이 모두 번역에 대해 그다지 흥미를 가지고 있지 않았고, 북경 당국도 일차적으로 출판사를 폐쇄하여 그들의 불만을 표시하는 것만으로 그치지는 않았다는 것이 애석한 일이 아닐 수 없다. 노신은 비러시아권의 서구 작품들을 보다 체계 있게 소개하기 위해서 ≪분류(奔流)≫를 창간하고, 중국 잡지들이 다만 외국 작가의 기념일이나 노벨상을 받았을 때만 관심을 가지는 태도에 대해 비판했다. 그래서 ≪분류≫에서는 번역 작품이 중국인들의 작품보다 훨씬 많았다. 그중에는 소비에트 작가들의 글이 비교적 적게 수록되었고, 입센(Ibsen)·투르게네프(Turgenev)·바로하(Baroja)같이 5·4시기에 인기 있던 작가와 스윈번(Swinburne)·시몽스(Symons)·아폴리네르(Apollinaire)처럼 특이한 이국적인 정취를 느끼게 한 작품들이 그들을 대신했다. 물론 거기에는 랙컴(Arther Rackham)과 뒤피(Raoul Dufy)의 작품도 삽화로 끼어 있었다. 물론 이와 같은 자료 속에서는 번역 작품에 대한 어떤 체계적인 선별이 이루어진 것은 아니었다. 원고를 선택하는 ≪분류≫

잡지사의 관용적인 태도로 임어당과 욱달부와 같은 문인들의 작품
도 함께 실렸다. 임어당이 브룩스(Van Wyck Brooks)의 글을 번역한
원고는 1924년에 <우리의 비평가와 젊은 미국(Our Critics Young
America)>라는 제목으로 실렸다. 브룩스는 먼저 신생국가인 아일랜
드와 미국의 문학을 비교했지만, 이들 두 나라의 문학은 상대적으로
우세한 위치를 차지하고 있던 영국문학과 비평에 의해 압도당하고
있었다. 이러한 서술은 반식민지였던 중국에 적절하게 적용되었다.
브룩스는 자신의 글에서 미국의 세계주의가 천박하고 저속하며, "이
세상에서 가장 잘 알려진 것을 알아야 한다."라는 아놀드의 신조가
남용되고 있다고 지적했다. 그러나 임어당은 번역하는 과정에서 이
러한 단락을 생략해버렸다. 왜냐하면 중국의 상황에 맞지 않았기 때
문이다. 임어당은 골동품을 수집하는 경향으로 인해 늘 동시대의 사
람들에게서 비판을 받았지만, 그 역시 현대 중국에서 헌신적인 세계
주의자 가운데 한 명이었다.

소비에트가 끼친 영향은 태양사(太陽社)에서 출판된 간행물에서
더욱 분명하게 나타난다. 《해풍주보(海風周報)》는 1929년 1월부
터 4월 사이에 모두 17기를 발행했는데, 주로 중국 작가 및 비평가
들의 작품을 게재했고, 그 밖에 소비에트 문학작품의 번역, 소비에
트 작가가 쓰거나 혹은 소비에트 작가와 관련된 글, 소비에트의 뉴
스나 소식 등도 이 간행물의 나머지 부분을 차지하고 있었다. 그리
고 간헐적으로 바르뷔스(Barusse)·업튼 싱클레어(Upton sinclair)·
존 리드(John Read) 등과 같은 비러시아권의 좌익계열 작가들과 폴
란드와 같은 동유럽 출신의 작가들도 포함되어 있었다. 한편 욱달부

가 편집한 ≪대중문학(大衆文學)≫은 세계주의에 대한 비교적 균형 있는 접근을 시도하여 ≪해풍주보≫와는 대조를 이루었다. 이 간행물의 특집호인 '신흥문학'(1930년 3월호와 5월호)에는 독일·프랑스·영국·미국·일본·러시아의 새로운 작품들을 소개하고, 번역란에는 물론 러시아 작가들을 위주로 했지만, 미국·독일·일본·프랑스와 한국 작가들도 소개했다. 그렇지만 여전히 중국 작가들의 창작과 비평이 훨씬 더 많은 지면을 차지하고 있었다.

1930년 좌익작가연맹이 성립될 당시, 설령 소비에트가 좌익운동 중 각파 작가들이 주목한 특수한 목표는 아닐지라도, 이미 그들 사이에 권위적인 영향을 끼치고 있었다. 좌련의 잡지는 두 종류로 나누어지는데, 하나는 1930년 4월과 5월에 두 차례 간행된 ≪빨치산(巴爾底山)≫이고, 다른 하나는 1931년 12월에서 1932년 3월까지 간행된 ≪사거리(十字街頭)≫이다. 이 두 간행물에는 시사와 관련된 글만 실렸고, 문학형식은 아니지만 때때로 지면 조정을 위해 시를 삽입하기도 했다. 그래서 이 잡지에서는 번역 작품이나 해외의 문예사조에 관한 글이 없었을 뿐만 아니라, 서구 작가들의 이름조차도 전혀 찾아볼 수 없었다. 그러나 19세기 독일과 영국의 프롤레타리아 시 같은 서구문학이 조금씩 언급되면서, 문화 제국주의에 대한 저항이 프롤레타리아 국제주의와 함께 조심스럽게 보조를 맞추게 되었다. ≪사거리≫는 번역과 관련된 글을 실어, 세계의 프롤레타리아 문학에 대한 번역, 특히 소비에트 문학의 중요성을 강조했다. 작가들은 번역이야말로 중국의 대중이 외국의 프롤레타리아 문학을 이해하는 데 필요하며, 현대 중국어의 어휘나 문법을 풍부하게 하는 데도 필요하다고 확신했다.

이 글은 좌련의 또 다른 간행물인 《문학월보(文學月報)》에 두 편의 중요한 글을 싣는 계기가 되었고, 구추백(瞿秋白)과 노신은 곧바로 대중문학과 번역에 있어서 서구화가 지니고 있는 장·단점 문제에 대한 토론을 진행했다.

좌련도 국제주의를 강조하는 잡지의 출판을 더욱 강화했다. 1931년 4월 《전초(前哨)》 제1기는 국민당 정부에 의해 살해된 다섯 명의 열사를 추모하기 위한 특집호로 발행되었지만, 곧바로 정간되었다. 이 잡지는 8월에 《문학도보(文學導報)》로 명칭을 고쳐 발간했다. 이 잡지의 제1기에는 독일·오스트리아·미국·영국·일본의 작가와 문학단체가 다섯 열사의 피살을 항의하는 글을 실었다. 모스크바의 국제주의 혁명 작가들은 국제적 성격을 띤 청원서를 초안했는데, 구미 열두 개 나라의 작가들이 거기에 서명했다. 제8기 잡지에서는 국제주의 혁명작가들의 성명과 보고가 우세를 차지했고, 동시에 독일과 러시아 프롤레타리아 문학에 대한 소식과 미국과 일본의 좌익단체에서 온 통신이 수록되어 있었다.

1931년 11월에 《문학도보》가 정간되었고, 그 뒤 1932년 3월에 《문학월보》가 다시 발행되었다. 《문학월보》에는 파금·모순·전한(田漢)과 같은 유명한 작가들이 창작한 시·소설·희극 작품이 발표되었는데, 이러한 측면에서 《문학월보》는 이미 정간된 《소설월보》에 상당히 접근해 있었다. 《문학월보》 역시 러시아와 동구 작가의 작품을 번역한 글들이 게재되었지만, 《소설월보》에 비해서 외국작가들보다는 국내 작가들의 글에 보다 많은 지면을 할애

하여, 서유럽 문학은 완전히 배제되었다. 다른 나라의 문학 소식에 대한 평론도 주로 러시아나 미국과 관련된 것이었다. ≪문학월보≫는 과거에 좌련에서 발행된 다른 간행물에 비해 광범위한 문학적 흡인력을 가졌지만, 더 이상 존재할 수 없었다. 결국 ≪문학월보≫는 1932년 12월에 폐간되고 말았고, 이때부터 좌련은 자신들의 독자적인 간행물을 더 이상 출판하지 못했다.

≪북두(北斗)≫는 대략 같은 시기의 독립적인 좌련 잡지로서 정령(丁玲)이 편집을 맡았다. 이 잡지에 발표된 창작 작품은 양적인 면에서 ≪문학월보≫보다도 더 많았고, 외국문학의 번역량은 기본적으로 한 기에 한 편을 싣는 것으로 최소한의 범위를 국한시켰다. 소개 칼럼에서는 중국의 전통문학에 대한 평론도 있었지만, 주로 바르뷔스・졸라(Zola)・드라이저(Dreiser)같이 현대 서구 작가들의 글이 소개되었다. 그 뒤에 세계문학을 소개하는 칼럼도 생겼으나, 대부분이 러시아・미국의 소식과 일본 작가들의 글 및 일본 프롤레타리아 문학에 관한 글이 몇 편 실렸으며, 그 밖에도 감정을 억누를 수 없었던 목목천이 빌롱(Villon)에 관해 쓴 장편의 글도 실렸다. 좌련의 또 다른 독립적인 잡지인 ≪신지월간(新地月刊)≫도 상황이 비슷하여, 발행범위가 이 잡지의 편집인들이었던 일군의 북경대학 학생들에게서 벗어나지 못했다. 설령 그들이 몇 편의 번역 작품을 발표했다고 하더라도, 일본 좌익작가들의 문학에 관한 몇 편의 글을 실었을 뿐이다.

결론적으로 1928년에서 1933년까지는 서구문학이 좌익작가들 사이에서 아무런 역할도 발휘하지 못했다. 서구의 저작물들은 번역된 수량에서도 급격하게 감소하고, 사람들의 흥미 중심도 크게 변함으로써 그 영역이 축소되어, 바르뷔스·싱클레어·도스 파소스(Dos Passos)·마이클 골드(Michael Gold)·베허(J. R. Becher) 등이 비교적 여러 차례 언급되었을 뿐이다. 동유럽 작가들도 간헐적으로 소개되곤 했지만, 러시아만은 번역·논문·뉴스·평론 중에서 자주 소개되었는데, 과거 어떠한 나라도 이 정도까지 문단을 좌우하지는 못했다. 동시에 일본문학에 대한 중국 작가들의 관심도 날로 깊어졌는데, 이것도 새로운 발전이다. 그 원인은 일본문학 자체에 있는데, 일본 무산계급 문학이 중국이나 세계의 다른 나라에 비해 훨씬 빨리 꽃을 피웠기 때문이다. 좌익문학에 대한 이론적인 글들은 러시아로부터 가져올 수 있었으며, 또한 일본으로부터도 받아들일 수 있었다. 이러한 측면에서 많은 중국인들은 일본에서 쉽게 받아들일 수 있었으며, 그 주된 이유는 현대 일본문학이 사람을 끌어들이는 활력과 기세를 가지고 있었기 때문이다. ≪소설월보≫와 ≪현대문학(現代文學)≫ 그리고 ≪문예월간(文藝月刊)≫ 같은 비좌익계열의 간행물에서도 일본문학에 대한 관심이 점차로 짙어졌다. 서구에서는 미국과 독일의 좌익문학이 급속하게 발전하여 그들의 글이 좌익잡지에 소개되었지만, 영국 작가들은 거의 소개되지 않았다. 그러나 전체적으로는 민족적 애국주의를 반대하고, 무산계급의 국제주의를 견지한 것이 이들 좌익 출판물들의 가장 두드러진 특징 가운데 하나이다. 좌련이 성립된 이후 이러한 특징은 더욱 두드러졌다. 1930년대가 되면서 대다수 서구 국가의 좌익작가들은 잘 조직된 단체를 결성했고, 대부분은 러시아와 강한 유대관계를 형성하여 코민테른의

지지를 받았다. 중국 역시 1920년대 말의 분열되고 혼란한 군소 단체에서 국제적인 연맹을 건설하는 데까지 발전했는데, 이것은 바로 날로 심해지는 국민당 정부의 압박에 대한 대답이자 국제적인 추세였다.

출판심사 제도로 말미암아 좌련과 기타 좌익계열의 간행물들은 단명하고 말았고, 중도파와 우익계열의 간행물들도 같은 운명을 겪게 되었다. ≪소설월보≫는 1931년에, ≪어사(語絲)≫는 1932년에, ≪학형≫과 ≪신월월간≫도 1933년에 문을 닫고 말았다. 당시는 러시아 작가들뿐만 아니라 싱클레어·스트린드베리(Strindberg) 등의 책들도 금지되었고, 심지어 메테를링크(Maeterlinck)의 책은 1930년대까지 금지되었다. 일반적으로 1930년대는 재난의 시대였다. 이런 가운데서도 생명이 짧기는 했지만, ≪소설월보≫가 남긴 공백을 메우려는 시도로 ≪현대문학≫이 1931년 상해에서 출판되었다. 이 간행물의 편집자인 섭령봉(葉靈鳳)은 서구문화의 애호자로서 특히 라틴의 성어(成語)를 좋아했다. 비록 이 잡지에 발표된 글이 주로 섭령봉과 그의 친구들의 작품이지만, 그들이 우선적으로 제창한 목표는 과거와 현재의 서구문학을 소개하는 데 있었다. 다만 독자들의 요구로 인해 편집자가 잡지에 중국 문단의 소식을 알린 경우도 있었다. ≪현대문학≫에는 주로 러시아혁명을 전후한 시기 작가들의 글을 실었으며, 미국·영국·이탈리아·폴란드·일본·한국 작가들의 글과 작품을 포괄했다. 여기에서 논의된 서구의 작가들은 주로 발자크(Balzac)와 톨스토이(Tolstoy)와 같은 19세기 인물이나, 제임스 조이스(James Joyce)·발레리·싱클레어 등과 같은 동시대의 인물들에 대해서도 간단하게 소개했다. 독자를 확보하지 못해서인지 아니면 무슨 다른 이유가 있는지는 모르지만, ≪현대문학≫은 다만 2기를 내고는 정간을 선언했다. 설령 당시가 재난의 시기였음을 고려할지라도, 이 잡지는 수명이 너무 짧아 ≪소설월보≫와 같은 폭과 ≪신월월간≫에서 볼 수 있는 깊이가 결여되었다.

1930년에서 1933년 사이의 파별경쟁 중에서 좌련은 무산계급의 국제주의를 주장하고, 신월사는 자유민주주의적인 국제주의를 제창했으며, 심지어 민족주의자와 보수적인 단체들은 서구의 이론 양식에서 도움을 구히여 그들의 시위를 유지했다. 어느 파가 5·4신문학운동의 진성한 계승자인가? 좌익작가들은 그들이 문학운동의 범위를 확대시켜 민중들의 수요에 부응하고, 적극적으로 현행 정치사회 투쟁에 참가하며, 문학을 현실주의 전통으로 끌어들여 문학으로 하여금 사회개혁 투쟁에 개입시켜 진정한 5·4정신을 발휘했다고 공언했다. 이에 대해 신월사와 중도파 작가들은 자신들이 자유민주주의적인 이상을 지니고 있고, 항구적으로 서구문학을 숭상하며, 적극적으로 이성적인 사고와 문학시험을 진행하고, 신문학운동 초기의 실천을 엄격하게 견지하고 있다고 대응했다. 물론 이러한 보수파의 일관된 입장은 문학에 대한 개혁이었다. 1933년부터 1937년 사이의 좌익운동 중 서구문학에 대한 관심이 나시 만 차례 회목되었다. 그래서 "누가 정통적인 계승자인가?"라는 이 흥미 있는 문제는 논쟁이 계속되었다.

1932년 말 ≪문학월보≫의 폐간 이후 좌련의 구성원들은 내용이 풍부하고, 독자층이 넓고, 기초가 탄탄한 잡지에 두고하기 시삭하여,

정부 심사기구의 위협이 상대적으로 적은 조건하에서 많은 독자들에게 영향을 끼쳤다. 이러한 잡지 가운데 가장 두드러진 것이 ≪문학(文學)≫이었다. 이 잡지는 좌련과 정식으로 관계를 맺은 것은 아니지만, 당시 가장 지속적으로 영향을 끼친 잡지로 알려졌다. 1933년 3월에 나온 제1기에는 서구의 문학작품이 발표되었으나 중요한 지위를 차지하지는 못했다. 첫 번째 항목은 <5·4문학운동의 역사적 의의(五·四文學運動之歷史意義)>라는 제목의 짧은 기사였다. 이 글에서 욱달부를 비롯한 일부 작가들은 모두 서구문학이 중국의 현대문화를 풍부하게 하는 데 매우 중요한 역할을 했다고 인정했다. 그 밖에 다른 글에서는 양종대(梁宗岱)가 몽테뉴(Nontaigne)에 대해 쓴 글 한 편만이 서구문화에 대해 명확하게 담론하고 있을 뿐이다. 서구문학과 관련된 자료는 대부분 일종의 단신의 형태로 나타났는데, 그 가운데 대부분이 현대 중국의 상황과는 거의 관련이 없었다. 예컨대 부동화(傅東華)의 단편적인 평론은 아이스킬로스(Aischylos)의 비극 <결박당한 프로메테우스(Prometheus Bound)>와 셸리의 서정극 <풀려난 프로메테우스(Prometheus Unbound)> 사이에 나타난 동정심의 차이에 관한 것이었다. 그 후 ≪문학≫은 서구문학에 좀 더 관심을 기울였으나, 여전히 중국과는 상관이 없는 듯한 기괴한 단평만 늘어놓았다. 그러나 어떤 경우에는 이처럼 주제에서 벗어난 현상이 단지 표면적일 뿐이었다. 1934년 ≪문학≫ 7월호에 수록된 데오도르 드라이저와 관련된 오여보(伍蠡甫)의 수준 높은 글을 게재했고, 제임스 메튜 바리(J. M. Barrie)에 관한 고중이(顧仲彝)의 글도 빈틈이 없었다. 고중이는 바리의 단막극인 <12파운드의 얼굴

(The Twelve Pound Look)>(1914)을 고쳐서 ≪신월월간≫에 실었는데, 이 극은 입센(Ibsen)의 <인형의 집(A Doll's House)>을 현대화한 번역판이다. 이 극에서는 여성의 쓸모 있는 노동생활이 나태하고 사치한 소일보다 훨씬 낫다고 여기고 있다. 사회를 구하고자 애쓴 이러한 계시는 작가가 극중인물을 처리하면서 전지적인 입장에서 자기 마음대로 조롱하던 결점을 어느 정도 보완했다. 그 밖에 다소 의외지만, 노엘 카워드(Noel Coward)가 ≪문학≫에 소개되었다. 그가 1935년에 중국을 방문했을 때, ≪문학≫ 편집부에서는 극작가인 홍신(洪深)에게 부닥하여 ≪문학≫ 5월호에 그에 관한 글을 한 편 실었고, 홍심은 그다음 호에서도 카워드의 <소용돌이(The Vortex)>(1923)의 번역물을 준비했다. 오스카 와일드(Oscar Wilde)처럼 카워드도 쉽게 새로운 문학운동과 접촉하려고 하지 않았다. 특히 좌익운동과는 어떠한 관계도 맺지 않았다. 그러나 <소용돌이>는 실제로 엄숙하고 고통스러운 작품으로서 스스로 예술가라고 자처하는 부류들의 허위와 도덕적인 퇴폐를 폭로했다. 설령 바리·카워드·와일드의 이름이 주로 경(輕)희극괴 관련을 지니고 있지만, 그러나 그들의 작품 중의 사회비평은 동시대의 서구인들과 마찬가지로 중국 독자들도 명백하게 찾아볼 수 있었다.

일부 서구문학에 관한 소개는 해설하기가 더 어렵나. 제3권 제2기(1934년 8월)에는 1875년에서 1935년 사이에 미국에서 출판되어 100만 권 이상의 판매량을 기록한 책 20권을 열거했다. 물론 이러한 목록이 번역 계획의 기초가 되지는 못했으며, 또 그 가운네 설반 이상의 작품이 포터(Gene Stratton Porter)의 베스트셀러처럼 질석으로

낮았다. 9월호에서는 아무런 평론도 가하지 않은 채 영국의 ≪관찰자(Observer)≫에 의해 조사된 문학 속에서 가장 사랑받은 동물에 관한 보고서가 실렸다. 이 보고서에는 세르반테스의 ≪돈키호테(Don Quixote)≫에 나오는 말 로시네이트(Rosinante), ≪꼼짝하지 마(All Stuck up)≫에 나오는 토끼 브러(Brer), ≪정글북(Kipling)≫에 나오는 몽구스 리키티키 - 타비(RikkiTikki - Tavi), ≪이상한 나라의 앨리스(Alice's Adventures in Wonderland)≫에 나오는 채셔 고양이(the Cheshire cat), ≪검은 말 이야기(Black Beauty)≫에 나오는 말 블랙뷰티(Black Beauty), ≪당나귀와 떠난 여행(Travels with a Donkey in the Cvennes)≫에 나오는 당나귀 모데스틴(Modestine), 코난 도일(Arther Conan Doyle)의 ≪바스커빌가의 사냥개(the hound of the Baskervilles)≫에 나오는 사냥개, 바리의 ≪피터팬(Peter Pan)≫에 나오는 개 나나(Nana), ≪늙은 보브(Owd Bob)≫에 나오는 말 등 동물들을 망라했다. 그러나 이러한 내용들은 사실 중국의 문학운동과는 상관이 없는데, 이는 다만 목록을 만든 사람의 개인적인 애호나 혹은 영·미의 대중문학에 대한 일종의 비평으로 해석할 수 있다.

서구문학을 어떻게 체계적으로 소개하는지에 대해서는 1934년에서 1935년 사이에도 여전히 해결해야 할 문제로 남아 있었다. 1934년 7월에 ≪문학≫은 당시 미국의 새로운 잡지인 ≪문학세계(The Literart World)≫에 주목하기 시작했다. 이 잡지는 세계 각지의 소설을 게재했을 뿐만 아니라 당시 유행하던 유럽의 정기간행물에 실리는 문학에 대한 주요한 글의 목록을 싣곤 했다. ≪문학≫에 따르면 이러한 특징이 중국 독자들에게는 두 가지의 용도가 있었다. 첫째는 중국의 독자들이 당시 유행하던 간행물을 이해하는 데 도움이 되었고, 둘째는 그 속에서 문학연구에 대한 최신 경향을 파악할 수 있었다. 1935년에 ≪문학≫은 외국문학을 체계적으로 소개하기로 결정하는 동시에 과거와 동시대의 작가들에 대해 일련의 상세한 비평적 연구를 진행하여 그들의 작품을 번역했다. 호풍(胡風)이 임어당을 논한 글 한 편을 제외하고는 이러한 모든 연구논문들이 쉴러(Schiller)·키이츠(Keats)·위고(Hugo)·안데르센(Hans Christian Andersen)·마크 트웨인(Mark Twain)·바벨(Isaac Babel)·카워드처럼 서방 작가와 관련된 내용이었다. 그러나 바벨과 카워드를 제외한 나머지 작가들이 선별된 이유는 단순했다. 즉 그것은 이들 작가의 중요한 기념일이나 생일 혹은 사망한 날이 모두 1935년 가을이라는 데 있었다. 1934년 ≪문학≫은 일찍이 현대 중국 작가의 문학 계승문제에 대한 토론을 거행했다. 일부 기고자들은 중국 지식인의 서구화 경향에 대해 자못 경각심을 가지고 있었고, 현재 유행하는 백화(白話) 창작이 일종의 새로운 형태의 문언(文言)이라고 비판했다. 그 외 일부는 세계문학의 보급을 옹호하기 위해 "세계문학 가운데의 명작들이 우리 자신의 진귀한 유산의 한 부분을 구성했다."라고 주장했다. 그들의 열정은 주효했다. 그래서 ≪문학≫은 1935년을 '번역의 해'로 선포했다. 부동화는 그해 1월호에서 키이츠의 <나이팅게일에 부치는 소시(Ode to a Nightingale)>를 유려한 필지로 번역하여 실었고, 모순도 안데르센의 <스노우 드롭(Snowdrop)>을 번역했다. 이 외에도 적절한 번역 계획이 필요하다는 논의들이 대량으로 발표되었다. 임서(林紓)는 개인적인 취미에 따라 임의로 작품을 선택하여 번역함으로써 비판을 받았다. 상무인서관의 만유문고(萬有文庫)로 새로 출판된 제2집 총서도 번역물 선택이 무질서하여 역시 같은 비판을 받았다. 그러나 ≪문학≫은 결국 자신들의 번역 계획을 확정짓지는 못했다.

이와 동시에 ≪문학≫은 계속적으로 세계 각지의 최신 문학 소식에 대해 논평을 진행했다. 먼저 헉슬리(Aldous Huxley)의 ≪멕시코만 너머(Beyond the Mexique Bay)≫(1934)가 추천되었는데, 이는 작품 속에 로렌스(D. H. Lawrence)에 대한 회고가 담겨 있다는 이유에서였다. 그러나 편집자 역시 로렌스의 사망 이후 헉슬리를 현재 살아 있는 영국의 대표적인 작가의 하나로 꼽았다. 물론 로렌스가 중국에서 쉽게 거론되리라고 기대할 수는 없다. 왜냐하면 당시 잡지들이 그를 거의 언급하지 않았고, 헉슬리도 전혀 언급되지 않았기 때문이다. 그러나 유한계급에 대한 로렌스의 풍자적인 분석과 이제 막 각성하려는 계급에 대한 헉슬리의 힘 있는 묘사는 ≪문학≫으로부터 주목의 대상이 되었다. ≪문학≫은 이외에도 유럽이나 러시아 그리고 미국을 제외한 기타 국가들의 소식도 지속적으로 소개했다. 특히 백화로 글을 쓰는 멕시코의 발전은 충분한 공감을 얻었다. 그러나 1920년대에 약소하고 억압받는 국가들에 대해 쏟았던 관심은 당시 차츰 미약해졌다. 1935년 7월에 ≪문학≫은 한 편의 선언문을 발표했는데, 이것은 당시 좌익작가들이 서방문화에 대한 신념에 집착해 있다는 좋은 예이다. <문화운동에 관한 우리의 견해(我們對於 文化運動的意見)>라는 제목으로 발표된 이 선언문은 17개 단체와 148명의 작가들의 지지를 얻었는데, 그 가운데는 노사·섭성도(葉

聖陶)·부동화·조가벽(趙家璧)·정진탁 등이 있었다. 그들은 이 선언문에서 학교 내에서의 고문연구 운동을 부활시키려는 정부의 의도를 깨뜨리기 위해서 두 가지 주장을 제시하고 있는데, 하나는 중국은 서구로부터 계속 배워야 한다는 것이고, 다른 하나는 중국의 사회문학 정책이 소수의 엘리트만을 위해 봉사하는 것이 아니라, 국민 전체의 필요에 부응해야 한다는 것이다. 결론적으로 마땅히 민족주의와 국제주의의 이상을 지지하고, 아울러 이 두 가지를 상호 보완적인 방침으로 간주해야지, 상호 모순적인 정책으로 보아서는 안 된다는 것이다.

≪문학≫에 대한 간략한 서술 중에서 서방문학에 대한 일부 좌익 잡지들의 관심이 매우 폭넓고 정통했음을 알 수 있다. 그들이 서방 작가들을 언급한 것은 다만 이 방면에서 자신의 지식과 지위를 과시하기 위한 것일 가능성이 높으며, 내용상으로는 한 작가에 대한 포괄이 그들에 대한 깊은 이해보다는 다른 작가에 대한 기회로 대체되었다. ≪문학≫의 또 다른 경향은 동시대 서방의 문학적 조류에 관한 잡다한 이야기로 흐르는 경향이 있었다는 점이다. 이러한 점은 어느 정도 서양 문화에 대한 맹목적인 추종으로 인해 만들어진 일종의 식민지적 잔해이며, 레븐슨(Levenson)이 말한 그러한 세계주의는 이로 인해 발생했다. 설경 많은 사람들에 의해 체계화에 대한 요구가 끊임없이 제기되었으니, ≪문학≫에 소개된 서방문학의 전체적인 짜임새는 완전히 우연적으로 이루어져, 단지 작가의 생일이나 사망일에 따라 안배되는 등 아무런 선택기준도 없었다. 마종융(馬宗融) 같은 일부 기고자가 엄밀하고 체계적인 연구를 시행했

지만, 그러나 대부분은 중국 사회와 상관이 없는 내용과 작품들이 중국 독자들에게 제공되었다. 이처럼 중국 작가와 독자들이 서방문학에 관심을 가지게 된 것은 서방문학 속에 중국 사회와 관련이 있는 내용이 실려 있거나 또는 당시 사회정치 문제가 아직은 모든 것을 압도하는 상황에 이르지 않아 그들 역시 서방문학에서 자극이나 영감, 단순한 오락을 추구하고자 했기 때문일 가능성이 짙다.

1933년과 1935년 사이에 생겨난 신문학 잡지들의 상황을 보면, 서방문학에 대한 열정이 점차 되살아나 폭넓게 전파되고 있음을 알 수 있다. ≪문학≫과 더불어 1933년 6월 1일 북경에서도 ≪문예월보(文藝月報)≫가 창간되어, 당시 ≪북두≫와 ≪문학월간≫의 폐간으로 인한 공백을 메우고자 했다. 그래서 ≪문예월보≫는 자신들의 견고한 좌익 입장에 걸맞게 성격 면에서 ≪북두≫나 ≪문학월보≫처럼 바르뷔스·싱클레어·셔우드 앤더슨(Sherwood Anderson) 및 러시아 작가 등 주로 서방 작가를 소개했고, 그중에서도 러시아가 여전히 첫 번째를 차지하고 있었다.

이러한 이유로 인해 ≪문예월간≫은 같은 해 연말에 정간되었다. 이 잡지는 마지막 호에서 정진탁과 근이(靳以)가 편집을 맡은 ≪문학계간(文學季刊)≫이라는 새로운 잡지를 출판한다고 선언했다. ≪문학계간≫은 ≪문학≫의 환영을 받았고, 이 두 잡지사는 아주 우호적으로 각기 북경과 상해에서 자신들의 간행물을 출판했다. 상해의 좌익 서점인 생활서점(生活書店)은 판매를 위해 노사·근이·정진탁·변지림(卞之琳)·오조상(吳祖緗) 등 동일한 작가 군을 기고자로 선정했다. 비록 ≪문학≫과 좌익과의 관계에 비해, ≪문학계간

≫이 더 독립성이 많은 듯했지만, 서방문학에 대한 그들의 태도는 상당 부분에서 일치했다. 이 두 잡지에서는 로렌스와 조이스, 엘리어트와 리차드(Richards) 등이 러시아 작가나 비평가들보다 자주 등장했다. ≪문학≫이 마르크스주의나 문학의 배경과 내용에 치중한 현실주의 비평에 더 많은 흥미를 가진 반면에, ≪문학계간≫은 문학 창작의 기교적인 문제들에 대한 토론에 관심을 가져, 의식적으로 자신을 ≪소설월보≫의 계승자로 여겼다.

≪문학계간≫이 출현한 뒤, 또 다른 문학잡지들이 중국의 북부 지역과 다른 주요 도시를 중심으로 창간되기 시작했다. 그러자 ≪문학≫은 이에 근거하여 1934년을 '잡지의 해'로 삼자고 주장했다. 1935년에 또 다시 번역에 치중한 두 잡지가 출현했는데, 그중 하나는 노신이 편집했다. 그래서 ≪문학≫은 과거 번역상 좋지 않았던 명성이 이때에 와서야 거의 사라졌다. 남경에 있던 ≪문예월간≫ 역시 논의할 만한 가치를 가지고 있었다. 이 잡지는 1930년대 내내 발행된 유일한 문학잡지였다. 그들은 ≪신월월간≫과 마찬가지로 문학이 비계급성이라는 이론을 추종했다. 그러나 동시에 문학은 비록 시대를 뛰어넘을 수는 있으나, 그 시대와 떨어져서는 결코 존재할 수 없다는 입장을 견지했다. 따라서 이 잡지는 세 가지 목표를 내세웠는데, 첫째는 민족정신이 함양이고, 둘째는 동시대의 전 세계 문예사조를 소개하며, 셋째는 5·4문학혁명의 토대 위에서 새로운 중국문학을 창조하는 것이다. 1930년 초부터 이 잡지는 불가리아·유고슬라비아·스웨덴·노르웨이·아일랜드·인도 같은 약소국가의 문학을 강조하기 시작했다. 비록 이 잡지가 "문학의 정원에는 민족

의 경계선이 있을 수 없다."라고 밝혔지만, 실제로 번역물을 소개하는 동기에서는 정치적 색채가 뚜렷했다. 따라서 그들은 중국과 다른 약소국가들이 민족정신을 표현하는 문학을 통해서 민족의 해방과 세계의 평화를 획득해야 한다고 거듭 지적했다. 이처럼 숭고한 민족주의와 국제주의 목표를 가지고 있었고, 19세기 프랑스 문학의 퇴폐적인 일면에 강렬한 흥미를 느꼈기 때문에 베를렌느나 보들레르(Baudelaire)의 시, 아서 시몽스(Arthur Symons)가 쓴 베를렌느에 관한 글, 톨스토이가 쓴 모파상(Maupassant)에 관한 글, 시몽스 및 다른 작가들의 작품에 근거하여 쓴 위스망스(Huysmans)의 글들이 모두 잡지에 소개되었다. 특히 분위기를 조성하기 위해 당시 잡지들은 모두 반나체의 여성과 기형적인 남성의 선화(線畵)로 장식하여, 책의 앞뒤 표지가 모두 검은 색 배경에 비어슬리(Beardsley) 식의 은색 나체 그림을 넣었다. ≪문예월간≫이 가장 선호한 영국 작가는 토마스 하디(Thamas Hardy)였고, 소비에트 문학작품보다는 구러시아문학이 더 인기를 누렸다. 이 잡지는 편집자들이 매주 발행하는 간행물을 따로 만들 정도로 많은 성공을 거두었다. ≪문예월간≫은 줄곧 1937년 9월까지 파금·심종문·노사·장극가(臧克家)·하기방(何其芳)·변지림 등과 같은 많은 작가를 기고자로 확보하여 계속적으로 성장했다. 해가 지나면서 이 잡지는 이국적인 정취를 지닌 표지를 다른 것으로 바꾸었고, 서방문학에 관한 내용도 점차 감소했다. 그러나 시종 폭넓은 안목을 견지했고, 피압박 민족과의 일치성을 유지했다. 이 잡지는 전쟁 기간 중에도 지속적으로 남아 있었던 극소수의 간행물 가운데 하나로, 한구(漢口)에서 처음 발행되어 뒤에 중경(重慶)으로 옮겨 다시 출판했다.

1920, 30년대 서방문학이 중국에 끼친 영향은 우선 중국 작가들 사이에 일종의 세계주의 의식을 배양했다는 데 있다. 즉 서방문학이 제공한 문화 재산은 어느 정도 의식의 발전을 촉진했다. 동시에 국제주의 역시 서방에서 유래된 관념으로서 이에 대해서는 서방인들 대다수가 어떠한 공개적인 논술도 하지 않았지만, 문화 세계주의가 서방의 문학과 학술 영역 중에서 얻은 성공적인 예는 중국인으로 하여금 이 개념을 분명하게 인식하도록 했다. 신세대 중에는 여전히 중국의 전통적인 관념이 완고한 영향을 끼쳤음을 인정해야 할 것이다. 그러나 중요한 것은 전통적인 관점까지도 서방 이론의 유지와 지지를 필요로 했다.

사실 당시 중국인이 받아들인 세계주의는 광범위한 세계주의가 아니라, 일종의 민족 간의 세계주의였다. 중국 작가들은 하나의 민족 대가정을 구상했고, 이 대가정 속에서 국가들은 각기 독특한 방식으로 세계문화를 위해 공헌한다고 생각했다. 이러한 구상은 중국 작가들로 하여금 자신들의 공헌이 가치 있는 일이라고 느끼게 하기 쉬웠다. 1920년대 약소국가나 피압박 민족에 대한 강조는 인민이나 무산계급에 대한 관심에 대하여 이러한 민족 공동체의 정신을 유지하는 데 도움이 되었다. 설경 다른 국가들이 반식민지적인 위치에 처하고, 기술이 낙후되었다고 할지라도, 중국 작가들은 여전히 세계문학을 위해 공헌해야 하며, 민족적인 배경이 불리한 요소가 되는 것은 아니며, 오히려 중국의 빈곤하고 낙후된 실제 상황을 묘사함으로써 작가들은 중국을 세계문학의 주류로 끌어들일 수 있으며, 아울랜드나 폴란드의 작가들이 이미 그러한 과정을 거쳤다고 인식했다. 민족주의와 세계주의는 마치 두 개의 그물처럼 그렇게 긴밀하게 연결되었다. 1920년대 말과 1930년대에 중국은 마르크스 사상을 끌어들였고, 코민테른 역시 진일보한 활동을 전개했다. 이는 국제주의의 역량을 강화시켰고, 아울러 그것을 일종의 정치사상으로 변하게 했다. 비좌익작가들도 국제주의를 견지했다. 따라서 주광잠은 동시대의 서방학술에 대한 연구 성과를 이용해 전통적인 중국문화를 위해 변호하고 해석했으며, 동시에 전통적인 중국문학에서의 경험에서 출발하여 서방의 학술성과를 비판했다.

전체적으로 볼 때, 서방문학은 중국 작가들 가운데서 개혁파와 현대파의 관점을 고무했다. 그러나 서방의 영향은 광범위하며 다양했다. 즉 좌익작가들은 자신들을 예언가·개혁자·혁명가로 보았고, 자유민주파는 자신들을 정부와 정치 파당으로부터의 간섭을 받지 않는 작가의 독립성을 유지시키는 보호자로 보았으며, 보수파 우익 작가들은 한 걸음 더 나아가 현실을 도피한 보수주의자의 문학관을 견지하는 등 그들 모두는 서방문학으로부터 각자 사상행동의 권위를 선택했다. 중국이 세계의 다른 국가들과 맺은 정치 경제적 관계 그리고 중국 작가들의 국외 문학운동에 대한 민감한 감각은 중국의 문학운동으로 하여금 영국이나 미국 같은 다른 국가들과 함께 보조를 맞추어 발전하게 했다. 사실상 이러한 동시적인 경향은 파악하기가 쉽지 않다. 왜냐하면 1920, 30년대의 중국과 서방을 판단함에 있어서 현재의 판단 기준에서 출발함으로써 1940, 50년대의 비평연구와 연구자의 선입견으로 인한 영향을 받기 때문이다. 예를 들면 조이스와 카프카(Kapka)는 생존 당시에 영웅적이거나 대표적인 인물은 아니었으며, 그들이나 다른 중요한 인물에 대한 중국 문학계의 평가 역시 당시 서방의 관점과 서로 같지는 않았다. 또한 중국인들이 소유하고 있는 지나치게 직접적인 감각성은 그들이 서방문학의 발전과정을 더 깊이 이해하는 데 장애가 되었다. 왜냐하면 동시대의 문학을 판단하는 데 관련된 충분한 역사 배경에 대한 자료나 경험이 부족했기 때문이다. 설령 이런저런 이유로 인해 서방이 중국에 대해 끼친 영향을 비웃거나 혹은 그 엄숙성을 폄하하고 가치를 낮게 평기하기는 쉽지만, 이 시기 중국 작가들이 서방문학의 조류에 내해 가진 충만하고도 민감한 반응은 현재의 중국문학에 심각한 인상을 심어주었다는 것만은 부인할 수 없다. 중국의 5·4운동 시기의 작가들은 자신들의 의지와 성과로써 중국을 세계문학의 세상으로 끌어들였다. 이것은 바로 신문학운동이 중국만의 특수한 현상이 아니라, 그것을 전 세계문화와 연결하여 연구해야 할 필요성을 알려주고 있다.

· 저자 ·

정수국   · 약 력 ·
鄭守國   경북 문경에서 태어나
          건국대와 단국대를 거쳐
          성균관대에서 문학박사 학위를 취득했다.
          성대, 홍대, 건대 등에서 강의하다가
          현재는 서일대 겸임교수 및 전문번역가로 활동하고 있다.

          · 주요논저 ·
          〈중국현대문학개론〉(공역)
          〈중국 현대시와 산문〉
          〈중국현대문예사조사〉(공역)
          〈난세를 이긴 중국인의 100가지 지혜〉
          〈중국 문화예술의 이해〉 등이 있다.

중국 현대문학의 향연

· 초판 인쇄 2008년 4월 30일
· 초판 발행 2008년 4월 30일

· 지 은 이   정수국
· 펴 낸 이   채종준
· 펴 낸 곳   한국학술정보㈜
             경기도 파주시 교하읍 문발리 513-5
             파주출판문화정보산업단지
             전화 031) 908-3181(대표) · 팩스 031) 908-3189
             홈페이지 http://www.kstudy.com
             e-mail(출판사업부) publish@kstudy.com
· 등   록   제일산-115호(2000. 6. 19)
· 가   격   32,000원

ISBN   978-89-534-8674-4 93820 (Paper Book)
       978-89-534-8675-1 98820 (e-Book)